무릎의

방

무릎의 방

정현석 소설

좋은땅

열공이

열공이를 처음 만난 것은 지금으로부터 7년 전, 4월이었다.

전라도 보성, 제암산과 일림산 자락은 철쭉꽃이 붉게 번지고 있었다. 나는 선배 사진가를 따라 농촌 마을의 좁은 흙길을 걸었다. 새벽이슬에 젖은 풀잎이 바짓단을 적셨고, 멀리서 닭 울음소리가 간헐적으로 울려왔다. 선배 집 마당에서 나는 작은 울음소리를 들었다. 삐걱거리는 대문을 밀자, 마당 구석에 흰 강아지 다섯 마리가 뭉쳐 있었다. 그 녀석들은 태어난 지 두 달 남짓 되었을까. 아직 몸짓은 어설펐지만, 눈빛만큼은 맑았다. 햇빛을 받아 털은 희미하게 빛났고, 서로의 몸 위에 겹겹이 쌓여 따뜻함을 나누고 있었다.

선배가 말했다.

"마침 네게 주려고 했어. 녀석들 중 하나, 마음에 드는 놈 데려가."

나는 주저했다. 그러나 그 무리 중 유독 또렷한 눈빛을 가진 수놈이 내 시선을 붙잡았다. 순백의 털, 작은 체구, 그러나 어딘가 단단해 보이는 뼈대. 나는 본능처럼 그 녀석을 품에 안았다. 그는 잠시

무릎의 방

낯설어 몸을 비비적거렸지만 곧 내 품 안에서 고개를 들고 나를 바라봤다. 그 눈빛에는 두려움보다는 이상한 호기심이 담겨 있었다.

그것이 열공이와의 첫 만남이었다.

나는 작은 상자에 열공이를 넣고 차 뒷좌석에 태웠다. 시동을 걸자 열공이는 엔진 소리에 놀라 몸을 움찔했다. 산길을 벗어나 고속도로에 들어서자, 차창 밖으로는 차들이 쉼 없이 지나가고, 바람 소리가 길게 울렸다.

그런데 얼마 지나지 않아, 뒷좌석에서 이상한 소리가 났다. 나는 백미러로 흘끗 보았다. 열공이가 초조하게 몸을 움찔거리더니 이내 토해 내기 시작했다. 심한 차멀미였다. 하얀 털에 묻은 토사물은 차 바닥으로 흘러내렸다. 냄새가 퍼졌다.

나는 차를 갓길에 세우고 급히 휴지를 꺼내어 닦았다. 그러나 열공이는 연이어 토해 내며 눈망울을 불안하게 굴렸다. 그 작은 몸이 위협에 맞서 발버둥 치듯 떨렸다. 나는 그 순간, 그가 단순한 '선물'이 아니라 '책임'이라는 사실을 직감했다.

집에 도착하자, 딸아이가 현관으로 달려 나왔다.

"아빠, 이게 뭐예요?"

나는 조심스레 상자를 열었다. 흰 강아지가 고개를 내밀자, 딸아이의 얼굴이 환히 빛났다. 그 표정은, 오랫동안 기다려 온 친구를 만난 아이의 얼굴 같았다.

"이름은 뭐예요?"

"아직 없어. 네가 지어 줘."

딸은 잠시 생각하다가 말했다.

"열심히 공부하라고, 열공이 어때요?"

우리는 웃었다. 그렇게 해서 녀석은 '열공이'가 되었다.

그날 저녁, 딸아이는 강아지를 따뜻한 물에 씻겼다. 거품 속에서 열공이는 당황스러워했지만, 이내 체념한 듯 얌전히 있었다. 깨끗해진 털은 더 눈부시게 빛났고, 딸아이의 방 안에서 함께 잠을 청했다.

그러나 현실은 그리 간단하지 않았다.

열공이는 아파트 생활에 익숙하지 않았다. 아무 데서나 오줌을 싸고, 카펫 위에 똥을 싸기도 했다. 새벽이면 낯선 울음소리로 가족을 깨웠다. 딸아이는 처음엔 그 모든 것을 기꺼이 감내했다. 밤마다 열공이를 곁에 두고 자면서, 마치 어린 동생을 돌보듯 했다.

하지만 며칠이 지나자 피곤함이 쌓였다. 학교에 가야 하는 아침마다, 열공이의 흔적을 치우는 일은 작은 전쟁 같았다.

나는 딸아이에게 말했다.

"조금 크면, 회사 마당으로 데려가자. 거기가 녀석한테 더 맞을 거야."

딸은 아쉬워했지만, 고개를 끄덕였다. 그녀의 눈에는 여전히 애정이 묻어 있었다. 열공이는 어느새 가족의 일부가 되어 있었다.

딸아이는 처음 열공이를 본 순간부터 그를 단순한 강아지로 보지 않았다. 눈을 마주친 짧은 순간, 마치 오래전부터 기다려 온 존재를 다시 만난 듯한 표정이었다. 아이는 그 작은 생명을 안고 방으로 들어갔다. 나는 문틈 사이로 그 장면을 지켜보았다. 열공이는 불안한 듯 그녀의 품에서 꿈틀거렸지만, 이내 얌전히 눈을 감았다.

그날 밤, 방 안은 두 생명의 호흡으로 가득했다. 딸아이의 숨은 일정했지만, 열공이의 숨은 불규칙했다. 때로는 짧게, 때로는 길게. 마치 낯선 세상에 적응하기 위해 몸이 시험 삼아 내는 리듬 같았다. 딸아이는 그 소리를 들으며 몇 번이고 몸을 일으켜 확인했다. 그러고는 작은 손바닥으로 강아지의 등을 쓸어내렸다. 손끝에서 전해지는 온기가 그녀를 안도하게 했다.

낮이 되면, 딸아이는 방바닥에 앉아 열공이와 시간을 보냈다. 강아지는 여기저기를 기웃거리며 작은 발로 바닥을 두드렸다. 한번은 책상 밑으로 들어가 책가방 끈을 물어뜯었다. 딸은 놀라면서도 웃음을 터뜨렸다.

"안 돼, 그건 내 숙제야."

그러나 열공이는 아랑곳하지 않았다. 오히려 장난처럼 꼬리를 흔들었다.

그 순간, 방 안은 작은 축제장 같았다. 웃음소리와 발톱 소리, 그리고 강아지의 짧은 짖음이 뒤섞였다.

하지만 늘 즐거움만 있는 것은 아니었다. 열공이는 화장실을 가리지 못했다. 거실 한가운데 작은 웅덩이를 만들어 놓기도 했고, 카펫 위에 제멋대로 흔적을 남기기도 했다. 딸은 매번 걸레를 들고 허리를 굽혔다.

처음에는 웃으며 했다. 그러나 며칠이 지나자, 눈 밑에는 작은 그늘이 드리워졌다. 학교에 가야 하는 아침마다, 그 흔적을 치우는 일은 피곤함을 더했다.

어느 날 밤, 딸은 내게 말했다.

"아빠, 내가 힘들어도 괜찮아요. 이 애는 내가 없으면 안 되잖아요."

나는 그 말에 잠시 말문이 막혔다. 강아지를 돌본다는 것은, 그녀에게 단순히 귀여운 놀이가 아니었다. 그것은 책임이었고, 동시에 자신이 누군가에게 꼭 필요한 존재라는 자각이었다.

시간이 흐르면서 두 존재는 닮아 갔다. 딸은 열공이가 낯선 소리에 놀라면 다가가 등을 두드려 주었고, 열공이는 딸이 울 때면 다가와 무릎 위에 얼굴을 올렸다. 서로의 불안과 고단함을 다르게 채워 주었다.

나는 그 모습을 보며 이상한 감정을 느꼈다. 인간과 개의 관계라는 것이 사실은 단순한 돌봄이 아니라는 것을 깨달았다. 그것은 서로의 빈틈을 메우는 일이었다. 아직 어린 딸과, 이제 막 세상을 배우는 강아지. 그들은 서로의 거울이자 그림자였다.

밤마다 나는 거실 불을 끄고, 딸아이 방 문틈 사이로 새어 나오는 작은 불빛을 바라봤다. 그 안에서는 분명히 두 생명이 같은 꿈을 꾸고 있었다.

나는 생각했다.

'저건 작은 우주다.'

한 아이가 성장해 가는 과정과 한 생명이 세상에 적응하는 과정이 나란히 이어지고 있었다. 그 장면은 어쩌면, 내가 미처 돌이켜 보지 못했던 내 어린 시절과도 겹쳐졌다.

아파트에서의 생활은 오래가지 못했다. 열공이의 에너지는 좁은 공간에 담기엔 지나치게 크고, 집안은 늘 작은 전쟁터 같았다. 나는 결국 마음을 굳혔다.

"이제 회사로 데려가자."

차에 태운 열공이는 창문 너머로 스쳐 가는 풍경을 똑바로 바라봤다. 처음 차에 오를 때처럼 토하지는 않았다. 대신 눈빛에는 묘한 긴장과 설렘이 섞여 있었다. 아마도 본능적으로 새로운 터전으로 향하고 있다는 걸 느낀 듯했다.

회사의 마당은 약 1,000평 남짓한 잔디밭이 펼쳐져 있었다. 봄 햇살에 잔디는 고르게 자라 있었고, 바람이 불 때마다 작은 파도처럼 흔들렸다.

열공이는 차에서 내리자마자 그곳을 질주했다. 네 다리가 흙을 박차는 소리는 마치 오래 기다려 온 자유를 확인하는 북소리 같았다. 그는 잔디밭 끝까지 달려갔다가, 다시 나를 향해 달려왔다. 꼬리는 쉼 없이 흔들렸고, 눈빛은 어린아이처럼 빛났다.

나는 그 모습을 보며 이상한 안도감을 느꼈다. 마침내 열공이는 자신이 있어야 할 곳으로 왔다.

넓은 회사에서의 열공이는 거침이 없었다.

흙냄새와 바람이 뒤섞여 그의 몸에 스며들었다. 꼬리는 쉴 새 없이 흔들렸고, 입을 벌린 채 내 쪽을 향해 달려올 때, 나는 그 눈빛 속에서 해방과 환희를 동시에 보았다.

창가에서 그 모습을 보던 직원들도 웃었다. "이제야 제 집을 찾았네요." 그 말이 맞았다. 잔디밭은 열공이에게 주어진 가장 큰 놀이터이자 감옥이었다.

낮에는 웃음이 많았다. 그러나 밤이 되면 풍경은 달라졌다. 사람의 발자국이 사라지고, 기계음이 멎은 뒤, 마당에는 오직 바람 소리만 남았다. 가로등 불빛이 잔디 위에 길게 흩어졌고, 철망 울타리는 검은 그림자를 드리웠다.

나는 퇴근길에 몇 번이고 발걸음을 멈추곤 했다. 열공이가 잔디 한가운데 앉아 나를 바라보는 장면이 마음에서 지워지지 않았다. 흰 털은 어둠 속에서 더 또렷했고, 그 고요한 형체가 이상한 죄책감을 불러왔다.

겨울이 다가오자 결국 연구소 한쪽에 방을 만들었다. 낡은 캐비 닛을 치우고, 매트를 깔고, 전기난로를 들였다. 작은 공간은 금세 열공이의 방이 되었다. 그는 처음엔 낯설어했지만, 곧 담요 위에 몸 을 말고 눈을 감았다. 그 모습은 마치 자기 자리를 오래전부터 기다 려 온 이의 모습 같았다.

하지만 평화는 오래가지 않았다.

새로운 환경에 적응한 열공이는 점점 담장 너머를 바라보기 시작 했다. 바람이 담장 사이를 스칠 때마다 귀가 쫑긋 섰고, 밤이면 울 타리 구석을 파헤치기 시작했다. 아침에 출근해 보면 흙이 흩어져 있고, 작은 구멍이 생겨 있었다.

직원들이 말했다.

"사장님, 이거 그냥 놔두면 또 나갑니다. 울타리를 더 깊이 박아 야 해요."

우리는 철망을 보강했다. 대문 밑에도 망을 덧댔다.

그러나 며칠 뒤, 그는 다시 나갔다. 흙투성이가 된 채 돌아와서는, 태연하게 물을 마셨다. 마치 아무 일도 없었다는 듯. 직원들이 혀를 찼다. "이 녀석은 천하의 탈출범이에요." 웃음 섞인 농담이었지만, 표정에는 피로가 배어 있었다.

울타리와 열공이의 대결은 매일같이 이어졌다. 그가 뚫은 구멍을 메우면, 다른 쪽 구석을 파헤쳤다. 철망을 두껍게 덧대면, 이번엔 기둥을 물어뜯었다. 밤새 울타리를 두드리며 소란을 피우기도 했다.

나는 그럴 때마다 갈등했다.

'도대체 왜 이 녀석은 밖을 그토록 원할까. 울타리 안에도 충분한 공간이 있는데. 자유란 저 담장 너머에만 있는 걸까.'

어느 날 새벽, 직원에게서 전화가 왔다. "사장님, 하얀 놈이 또 안 보여요."

차를 몰고 마을 골목을 샅샅이 뒤졌다. 가로등 불빛 아래, 쓰레기 봉투 옆, 닫히지 않은 대문 사이. 끝내 한 낯선 집 앞에서 그를 발견했다. 개밥그릇 옆에 앉아 있었다. 나를 보자 꼬리를 흔들었지만, 움직이지 않았다. 한참 후에야 천천히 다가왔다. 그 눈빛은 죄책감도, 반성도 없었다. 오히려 "이게 내 길"이라고 말하는 듯했다.

그 순간, 나는 안도와 짜증, 그리고 설명할 수 없는 패배감을 동시에 느꼈다.

반복되는 일에 직원들은 지쳐 갔다.

"사장님, 이건 너무 힘듭니다. 매번 고치고 막아도 소용이 없잖아요."

"차라리 묶어 두는 게 낫지 않습니까?"

그 말은 내 귀에 날카롭게 박혔다. 나는 고개를 저었다.

"묶는 건 안 돼. 녀석은 묶이면 죽을 거야."

말은 그렇게 했지만, 내 안에서는 흔들림이 있었다. 그를 묶지 않고 지키는 방법, 그게 과연 가능할까.

밤마다 연구소 방 앞에 앉아 열공이를 바라봤다. 담요 위에 몸을 말고 있는 그의 모습은 때로는 인간과 다르지 않아 보였다.

'울타리는 그를 위한 걸까, 아니면 나를 위한 걸까.'

나는 스스로에게 물었다. 아마도 울타리는 내 불안을 덜어 내는 장치일 뿐일지도 모른다. 그러나 동시에, 울타리 없이는 그는 이미 차바퀴 아래에서 사라졌을지도 모른다. 그 모순이 내 마음을 옥죄었다.

계절은 몇 번이고 바뀌었지만, 상황은 달라지지 않았다. 여름 폭우에도, 가을 낙엽에도, 겨울 칼바람에도 열공이는 끊임없이 밖을 향했다. 울타리를 고치고 보강하는 일은 끝없는 일과가 되었고, 직원들의 한숨은 깊어졌다.

어느 새벽, 공장 뒤편 배수구 근처에서 열공이가 머리를 철사에 끼인 채 웅크리고 있었다. 철망을 벌려 빼내자, 그는 도망치지 않고 내 손등을 핥았다. 아주 짧고 가볍게. 그 순간, 나는 알았다. 그것은 사과도, 인사도, "괜찮다"는 말도 다 포함된 하나의 행위였다.

그날 밤, 전기난로 불빛이 유난히 붉게 보였다. 열공이는 담요 위에서 깊이 잠들었고, 발끝은 꿈속에서도 달리고 있었다. 나는 조용히 생각했다.

'울타리는 끝내 그를 막지 못하겠지. 하지만 나는 끝까지 그를 지

켜야 한다.'

울타리와 자유 사이, 그 사이에서 흔들리며 살아가는 것이 아마도 우리 둘의 운명이었다.

탈출이란 보통 사소한 틈에서 시작한다. 어떤 날은 대문 밑에 쌓인 낙엽이, 또 어떤 날은 비닐봉지 하나가 흩날린 소리로도 충분하다. 열공이는 그런 소리들을 알아챘다. 그는 소리에 귀를 기울였고, 그 소리는 곧 '문밖'으로 향하는 의문으로 자랐다.

처음 며칠은, 우연처럼 보였다. 한밤중에 울타리 구석의 흙을 조금 파내고선, 새벽녘에는 이미 담장을 넘어 이웃집 마당을 가로질러 오곤 했다. 어느 아침, 인근 밭에서 배추 줄기가 쓰러져 있었다. 농부는 화가 났고, 우리는 사과를 들고 그에게 찾아갔다. "죄송합니다, 우리 개가…" 내가 말하면 그의 눈초리는 오래 머물렀다. 사과는 문제의 끝을 사는 방식이 아니었다. 열공이의 발자국은 흙길에 또렷하게 남았고, 그 발자국은 동네 사람들의 관심을 불러 모았다.

한여름, 비가 적게 와서 땅이 단단해진 어느 날, 열공이는 이른 아침에 또 사라졌다. 직원 한 명이 전화를 걸어왔다. "사장님, 배수로 쪽에서 이상한 소리 납니다." 나는 차를 몰고 나섰다. 새벽이슬이 잔디를 젖게 하고, 이웃 텃밭의 토마토 줄기는 마치 누군가의 손길로 찍힌 듯 축 늘어져 있었다. 고랑 사이로 뒹군 호박 줄기, 밭 가장자리의 흙이 파헤쳐진 흔적들. 열공이는 토마토밭 한가운데서 꼬리를 흔들며 어슬렁거리고 있었다. 붉은 토마토 몇 개는 터져 있고, 잔디만큼이나 붉은 과즙이 땅에 스며들어 있었다.

농부는 손을 허리에 얹고 한참 동안 우리를 바라보았다. "제발 잘 보관하시게." 그의 말은 짧았지만, 그날 저녁 회식 자리에서 직원들의 입으로 여러 번 되풀이되었다. 우리는 울타리 강화 예산을 다시 검토했다. 그러나 그날 밤에도 열공이는 어김없이 사라졌다.

열공이는 어느 집에 가면 꼭 밥그릇을 차지했다. 상시적으로 집집마다 밥그릇을 탐내는 건 아니었지만, 일단 냄새를 맡으면 멈추지 못했다. 어느 이웃집 할머니 댁에서는 아침 반찬통이 텅 비어 있었고, 할머니는 눈물을 글썽이며 우리 손에 남은 라면 봉지를 가리켰다. "요놈 때문에…" 그녀의 목소리는 다소 떨렸다. 나는 진심으로 사과하고, 필요한 비용을 건넸다. 할머니는 돈보다 열공이의 멈춤을 더 원했다. 하지만 개의 본능이라는 것은 인간의 바람대로 쉽게 억제되지 않았다.

한번은 동네 한편의 식당 현관에서 주인이 먹던 음식 그릇을 슬쩍 물어 들었다가, 직원들에게 쫓겨 도망쳤다. 식당 주인은 손목을 짚으며 욕을 내뱉었고, 어느 젊은이는 열공이를 쫓아가다 담벼락에 팔꿈치를 살짝 긁혔다. 작은 상처였지만 사건은 크게 번졌다. 다음 날, 우리 사무실엔 몇 통의 항의 전화가 걸려 왔고, 나는 직원들과 시간을 맞춰 사과 방문을 돌며 상황을 수습했다.

더 큰 문제는 번식이었다. 어느새 열공이는 동네 암컷들과 관계를 맺기 시작했다. 어느 봄날, 인근 농가에서 '하얀 강아지' 소식이 들려왔다. "사장님 개한테서 새끼가 나왔더라"는 소문은 금세 퍼졌다. 우리 회사는 곤란해졌다. 누군가는 귀엽다고 했지만, 누군가는 책임을 따지며 목소리를 높였다. 새끼들은 주인을 찾지 못한 채 뒹굴었고, 누군가는 기쁨을, 누군가는 골치를 느꼈다. 우리는 다시금 중성화 수술과 비용 문제를 논의했다.

열공이의 탈출을 막는 일은 단순히 울타리 보강으로 끝나지 않았다. 종종 직원들이 자발적으로 밤 수색대를 꾸려 마을을 누볐다. 라디오를 들고, 손전등을 들고, 고개 숙여 골목을 뒤졌다. 그 광경은 마치 작은 탐험대 같았지만, 현실은 피곤과 짜증이 뒤섞인 노동이었다. 밤 1, 2시까지 이어진 수색에서 돌아온 이들은 새벽 시간에 아무 말 없이 잔디를 매만졌다.

"어젯밤 또 소동이었어요. 기름 냄새 나는 공장 뒤쪽에서 목격됐습니다." 한 직원이 말했다. 나는 차 트렁크에서 담요와 간식을 꺼내 손에 쥐어 주곤 했다. 그들이 돌아오면, 나는 다시 전화를 받았다. 항의 전화. 농민의 애원. 직원들의 헛헛한 웃음.

열공이는 점점 더 교활해졌다. 울타리의 한구석을 파다가 땅속 굴착이 드러나면, 잠시 다른 데로 눈을 돌렸다가 다시 그 구멍으로 기어 들어갔다. 우리의 감시는 결국 '예측 가능성'을 잃었다. 그가 파낸 터널은 표면상으로는 작은 구멍이었지만, 그 안엔 그의 세계가 있었다. 밤이면 그 구멍 끝에서 혀를 내밀고 숨을 고르는 그를 상상할 때, 나는 이상한 연민을 느꼈다. 구멍은 탈출의 통로이자, 자기만의 은신처였다.

한번은 직원들이 망을 덧대던 중에, 열공이가 이미 그 구멍을 통해 마을로 나가, 낮은 담 너머의 잔디에 엎드려 한가롭게 햇살을 쬐고 있는 것을 목격했다. 직원들 중 한 명이 손을 들었다. "저거 봐요. 진짜 천하의 탈출범이네요." 그러자 다들 피식 웃었다. 웃음은 피곤을 풀었다.

시간이 흐르며 마을의 반응은 둘로 갈라졌다. 몇몇 이웃은 열공이의 천성을 이해하려 했고, 어떤 이는 우리 회사에 책임을 더 묻고 싶어 했다. 결국 나는 마을회관에서 이웃들과 만났다. 진솔한 대화도 있었고, 비난과 눈물도 있었다. 우리는 서로의 언어를 조금씩 배웠다. 나는 그들에게 중성화 비용을 보전해 주고, 발생한 피해는 보상하겠다고 약속했다. 하지만 이는 부분적인 해결책이었지, 완전한 해결은 아니었다.

가장 고된 밤은 열공이를 찾지 못하는 밤이었다. 어느 겨울, 눈이 얇게 쌓인 새벽, 우리는 열공이를 찾지 못해 초조했다. 직원들은 불빛을 들고 집집마다 문을 두드렸다. 한 집 앞에서 개 짖음이 들렸고, 그 소리를 좇아 한밤중에 들어간 작은 창고에서 우리는 겨우 그의 몸을 발견했다. 그는 축 늘어져 있었고, 숨소리는 약했다. 차가운 공기 속에 그의 흰 털이 희미하게 반짝였다. 우리는 그를 차에 싣고, 오랫동안 달려 동물병원으로 갔다. 그 밤의 공포는, 돌아온 이들의 몸과 마음에 오래 남았다.

그날도 열공이는 울타리를 뚫고 나갔다. 여름 끝자락, 오후 햇살이 강물처럼 마당에 흘러내리던 시각이었다. 직원들이 바쁘게 회의에 몰두하고 있던 그 틈을 타, 그는 대문 아래의 단단한 흙바닥을 집요하게 파헤쳤다. 몇 번이나 보강했던 그 구역, 그러나 그의 앞발은 이미 인간의 계산을 넘어서는 본능과 집착으로 움직이고 있었다.

밤이 깊어도 열공이는 돌아오지 않았다. 직원들이 무전기를 들고 사방으로 흩어졌다. 나는 차를 몰고 좁은 농로를 달리며, 전조등으로 논두렁을 비추었다. 불빛은 빗방울처럼 반짝이는 벼잎 위를 스쳐 갔지만, 흰 그림자는 보이지 않았다.

몇 시간이 흘렀다.

어느 직원이 다급하게 외쳤다.

"사장님, 여기 있습니다! 여기요!"

논 가운데, 어두운 물빛 속에 흰 덩어리가 쓰러져 있었다. 열공이였다. 몸은 축 늘어져 있었고, 숨결은 희미했다. 가까이 다가가니 눈동자는 반쯤 감긴 채로 미약하게 떨렸다. 발목과 옆구리에는 선명한 상처가 남아 있었고, 그 주위 흙은 낯선 발자국으로 어지럽게

무릎의 방

짓밟혀 있었다. 마을의 누군가가 몽둥이로 그를 두들겨 팬 것이 분명했다.

나는 순간적으로 분노와 절망을 동시에 느꼈다.

'왜 이런 일이 반복되는 걸까. 왜 하필 이 녀석이어야만 하는가.'

직원들이 흙탕물에 무릎을 꿇고 그를 들어 올렸다. 열공이의 머리는 축 늘어져 있었지만, 가느다란 신음이 입가에서 새어 나왔다. 그 소리는 기적처럼 느껴졌다.

차 뒷좌석에 열공이를 눕히고 우리는 동물병원으로 달렸다. 차 안은 피와 흙냄새로 가득했다. 가로등 불빛이 스쳐 지나갈 때마다 그의 흰 털이 붉은 얼룩 사이로 묘하게 번쩍였다. 나는 운전대를 쥔 손에 힘을 주며, 괜히 말을 했다.

"열공아, 버티거라. 아직 끝난 게 아니다."

그러나 대답은 없었다. 대신 그의 숨소리가 들쑥날쑥 흔들렸다. 옆에서 직원은 계속 그의 옆구리를 문질렀다. 마치 인간의 손길이 생명의 끈을 붙잡아 둘 수 있다는 듯이.

병원 앞에 도착했을 때, 수의사는 곧장 들것을 들고 나왔다. "지금 바로 수술해야 합니다." 차갑고 단호한 목소리였다.

우리는 수술실 앞에서 몇 시간을 기다렸다. 형광등 불빛은 눈을 아프게 했다. 직원들은 말없이 앉아 있었다. 가끔 커피 자판기 앞에 다녀오는 사람이 있었지만, 아무도 한 모금 이상 마시지 못했다.

나는 손에 묻은 피를 씻어 냈음에도 계속 냄새가 느껴졌다. 머릿속에서는 자꾸만 논바닥에 쓰러져 있던 그의 모습이 되살아났다.

마침내 수의사가 나왔다.

"뼈가 부러졌지만, 수술은 잘 끝났습니다. 회복에는 시간이 필요하겠지만, 다행히 목숨은 건졌습니다."

그 순간, 숨이 터져 나왔다. 긴장이 끊어진 자리에서 직원들은 서로의 어깨를 가볍게 두드렸다. 그러나 그 웃음은 짧고 조용했다.

며칠 뒤, 열공이는 붕대를 두른 채 연구소 방 한쪽에 누워 있었다. 약 냄새가 방 안에 가득했다. 그는 움직이지 않았지만, 눈빛은 천천히 나를 따라왔다. 마치 나를 꾸짖는 듯도, 안심시키는 듯도 했다.

나는 그의 옆에 앉아 속삭였다.

"제발, 이제 그만 나가라. 이 안에서도 넌 충분히 자유로울 수 있잖아."

그러나 나는 알고 있었다.

그의 본능은, 그의 세계는, 결코 울타리 안에만 머물지 않을 것이라는 걸. 이번 수술이 끝나도, 그는 또다시 바람의 냄새를 좇아 울타리 바깥으로 향할 것이다.

수술비는 200만 원이 넘게 들었다. 직원들은 혀를 찼지만, 누구도 그 금액이 아깝다고 말하지 않았다. 오히려 그 돈은 열공이와 우리가 맺은 관계의 무게를 드러내는 증거처럼 보였다.

그리고 마을에서는 소문이 퍼졌다.

"하얀 개, 또 살아났대."

어떤 이는 그를 두고 '죽지 않는 개'라 불렀다.

나는 그 말 속에서 이상한 위안을 느꼈다. 죽음에 가장 가까이 다녀온 그 개가, 여전히 나와 우리의 곁에 있다는 사실.

열공이는 놀라울 만큼 빨리 회복했다. 붕대를 감은 다리를 절뚝이면서도 잔디밭을 가로질렀고, 곧 예전처럼 울타리 구석을 파헤치기 시작했다.

"사장님, 이 녀석은 배워도 못 고쳐요."

직원들은 피곤한 웃음을 지었지만, 그 안에는 지친 기색이 역력했다.

며칠이 지나자 또 소동이 일어났다. 동네 암컷들이 발정기에 들어서자 열공이는 밤새 울타리를 들이받았다. 금속성이 울려 퍼지는 그 소리는 마치 작은 폭발 같았다. 직원들은 잠을 설쳤고, 이웃의 눈초리는 점점 더 날카로워졌다.

어느 농부는 나를 붙잡고 말했다.

"책임지세요. 밭이 다 엉망이 됐습니다."

나는 고개를 숙이고 사과했지만, 그 말은 오래 남았다. 자유를 좇는 열공이의 발자국은 마을 사람들에게 상처로 남았다.

밤마다 연구소 앞 벤치에 앉으면, 바람이 측백나무 사이로 스쳐 가며 묘한 소리를 냈다. 열공이는 담요 위에 몸을 말고 있었지만, 눈동자는 언제나 바깥을 향했다.

나는 그를 바라보며 스스로에게 물었다.

'과연 이 녀석에게 진짜 필요한 건 자유일까, 아니면 생명일까. 자유를 빼앗는 게 죄일까, 아니면 지켜 내지 못하는 게 죄일까.'

그 질문은 나를 갈라놓았다. 어떤 날은 울타리를 더 높이 세우고 싶었고, 어떤 날은 울타리를 아예 부숴 버리고 싶었다. 그러나 결론은 같았다. '이렇게는 오래 버틸 수 없다.'

결정적인 순간은 한겨울에 왔다. 열공이는 또다시 사라졌다. 몇 시간의 수색 끝에, 직원이 외쳤다.

"여기 있습니다!"

그는 논둑 옆에 쓰러져 있었다. 눈빛은 초점을 잃고, 입가에서는 희미한 김이 새어 나왔다. 그 순간, 나는 결심했다.

'이제는 더 이상 미룰 수 없다. 중성화 수술, 그 길밖에 없다.'

며칠 뒤, 나는 열공이를 차에 태워 병원으로 향했다. 그는 창밖을 조용히 바라보고 있었다. 아무것도 모르는 듯 평온한 모습. 그 눈빛이 나를 찔렀다.

"미안하다, 열공아. 하지만 이게 우리가 함께 살아남는 방법이야."

내 목소리는 차 안에서 메아리처럼 흔들렸다.

병원 대기실에서의 시간은 길었다. 직원들은 말없이 앉아 있었고, 나는 속으로 수없이 변명했다.

'네가 원한 건 아니야. 하지만 네가 오래 살길 바라서야.'

수의사가 말했다.

"수술은 잘 끝났습니다. 앞으로 큰 사고는 없을 겁니다."

나는 안도했지만, 동시에 날카로운 죄책감이 가슴을 찔렀다. 생명을 지켜 낸 대신, 자유의 일부를 지워 버린 것이다.

회복한 열공이는 다시 잔디밭을 달렸다. 그러나 더 이상 울타리를 파헤치지 않았다. 암컷의 울음소리에 미친 듯 반응하던 날카로운 울음도 사라졌다.

나는 밤마다 그를 바라보았다. 열공이는 담요 위에서 고개를 들어 내 눈을 마주했다. 그 눈빛은 담담했고, 이렇게 말하는 듯했다.

"괜찮아. 나는 여전히 나야."

나는 고개를 끄덕였지만, 마음속에서는 질문이 사라지지 않았다.

'내가 옳은 선택을 한 걸까. 그의 자유와 본능을 꺾은 대신, 얻은 건 무엇일까.'

철망 울타리는 여전히 회사 마당을 둘러싸고 있었다. 그러나 이제 열공이는 그 너머를 바라보지 않았다. 대신, 햇살 속에 몸을 누이고, 직원들이 던져 주는 공을 쫓았다.

나는 그의 뒷모습을 오래 바라보았다. 담장을 넘지 않는 열공이의 모습은 안도이자 상실이었다.

그러나 확실한 건, 그는 내 곁에 여전히 살아 있다는 사실이었다. 그의 숨결이, 그의 눈빛이, 내 일상 한가운데 있다는 것.

그것이 내가 내린 결단의 유일한 의미였다.

해가 막 떠오르면, 회사 마당의 잔디 위에는 이슬이 보석처럼 맺혔다. 흰빛을 받은 잔디는 파르르 떨리며 살아 움직이는 듯했다. 그런 아침이면 열공이는 반드시 같은 자리, 잔디밭 중앙쯤에 앉아 있었다.

철문이 열리고 차들이 줄지어 들어왔다. 타이어가 자갈을 밟는 소리, 직원들의 인사 소리가 교차하는 순간, 열공이는 천천히 고개를 들었다. 눈빛은 묵직했고, 그 한 번의 시선만으로도 마당에 일종의 질서가 생겨났다.

익숙한 직원들은 가볍게 손을 흔들었다. "좋은 아침이다, 열공아."

그럴 때면 그는 짧게 코를 훅 내뿜고는 다시 자리를 지켰다. 작은 의식 같았지만, 그것은 모두에게 하루의 시작을 알리는 의례였다.

그러나 처음 방문하는 손님들은 달랐다. 차 문을 열다 말고, 열공이의 큰 체구와 고요한 눈빛을 보고 움찔했다.

"저… 저 개는 괜찮습니까?"

그러면 직원들이 웃으며 대답했다.

"예, 괜찮습니다. 저 녀석이 사실 이 회사 주인 같은 존재라서요."

농담 반 진담 반이었지만, 손님들은 금세 고개를 끄덕였다. 열공이는 가까이 다가가 한 번 냄새를 맡고, 그 사람이 위협이 아니라는 걸 확인하면, 천천히 등을 돌렸다. 그 행동은 마치 예의 있는 의전 같았다. 손님들은 긴장을 풀면서도, 그 품위에 묘한 존경심을 품곤 했다.

낮에는 잔디밭 전체가 열공이의 무대였다. 그는 구석구석을 돌며 울타리를 확인했고, 바람이 불면 귀를 곤두세워 바깥 기척을 살폈다. 잔디 사이에 스며 있는 냄새, 멀리 밭에서 날아온 흙냄새까지 놓치지 않았다.

정오가 되면 창고 그늘이나 연구소 벽 밑에 몸을 뉘었다. 여름에는 그늘 아래서 혀를 길게 내밀고 숨을 고르며, 겨울에는 전기난로의 은근한 열기를 등에 받으며 조용히 눈을 감았다. 그러나 그의 귀는 여전히 바깥 소리를 듣고 있었다. 직원들이 철문을 열 때, 혹은 바람이 울타리 틈을 스칠 때마다 그는 눈을 번쩍 떴다.

점심시간이면 직원들이 도시락에서 고깃조각을 덜어 내어 그의 앞에 두었다. 열공이는 허겁지겁 삼키지 않았다. 잠시 고개를 갸웃하다가, 천천히 받아먹었다. 그 조심스러움은 사람들의 웃음을 자아냈다. 웃음소리는 사무실까지 번졌고, 회사 전체가 한결 부드러워졌다.

몇 번은 진짜 긴장이 있었다.

어느 늦은 저녁, 낯선 그림자가 울타리 너머를 기웃거렸다. 열공이는 한순간에 몸을 일으켰다. 그리고 낮고 깊은 으르렁 소리를 냈다. 그 소리는 바람에 섞여 울타리를 타고 퍼졌다. 그림자는 움찔하며 뒷걸음질 쳤고, 곧 사라졌다.

그날 밤 직원들은 술잔을 기울이며 말했다.

"열공이 아니었으면 어떻게 됐을지 모릅니다."

모두가 박수를 보냈다. 그러나 정작 열공이는 창고 옆에서 평온하게 졸고 있었다. 그 무심한 모습이 오히려 위엄을 더했다.

봄이면 벚꽃잎이 울타리 위로 흩날렸고, 여름이면 매미 소리가 잔디밭을 덮었다. 가을에는 노란 은행잎이 바람에 휘날렸고, 겨울에는 눈발이 흰 털 위에 포슬포슬 내려앉았다. 열공이는 계절의 변화를 묵묵히 견뎠다.

그의 몸은 느려졌다. 계단을 오를 때는 잠시 숨을 고르기도 했고, 눈빛 속에는 세월의 그늘이 드리워졌다. 하지만 그 느림조차 존엄했다. 그는 여전히 회사의 중심에 있었고, 모두가 그에게 의지했다.

늦은 밤, 사무실 불을 끄고 나오면, 가로등 불빛이 잔디 위로 길게 드리워져 있었다. 그 빛 속에서 열공이는 언제나 같은 자리에 앉아 있었다. 흰 털은 은빛으로 반짝였고, 바람이 측백나무 울타리를 스칠 때 그의 숨소리와 어우러졌다.

나는 그 모습을 오래 바라보다가 마음속으로 말했다.

"그래, 열공아. 너는 여전히 잘 지키고 있구나."

무릎의 방

그 순간, 묘한 안도감이 스며들었다. 마치 그가 회사를 지키는 동시에 내 삶 또한 든든히 붙잡아 주는 듯했다.

열공이는 더 이상 울타리를 넘지 않았다. 그러나 그가 울타리 안에서 보여준 충직함과 위엄은, 울타리 밖을 자유롭게 달리던 젊은 날보다 오히려 더 강렬한 빛을 발했다.

오늘도, 내일도, 아마도 그 이후로도, 열공이는 잔디밭 한가운데 앉아 세상을 묵묵히 바라볼 것이다. 그것만으로도 이 회사와 나의 하루는 충분히 안전하고, 풍요로워질 것이다.

코리안 드림

오후 3시쯤, 급한 제품 포장 작업을 막 마친 뒤였다. 사무동과 창고가 만나는 ㄱ 자 모퉁이, 커다란 변압기 옆 콘크리트 바닥에는 하루 종일 흘린 기름얼룩이 둥글게 말라붙어 있었다. 물이 가득 찬 수조 위에는 벌레를 끌어모으며 바람결에 물결이 낮게 윙— 하고 울었다. 지게차는 마지막 파레트를 내려놓고 멀어졌고, 바람이 울타리를 긁을 때마다 철망이 가늘게 떨렸다. 회사의 하루가 막 끝나려던 그 틈, 소리 하나가 모퉁이에서 새어 나왔다. 숨을 막아 삼킨 울음, 그러나 기계음이 사라진 자리에서는 더 또렷하게 들리는 울음이었다.

레스투 아바스티아르는 모퉁이에 웅크려 있었다. 무릎을 세우고, 작업복 소매로 얼굴을 반쯤 가린 채. 그의 집은 인도네시아 중부 자바, 테갈 인근 타루브로 자카르타에서 290km 떨어져 있다. 정확한 숫자는 늘 그에게 위로였다. 거리를 셀 수 있으면 길을 그릴 수 있고, 길을 그릴 수 있으면 언젠가 도착할 수도 있으니까. 하지만 오

　　　　　　　　　　　　　　　　　　　　　무릎의 방

늘, 숫자는 그 어떤 길도 그려 주지 못했다.

10분 전, 휴대전화가 진동했다. 화면에는 'Wife'라는 단어와 함께 고향 번호가 떴다. 바람 때문에 전파가 흔들렸는지 목소리는 쉴 새 없이 끊겼다. 몇 번의 "여보…" 다음, 인도네시아어로 짧고 단단한 두 단어가 떨어졌다. "Bayi… tidak ada." 아기… 없다. 레스투는 그 자리에서 숨을 놓칠 뻔했다. 숨이 가슴 안쪽에서 저릿하게 말리더니, 곧 울음으로 바뀌었다. 그는 소리가 밖으로 새지 않도록 입술을 꽉 깨물었으나, 울음은 몸의 다른 구멍들을 찾아 흘렀다. 눈가, 콧마루, 손끝. 회사 한쪽 모퉁이에서, 한국의 저녁 공기 속에서, 인도네시아의 상실이 울렸다.

퇴근하던 한국 직원 하나가 그 소리를 들었다. 그는 무심히 담배를 꺼내려다, 라이터 불빛 너머로 보이는 어두운 덩어리를 보고 주춤했다. "레스투?" 그의 이름이 공중에서 조심스레 꺾였다. 레스투는 고개를 들지 않았다. 어깨가 두어 번 크게 요동치고, 다시 가라앉았다. 직원은 잠깐 망설이다가 내 쪽으로 뛰어왔다. "사장님, 레스투가… 모퉁이에서… 혼자…."

나는 모퉁이로 갔다. 콘크리트 바닥이 저녁의 냉기를 품고 있었다. 가까이 다가가니 그의 손등에 묻은 쇳가루까지 보였다. 낮 동안 라인에서 나사를 조일 때 묻었을 검은 자국들. 그 위로 미지근한 눈물이 엷게 번졌다. 나는 바닥에 쪼그려 앉아 천천히 한국어를 골랐다. "레스투." 이름을 한 음절씩 부드럽게 눌렀다.

나는 결국 그에게 다가가 어깨를 붙잡았다.

"무슨 일이야?"

그는 손바닥으로 얼굴을 더 깊이 가렸다. 손가락 사이로 끊긴 호흡이 새어 나왔다.

그는 알아듣기 힘든 한국어와 모국어를 뒤섞으며 겨우 말했다.

"딸… 아기… 죽었어요….”

"죽었어요"라는 말끝이 공중에서 길을 잃고, 모퉁이의 어둠 속으로 떨어졌다. 나는 잠깐 아무 말도 하지 못했다. 한국어는 이럴 때 종종 지나치게 얇아진다. 얇은 말로는 몸을 덮을 수가 없다. 그래서 나는 말 대신 동작을 골랐다. 작업복 주머니에서 얇은 휴지 한 장을 꺼내 그의 손등에 올려놓았다. 손등이 작게 떨렸다.

그 순간, 공장의 공기가 멈춘 듯했다.

갓 태어난 그의 딸, 아직 얼굴조차 제대로 보지 못한 그 아이가 세상을 떠났다는 소식.

그 비극은 설명할 수 없는 무게로 내려앉았다.

"여긴 한국이고, 넌… 인도네시아에서 왔지." 내가 말했다. 사실을 확인하는 문장. 그 문장엔 이상하게도 체온이 있었다. 그는 한번, 아주 작게 끄덕였다. 모퉁이 너머로는 여전히 나트륨등이 울었고, 울타리 위로는 바람이 스쳤다. 레스투는 천천히 손을 내리고 내 쪽을 보았다. 붉게 상기된 눈동자 가장자리에 아직 마르지 않은 문장이 매달려 있었다. "Bayi… tidak ada." 나는 낮게, 가능한 한 단단하게 한국어를 붙였다. "레스투, 네 잘못 아니야." 그 말이 닿는 데에는 시간이 필요했다. 말은 언어를 건너야 했고, 언어는 바다를 건너야 했다. 그러나 결국 그 말은 그의 가슴까지 떨어졌다. 다시 울음이 왔다. 이번엔 소리를 막지 않았다. 울음이 몸 밖으로 나가야, 안에 빈자리가 생긴다.

우리는 한동안 모퉁이에 앉아 있었다. 바람이 철망을 흔들 때마다 규칙적인 진동이 생겼다. 울음과 바람 사이에 작은 리듬이 만들어졌다. 레스투가 조심스럽게 휴지를 받아 눈가를 눌렀다. 손끝이 아주 조심스러워, 마치 부서질 위험이 있는 무언가를 다루는 사람 같았다. 그는 마침내 짧게 말했다. "집… 타브루. 자카르타… 이백구십 점 일… 킬로." 정확한 숫자를 말할 때 그의 발음은 신기하게 또렷해졌다. 숫자는 모서리가 뚜렷해서, 슬픔보다 먼저 혀에 걸렸다.

나는 결정을 내렸다.

"레스투를 고향으로 보내야 한다."

그의 자리가 지금은 이곳이 아니라, 인도네시아 가족의 곁이라는 사실은 분명했다.

사무실로 데려올 때까지 그는 몇 번이나 뒤를 돌아봤다. 마치 울음이 아직 모퉁이에 남아 있는지 확인하는 사람처럼. 사무실 문을 닫자 형광등이 "칙—" 하고 켜졌다. 책상 위 계산기, 무전기, 회사 도장이 정돈된 자리에 갑자기 낯선 물건 하나가 놓인 듯, 그의 상실이 방 안으로 들어왔다. 나는 물컵에 따뜻한 물을 받아 건넸다. 그는 두 손으로 컵을 감싸고 잠깐 눈을 감았다. 컵 온기가 손등의 쇳가루 냄새를 밀었다.

"일주일." 나는 모니터를 켜면서 말했다. "다녀와. 가족 곁에." 레스투의 시선이 흔들렸다. "일… 돈….." 그는 작은 목소리로 한국어의 무릎을 꿇렸다. 그 말들이 그의 등에 다시 올라탔다. 나는 고개를 저었다. "돈은 회사가 메울게. 네 마음이 먼저야." 그는 대답 대신 컵을 더 꽉 잡았다. 손마디가 하얗게 질렸다.

항공사 사이트를 열어 이름을 입력했다. RESTU ABASTIAR — 화면 속 알파벳들이 선명하게 서 있었다. 그의 이름은 화면에서도 무너지지 않았다. 출발 날짜를 고르고, 돌아오는 날짜를 눌렀다. 일주일. 결제 버튼을 누르자 가느다란 삑 소리와 함께 확인 메일이 들어왔다. 나는 프린터 전원을 켰다. 종이가 밀려 나오며 잉크 냄새가 방을 조금 따뜻하게 만들었다. 티켓을 반으로 접어 흰 봉투에 넣었다. 봉투 위에는 볼펜으로 짧게 썼다. 귀향.

"고맙습니다. 사장님….."

그의 한국어는 모서리 없이 흘렀다. 그 말은 방 안의 가장 차가운 곳으로 가닿아 녹았다. 나는 고개를 끄덕였다. "함께 기도하자."

무릎의 방

말이 끝나자마자, 변압기 너머에서 바람이 한 번 세게 울었다가 멎었다. 회사의 저녁은 완전히 밤으로 넘어가고 있었다. 모퉁이는 텅 비었지만, 우리는 알고 있었다. 그 자리에 남은 것이 울음만은 아니라는 것을. 한 사람이 오늘 밤 한국에서, 내일 새벽 인도네시아에서, 같은 이름으로 숨을 쉬겠다는 약속 같은 것.

그날 밤, 공장이 고요해진 뒤에도 나는 한참 동안 자리에서 일어나지 못했다.

머릿속에는 같은 말이 반복되었다.

"코리안 드림은, 결국 이런 고통마저도 함께 견뎌야 얻을 수 있는 것인가."

다음 날, 나는 책상 위에 여권과 비행기표를 올려 두었다.

레스투를 불러 앉히고 말했다.

"네가 있어야 할 곳은 지금 여기보다 거기야."

그는 한동안 멍하니 나를 바라보다가, 얼굴에 눈물이 고였다.

그리고 두 손으로 얼굴을 가린 채 울었다.

잠시 후, 얼굴을 들어 나를 향해 깊이 고개 숙였다.

"사장님… 감사합니다."

동료들은 그의 짐을 챙겨 주었다.

누군가는 작은 과자를, 누군가는 두꺼운 겉옷을 건네며 그를 배웅했다.

공장 문 앞에서 레스투는 몇 번이고 뒤를 돌아보았다.

눈물에 젖은 얼굴이었지만, 그 눈빛은 단단했다.

그날 이후로 나는 모퉁이를 지날 때마다 잠깐 멈춰 서게 되었다. 나트륨등의 윙— 하는 소리, 철망이 바람에 긁히는 소리, 기름얼룩 위에서 반사되는 빛. 한국의 한쪽 모퉁이에서 시작된 울음이 한 편의 소설을 열었다는 사실을, 그 자리의 공기가 오래 기억하고 있었다. 그리고 레스투의 코리안 드림은, 돈이나 계약서가 아니라, 봉투 속 종이와 손마디의 힘줄과 "괜찮아"라는 말의 온도로, 조용히 첫 페이지를 넘겼다.

5년 전.

인천공항의 자동문은 미끄러지듯 열렸다.

레스투는 두어 걸음 나서다가 발걸음을 멈추었다. 얼굴을 스치는 공기가 너무 낯설었기 때문이다. 그것은 마치 얼음이 녹은 강 위로 불어오는 바람 같았다. 차갑고, 맑고, 아무 냄새도 나지 않았다. 자바섬의 무거운 공기, 낮게 깔린 습기, 타루브 골목 어귀의 튀김 기름 냄새, 논두렁 흙에서 풍겨 나오던 비릿한 향기… 모든 것이 이곳에서는 존재하지 않았다. 레스투는 순간 폐가 텅 빈 것처럼 느껴졌다. 얇은 마스크를 고쳐 쓰며, 그는 다시 짧게 숨을 들이마셨다. 그 공기는 지나치게 깨끗했고, 너무 투명해서 오히려 이방인의 가슴을 더 불안하게 만들었다.

천장은 끝없이 높았고, 전광판은 숫자와 알 수 없는 글자들을 쉴 새 없이 바꾸어 냈다. 사람들은 바삐 걸어 다녔다. 어깨에 커다란 가방을 멘 여행자, 서류가방을 들고 빠른 걸음을 옮기는 비즈니스맨, 유아차를 밀고 지나가는 젊은 부부. 그들 모두는 이곳의 공기를 자기 것으로 누리고 있는 듯 보였다. 반면 레스투는 그 무리 속에서 작은 이물질처럼 서 있었다. 그의 어깨 위 가방끈은 낡아 군데군데 해졌고, 손바닥엔 긴장으로 인한 땀이 맺혀 있었다.

아내의 얼굴이 순간 번개처럼 스쳐 갔다. 떠나기 전, 그녀는 한마디 말도 하지 않았다. 그저 눈을 한 번 크게 떴다가 천천히 감았다. 그 속에 모든 말이 들어 있었다. 원망과 체념, 그리고 희미한 기대까지. 그는 그 눈꺼풀의 떨림을 아직도 지울 수 없었다.

버스는 공항을 떠나 곧바로 고속도로에 올랐다. 창문에는 김이 서려 바깥 풍경은 번진 수채화처럼 흐릿했다. 도로 옆의 가로등은 일정한 간격으로 지나갔고, 그 불빛은 차 안을 번갈아 비추었다. 마치 보이지 않는 심문관이 일정한 리듬으로 그를 조사하는 듯했다.

옆자리 몽골 청년은 커다란 이어폰을 귀에 꽂고 눈을 감았다. 그는 머리를 약간 흔들며 무언가를 듣고 있었다. 아마 고향 노래일 것이다. 건너편에 앉은 방글라데시 청년은 작은 코란 책을 손바닥에 올려놓고, 입술을 움직였다. 베트남 청년은 눈을 멀뚱히 뜬 채 창밖 어둠을 바라보았다. 각자 다른 언어를 속으로 삼키고 있었지만, 모두 같은 리듬을 공유하고 있었다. 불안과 기대, 긴장과 피곤, 그 모든 것이 버스의 엔진 소리와 섞여 흔들렸다.

레스투는 허리를 꼿꼿이 세우고 앉아 창밖을 보았다. 어둠 속에서 순간순간 스쳐 가는 작은 마을 불빛이 그에게 묘한 감정을 불러일으켰다. "나는 이제 그 불빛의 안쪽으로는 들어갈 수 없겠지." 그곳은 누군가의 집이었고, 누군가의 가족이 저녁을 먹고 있는 공간이었지만, 그에겐 단순한 그림자일 뿐이었다.

버스는 두 시간 넘게 달려 충청북도 오송의 한 공단 앞에서 멈췄다.

희뿌연 증기가 굴뚝에서 솟아올라 낮게 깔린 구름을 찔렀다. 도로는 텅 비어 있었고, 가로등 불빛이 차갑게 아스팔트 위에 내려앉았다. 안내인은 굵은 억양의 한국어로 외쳤다.

"○○바이오 주식회사, 여기서 내리세요."

레스투는 낡은 가방을 움켜쥐고 계단을 내려섰다. 발밑 아스팔트는 차갑고 단단했다. 그 순간 그는 자기도 모르게 발끝으로 바닥을 두어 번 두드려 보았다. 고향 흙길에서는 느낄 수 없던 단단함, 돌려보낼 수 없는 현실의 무게가 그 속에 있었다.

회사 건물은 사각형의 흰 벽이 차갑게 솟아 있었다. 네온 간판의 파란 글자는 겨울 밤하늘 속에서 날카롭게 빛났다. '○○바이오 주식회사.'

그 글자는 단순한 회사명이 아니라, 앞으로 몇 년간 그를 가둘 우리이자 동시에 그를 살릴 이름처럼 보였다.

그가 처음 배정받은 곳은 생산부였다. 문을 열고 들어서자, 예상과 전혀 다른 광경이 펼쳐졌다.

그는 늘 '공장'이라 하면 소음, 열기, 땀 냄새를 떠올렸다. 그러나 이곳은 마치 병원 같았다. 바닥은 반짝였고, 직원들은 모두 흰색 작업복과 마스크, 머리망을 착용하고 있었다. 기계는 팔을 부드럽게 움직이며 유리병을 이송했고, 공기에는 금속 냄새 대신 소독약 냄새가 은근하게 배어 있었다.

"여기는 청결이 제일 중요합니다."

관리자의 목소리는 낮고 차분했다.

레스투는 단어를 전부 알아듣지는 못했지만, 손짓이 충분히 명확했다. 그는 고개를 끄덕이며 장갑을 꼈다.

작업대 위로 작은 유리병이 일정한 간격으로 굴러왔다. 그는 그것을 박스에 담았다. 단순한 동작이었지만 손끝이 떨렸다. 처음에는 박자에 맞추지 못해 유리병이 엎어지기도 했다. 그때마다 관리자의 시선이 스쳐 갔지만, 꾸짖음은 없었다. 오히려 무심한 그 눈빛이 더 큰 압박이 되었다.

시간이 흐르자, 그는 기계의 리듬 속에 자신을 맞출 수 있었다. 유리병이 굴러오는 소리는 작은 드럼 같았고, 그 소리에 맞춰 몸을 움직이다 보니 손끝의 떨림은 사라졌다.

"낯선 리듬이지만, 지금은 이 리듬에 몸을 맞추는 수밖에 없다."

그는 속으로 그렇게 중얼거렸다.

점심시간이 되자, 그는 다른 연수생들과 함께 구내식당으로 향했다.

스테인리스 식판 위에 밥, 국, 반찬이 차례대로 놓였다. 김치의 붉은 냄새가 공기를 휘감았다. 한국 직원들은 익숙하게 밥에 반찬을 섞어 숟가락으로 휘저으며 먹었다. 베트남 청년 투안은 고추장을 조심스레 덜어 내고 채소를 얹었다. 우즈베키스탄 청년은 연신 "스파이시, 스파이시"를 중얼거리며 물을 벌컥벌컥 마셨다.

레스투는 숟가락을 들고 잠시 망설였다. 붉은 국물은 낯설었고, 매운 향은 목을 자극했다. 그러나 그는 조심스럽게 한 숟갈을 떠 입에 넣었다. 순간 혀가 얼얼했지만, 그는 천천히 삼켰다. 위장이 불타는 듯했지만, 곧 작은 미소가 입가에 번졌다.

"이 낯섦을 삼키는 것. 그것이 내가 여기서 살아남는 방법이다."

그날 밤, 그는 기숙사 침대 위에서 다시 아내와 아들의 얼굴을 떠올렸다.

작은 방 안, 낯선 언어의 숨결이 얇은 벽을 타고 스며들었다. 몽골 청년은 옆 침대에서 코를 골았고, 베트남 청년은 휴대폰을 붙잡은 채 속삭이듯 대화를 이어갔다. 그 소리들이 어둠 속에 흩어졌다. 레스투는 눈을 감은 채 작은 수첩을 꺼내 짧게 적었다.

'Hari pertama, aku bertahan.'

(첫째 날, 나는 버렸다.)

　작업장 복도는 특유의 냄새로 가득했다. 기름이나 땀의 냄새가 아니라, 소독약이 섞인 깨끗하면서도 차가운 공기였다. 공조기가 돌아가는 소리가 낮게 깔려 있었고, 그 위로 일정한 기계의 리듬이 덧씌워졌다. 딱, 딱, 딱. 작은 유리병이 레일 위를 따라 흘러 내려오는 소리였다. 단조로운 리듬이었지만, 그 안에는 묘한 긴장이 있었다.

　나는 천천히 발을 옮겼다. 덧신이 바닥에 스칠 때마다 '삭, 삭' 하는 소리가 희미하게 들렸다. 조명은 지나치게 환했고, 그 빛 아래에서는 모든 사물이 선명하게 드러났다. 숨길 수 있는 그림자가 거의 없었다.

　작업대 앞에 연수생들이 줄지어 서 있었다. 대부분은 첫날이라 그런지 어깨가 굳어 있었다. 손놀림은 빠르지 않았고, 눈빛은 불안하게 흔들렸다. 누구나 낯선 나라에서 첫날을 맞는다면 다 비슷할 것이다. 긴장과 피로, 언어에 대한 두려움이 동시에 겹쳐 있는 표정이었다.

　그때, 내 시선을 잡아끈 사람이 있었다.

　그가 바로 레스투였다. 인도네시아에서 온 청년이라고 들었다.

　처음엔 특별히 눈에 띄는 인물은 아니었다. 다른 연수생들과 마찬가지로 흰 작업복에 마스크를 쓰고 있었고, 체구도 평균이었다. 하지만 그의 움직임은 묘하게 달랐다. 다른 이들이 허둥대거나 너무 빠른 손놀림으로 실수를 만들 때, 그는 오히려 잠시 멈췄다. 떨어진 유리병을 조심스럽게 주워 올리고, 숨을 고른 뒤 다시 작업을 이어 갔다. 동작은 느렸지만, 이상하게 안정적인 무게가 있었다.

옆에서 관리자가 짧게 말했다.

"빨리. 이쪽, 이쪽."

레스투는 눈을 크게 뜨더니 곧 고개를 끄덕였다. 하지만 표정만 보면 이해했다기보다는 그냥 받아들인다는 쪽에 가까웠다. 단어는 낯설었을 테고, 억양도 익숙하지 않았을 것이다.

그 순간, 그는 잠시 나를 올려다보았다.

아주 짧은 눈빛의 교차였다. 불안이나 도움을 구하는 눈빛은 아니었다. 오히려, 이곳에 서 있는 사람으로서 최소한의 체념과 결심이 뒤섞여 있는 눈빛이었다. 언어가 막혀 있어도, 그는 그 눈빛 하나로 충분히 말하고 있었다. "나는 아직 여기 있다."

나는 발걸음을 멈추고 그를 바라보았다.

그는 이내 다시 고개를 숙이고 손을 움직였다. 유리병을 하나씩 집어 박스에 넣었다. 속도는 여전히 느렸지만, 손끝의 작은 떨림은 금세 사라졌다. 그의 어깨가 약간 굽어 있었고, 마스크 위로 보이는 땀이 이마에 맺혀 있었다. 그러나 그는 멈추지 않았다.

무릎의 방

다른 연수생들과 크게 다르지 않으면서도, 어쩐지 쉽게 잊히지 않을 것 같은 사람. 그게 내가 레스투를 처음 보며 느낀 인상이었다.

작업이 끝난 뒤, 나는 대표실로 돌아왔다.

책상 위에는 언제나처럼 서류가 쌓여 있었지만, 눈길은 쉽게 글자에 머물지 않았다.

머릿속에는 자꾸 방금 본 장면이 되살아났다.

유리병이 떨어지고, 관리자의 짧은 지시, 그리고 레스투의 잠깐의 눈빛. 그 모든 게 단순한 공장 풍경 이상으로 느껴졌다.

나는 문득 창밖을 바라보았다.

공단의 겨울 하늘은 낮게 깔려 있었고, 굴뚝에서는 연기가 천천히 흘러나왔다. 바람에 실려 흩어지는 연기는 마치 막 들어온 연수생들의 불안한 숨결 같았다. 각자 다른 나라에서, 다른 이유로, 다른 상처를 품고 온 사람들이었다. 그러나 그들의 하루는 같은 기계의 리듬에 묶여 있었다.

잠시 후, 누군가 문을 두드렸다.

레스투였다.

대표실에 들어선 그는 조심스럽게 문을 닫고, 가방끈을 여전히 손에 쥔 채 서 있었다. 몸집은 크지 않았지만, 두 손을 가지런히 모은 태도는 묘하게 단정했다. 그는 눈을 제대로 마주치지 못했고, 시선은 바닥과 벽을 오갔다. 그러나 아주 짧은 순간마다 눈빛이 번쩍이며 내 쪽으로 옮겨 왔다. 그 눈빛에는 두려움과 낯섦, 그리고 설명하기 어려운 결심이 겹쳐 있었다.

"힘들지 않습니까."

내가 조심스럽게 물었다.

그는 잠시 망설이다가 작은 목소리로 대답했다.

"…괜찮습니다."

통역이 굳이 필요 없을 만큼 단순한 말. 하지만 그 짧은 대답에는 버티겠다는 의지가 섞여 있었다. '괜찮지 않아도 괜찮다고 말하겠다'는 식의 결심.

나는 그 대답을 듣고 더 말을 이어 가지 않았다. 필요 이상으로 위로를 건네는 것은 오히려 가식처럼 느껴질 수 있었다. 대신 고개를 가볍게 끄덕였다. 그는 여전히 가방끈을 손가락으로 만지작거리고 있었다. 긴장 때문일 수도, 습관 때문일 수도 있었다.

그날 밤, 퇴근 후에도 나는 그의 얼굴을 떠올렸다.

특별히 인상적인 얼굴은 아니었다. 그러나 그 한마디, "괜찮습니다"라는 문장은 내 머릿속에서 지워지지 않았다.

그것은 의욕적인 다짐도 아니었고, 장황한 설명도 아니었다.

오히려 그 단순함 때문에 더 무게감 있게 다가왔다.

나는 생각했다.

'이 사람은 여기서 수많은 어려움을 겪겠지만, 쉽게 무너지지는

않을 것이다.'

저녁은 늘 똑같았다.

작업복을 벗어던지고, 기숙사 식당에서 나온 김이 방 안을 잠깐 채웠다가, 곧 싸늘한 공기로 흩어졌다. 밥상 위에는 김치와 된장찌개, 그리고 젓가락이 쉽게 가지 않는 돼지고기 반찬이 남겨져 있었다. 레스투는 늘 그랬듯이 김치에 손도 대지 않았다. 끓인 라면에 조심스레 계란을 풀어 넣고, 그것을 천천히 씹었다. 그의 식사는 다른 이들의 식사와 조금 달랐다. 숟가락 소리조차 외따로 들렸다.

그런데 그날은 달랐다.

식탁 끝에서 낮은 목소리가 시작되었다. 베트남 청년 투안이 숟가락을 내려놓으며 말했다.

"다른 회사 친구한테 들었어. 잔업 하면 삼백 가까이 번대."

말은 짧았지만, 방 안의 공기를 바꿔 놓기에 충분했다.

우즈베키스탄 출신의 아잠은 고개를 끄덕이며 담배를 비틀어 쥐었다.

"여기선 기본급뿐이잖아. 고향 가족들 생각하면… 너무 적어."

그 말이 끝나자 방 안은 조용해졌다. 누군가는 대답을 하려다 말았고, 누군가는 웃음으로 넘기려 했다. 그러나 그 웃음은 오래가지 못했다.

며칠 동안, 같은 대화가 반복되었다.

밤마다 포트에서 물이 끓어오를 때마다, 그 수증기와 함께 불만도 피어올랐다.

단순히 돈 이야기만은 아니었다. 일하지 않는 시간, 아무것도 채워지지 않는 저녁의 고요, 그 고요 속에서 번져 가는 초조함.

그것이 결국 사람들을 움직이게 했다.

어느 저녁, 작은 캐리어들이 바닥에 하나둘 놓였다.

철제 지퍼가 올라가고 내려가는 소리가 이상하게 날카롭게 들렸다.

낡은 옷가지, 세면도구, 고향에서 가져온 낡은 사진 몇 장.

짐을 꾸리는 손길은 빠르지도 느리지도 않았다. 그러나 단호했다.

레스투는 창가에 앉아 그 장면을 지켜봤다.

방 안에 흩어진 가방 냄새, 비닐이 쓸리는 소리, 무언가 결심한 사람들의 눈빛.

그 모든 것이 하나의 그림처럼 보였다.

그는 입을 열지 않았다. 누군가 눈을 마주쳤을 때조차, 고개만 아주 짧게 끄덕였다.

말을 보태면, 스스로의 마음이 흔들릴 것 같았기 때문이다.

출발하는 날 아침, 그들은 짧게 인사를 했다.

"행운을 빌어, 레스투."

"너도 언젠가 나와 같은 선택을 하게 될 거야."

그들의 말은 격려였지만, 동시에 예언처럼 들렸다.

문이 닫히는 소리, 그 뒤에 남은 정적은 오히려 더 큰 울림을 만들었다.

방은 갑자기 넓어졌다.

옆자리에서 늘 울리던 휴대폰 알람도, 낮게 흘러나오던 베트남 노래도, 새벽까지 이어지던 낮은 웃음소리도 사라졌다.

남은 것은 레스투의 숨소리와 전기포트의 윙윙거림뿐이었다.

빈 침대 위, 반듯하게 개켜진 이불은 그 자리에 없는 사람을 더 또렷하게 떠올리게 했다.

그날 밤, 레스투는 수첩을 펼쳐 짧은 글을 남겼다.

'Teman pergi. Aku tetap di sini. Tidak tahu kenapa, tapi
ini jalanku.'

(친구들은 떠났다. 나는 여기에 남는다. 이유는 알 수 없지
만, 이것이 나의 길이다.)

다음 날, 회사는 어제와 다름없었다.

기계는 같은 소리를 냈고, 팬은 같은 속도로 돌았다.

작업대 위의 움직임에는 공백이 없었다.

떠난 사람들의 빈자리는 공장의 시간 속에서는 존재하지 않았다.

그러나 레스투의 눈에는 모든 것이 달라 보였다.

그의 손끝은 어제보다 조금 더 단단해졌다.

그의 호흡은 조금 더 묵직해졌다.

남는다는 것은 단순히 자리에 머무는 것이 아니었다.

그것은 불안과 고독을 동시에 껴안고도, 흔들리지 않고 서 있다는 뜻이었다.

레스투는 알 수 없는 이유로, 그러나 분명한 결심으로, 그곳에 남았다.

기숙사 복도는 이상할 만큼 조용했다.

며칠 전까지만 해도 저녁마다 들리던 웃음소리와, 휴대폰에서 흘러나오던 낯선 나라의 음악이 더 이상 들리지 않았다.

남아 있는 것은 낡은 형광등이 내뿜는 희미한 웅성거림뿐이었다.

나는 천천히 걸음을 옮겼다.

창문으로 스며든 겨울 공기가 차갑게 어깨를 스쳤다.

문틈 사이로 불빛이 흘러나왔다.

그 빛은 다소 희미했지만, 방 안의 기척을 충분히 드러내기에 충분했다.

나는 잠시 숨을 고르고, 조심스레 문을 밀었다.

낡은 경첩이 삐걱거리는 소리를 냈다.

그 안에는 레스투가 있었다.

그는 작은 책상 앞에 앉아 있었다.

전기포트가 윙윙거리며 물을 끓이고 있었고, 그 옆에는 잘 사용한 수첩이 반쯤 펼쳐져 있었다.

그는 펜을 쥔 채 천천히 글자를 적었다.

글씨는 삐뚤었지만, 그 삐뚤 속에는 이상한 단호함이 있었다.

잠시 후, 펜 끝이 멈췄다.

그는 고개를 숙이고, 한참 동안 아무 말도 하지 않았다.

나는 문가에 서서 그 고요를 지켜보았다.

방 안의 공기는 무겁지 않았지만, 묘하게 투명했다.

마치 작은 수조 속에 들어온 것처럼, 모든 소리가 멀리서 울려 퍼졌다.

나는 그를 불렀다.

"레스투."

그가 고개를 들었다.

검은 눈동자 속에는 말로 설명할 수 없는 무언가가 담겨 있었다.

그 눈빛은 동시에 피곤했고, 단단했고, 또 어딘가 고독했다.

그것은 단순히 떠나지 않고 남아 있는 사람의 표정이 아니었다.

그것은 낯선 땅 위에서 자신이 서야 할 자리를 스스로 붙잡고자 하는 사람의 표정이었다.

나는 순간적으로 알았다.

이 청년의 '남음'은 단순한 선택이 아니라는 것을.

그는 돈 때문에, 혹은 상황 때문에 여기 남은 것이 아니었다.

그가 붙잡은 것은 어쩌면 보이지 않는 끈, 즉 자기 자신에 대한 고집 같은 것이었다.

내 안에 이상한 파문이 일었다.

나는 한국에서 태어나 한국말로 자라난 사람이었다.

그래서 남는다는 것이 나에게는 늘 자연스러운 일이었다.

그러나 레스투에게, '남는다'는 것은 완전히 다른 차원의 일이었다.

그것은 고향과 가족, 언어와 음식, 종교와 일상의 모든 익숙한 것을 떠나온 끝에, 홀로 버티는 것을 의미했다.

나는 그 앞에서 설명할 수 없는 감정을 느꼈다.

감탄, 죄책감, 그리고 묘한 경외심.

내가 그에게 줄 수 있는 것은 제한된 월급과, 가끔 내미는 손길뿐이었다.

그러나 그는 그 작은 것들을 붙잡고, 흔들리지 않으려 애쓰고 있었다.

점심시간, 작업장 옆 휴게실 문이 열리자 따뜻한 공기가 쏟아져 나왔다.

안에는 이미 몇 명의 동료들이 자리를 잡고 있었다. 작은 전기밥솥 두 대, 스테인리스 국통 하나, 그리고 반찬이 담긴 네모난 통들이 플라스틱 테이블 위에 올려져 있었다. 흰 증기가 천장 쪽으로 스

무릎의 방

멀스멀 퍼졌고, 그 냄새 속에는 고춧가루와 마늘, 발효된 젓갈의 짙은 향이 섞여 있었다.

한국인 직원 한 명이 국통 뚜껑을 열었다. 빨갛게 기름이 떠 있는 국물 안에서 고기와 두부 조각이 뒤엉켜 움직였다. 그는 국을 푸며 아무렇지 않게 말했다.

"오늘 된장찌개에 돼지고기 좀 넣었네."

그 말이 지나가는 순간, 레스투의 눈빛이 아주 잠깐 흔들렸다.

그는 줄 끝에서 숟가락을 든 채 멈춰 서 있었다. 배는 고팠다. 오전 내내 같은 동작을 반복한 손목이 묵직하게 쑤셨고, 위장은 오래전부터 공허하게 울려 댔다. 그러나 그의 발걸음은 국통 앞에서 더이상 나아가지 못했다.

그는 밥솥 뚜껑을 열었다. 흰 김이 얼굴을 덮쳤다. 그 향기는 안도감을 주었지만, 곧 옆 반찬통에서 퍼져 나온 김치 냄새가 뒤섞였다. 젓갈 특유의 발효 냄새는 순간적으로 코를 찌르며 불편한 기운을 불러왔다. 그는 밥만 수저로 푸고, 국통과 반찬에는 손을 대지 않았다.

자리에 앉자, 옆자리 몽골 청년이 숟가락으로 국을 떠올리며 물었다.

"레스투, 안 먹어? 이거 맛있어."

레스투는 짧게 웃고, 고개를 저었다. 말은 하지 않았다. 목 안쪽이 막힌 듯, 목소리가 나오지 않았다. 대신 그는 밥그릇에 물을 부었다. 밥알이 허옇게 떠오르는 그릇은 다른 사람들의 식판과 비교해 너무도 단출했다.

숟가락을 들어 입에 넣자, 밥알이 목구멍에 걸렸다. 억지로 삼키자 가슴 한가운데가 무겁게 내려앉았다. 옆자리에서 숟가락 부딪히는 소리, 국을 젓는 소리, 짧은 웃음소리가 이어졌지만, 그 모든 소리는 멀리서 들려오는 것처럼 들렸다. 같은 공간에 앉아 있으면서도, 그는 다른 세계에 있는 것 같았다.

저녁, 기숙사.

방 안 공기는 이미 무겁게 달궈져 있었다. 베트남 청년은 전기포트에 생선 소스를 끓였고, 몽골 청년은 기름 두른 프라이팬에 고기를 올렸다. 기름이 튀는 소리가 탁탁 울렸고, 냄새는 순식간에 방 안을 가득 메웠다. 한국 청년 한 명은 편의점에서 산 삼각김밥 포장을 뜯고 있었다. 각자의 냄새가 섞여, 좁은 방 안 공기는 묘하게 눌려 있었다.

레스투는 구석에 앉아 가방을 열었다. 작은 인스턴트 누들 봉지를 꺼내 들었다. 포장지 한쪽 모서리에 작게 적힌 녹색 글씨. HALAL.

그는 손끝으로 그 글자를 천천히 쓸며 잠시 숨을 고르듯 눈을 감았다.

포트에 물을 붓고 기다리자, 작은 방 안에 익숙한 향이 피어올랐다. 마늘과 라임, 약간의 강한 기름 냄새. 다른 냄새들과 겹쳤지만, 레스투는 그것을 정확히 구분해 냈다. 그 향은 그에게 고향의 공기와도 같았다.

국물을 들이켰다. 뜨겁고 짠맛이 혀에 닿자, 하루 종일 쌓였던 불안이 조금 풀렸다. 숟가락을 쥔 손이 여전히 떨렸지만, 그 떨림은 공포가 아니라 안도였다. 그는 속으로 짧게 기도했다.

"Terima kasih, Allah. Hari ini aku masih bisa makan dengan halal."

(감사합니다, 알라여. 오늘도 할랄 음식을 먹을 수 있었습니다.)

그러나 국물 몇 모금을 들이켠 뒤, 다시 고립감이 밀려왔다.

다른 이들은 웃고 떠들며 자신들의 음식을 나누고 있었다. 그는 그들 곁에 앉아 있었지만, 그 대화 속에는 들어갈 수 없었다. 음식은 단순히 배를 채우는 문제가 아니었다. 그것은 신앙과 정체성의 문제였고, 동시에 타인과의 거리를 만드는 장벽이기도 했다.

밤이 깊어 모두가 잠든 뒤, 레스투는 작은 수첩을 꺼내 한 줄 적었다.

'Hari keenam. Lapar bukan hanya di perut, tapi juga di hati.'

(여섯째 날. 배고픔은 위장이 아니라 마음에도 있다.)

그 문장을 남기고 나서야, 그는 천천히 눈을 감았다. 창문 밖 환기팬이 돌아가는 일정한 소리가, 그 고립을 더 또렷하게 증명하고 있었다.

공장 불을 모두 끄고 문을 잠갔을 때, 마당은 이미 고요에 잠겨 있었다.

환기팬이 낮은 소리를 내며 돌아가는 것 말고는 들을 만한 소리가 없었다.

내 발자국이 자갈 위에서 부서지듯 사각거렸다.

밤공기는 서늘했고, 멀리서 개 짖는 소리가 간헐적으로 흘러왔다.

그때 기숙사 건물 한쪽 창문에서 희미한 불빛이 새어 나왔다.

대부분의 방은 이미 불이 꺼져 있었으므로, 그 빛은 유난히 눈에 띄었다.

나는 무심코 걸음을 멈췄다.

창문 너머, 레스투가 혼자 책상에 앉아 있었다.

방 안에는 다른 청년들도 있었지만, 그들은 각자 자기 자리에서 떠들며 웃고 있었다.

소리가 직접 들리지는 않았지만, 입 모양과 손짓으로 충분히 알 수 있었다.

그 웃음과 몸짓은 방 전체를 가득 메우고 있었는데, 이상하게도 레스투는 그 안에 속하지 못한 채 그림자처럼 구석에 앉아 있었다.

작은 전기포트가 그의 앞에서 김을 내뿜고 있었다.

테이블 위에는 낡아 보이는 인스턴트 누들 봉지 하나가 놓여 있었고, 그는 그 봉지를 손가락으로 천천히 쓰다듬었다.

봉지 모서리에는 초록색 글씨로 HALAL이라는 표식이 박혀 있었다.

그는 그것을 마치 부적처럼 다루었다.

물이 끓자 그는 봉지를 열고 면을 조심스레 풀어 넣었다.

김이 한층 짙어지며, 마늘과 라임, 약간의 기름 냄새가 방 안에 번졌다.

나는 그 냄새를 맡을 수 없었지만, 그의 표정이 그 향기를 고향처럼 받아들이는 것을 창 너머로 읽을 수 있었다.

그는 고개를 숙여 작은 소리로 기도문을 읊조렸다.

입술이 미세하게 움직였지만, 목소리는 들리지 않았다.

그러나 그 순간 방 안 공기는 분명 달라졌다.

다른 이들의 웃음소리가 여전히 번져 있었지만, 그 작은 기도가 만들어 낸 고요가 레스투 주변에만 내려앉아 있었다.

그는 숟가락을 들어 국물을 한 모금 삼켰다.

짧게 눈을 감았다.

그리고 아주 미세하게, 그의 어깨가 내려앉았다.

잠깐의 안도였다. 하지만 곧 다시 고개가 숙여졌다.

나는 그 모습을 오래 바라보았다.

그의 등이 말해 주었다.

이방인의 고독, 믿음을 지키려는 고집, 그로 인해 깊어진 침묵.

같은 방 안에 있어도 끝내 섞이지 못하는 그의 현실이, 말없이 그 등 위에 얹혀 있었다.

창밖에 서 있던 나의 가슴도 묵직해졌다.

나는 문을 두드리지 않았다. 이름을 부르지도 않았다.

그저 유리창 너머로 그 장면을 받아들였다.

바람이 지나가며 내 얼굴을 스쳤고, 환기팬은 여전히 같은 소리를 내고 있었다.

그때 나는 마음속으로 조용히 생각했다.

'이 친구는 혼자 버티고 있다. 그러나 언젠가는 내가 그의 침묵에 말을 걸어야 한다.'

회사에서 마련한 봄 야외행사는 호도섬으로 향했다.

작은 배 안에서 직원들은 삼삼오오 모여 앉아 과자 봉지를 뜯고, 누군가는 작은 블루투스 스피커로 한국 대중가요를 틀었다.

낯선 멜로디가 바다 위로 흘러갔다.

바다는 잔잔했지만, 배가 미세하게 흔들릴 때마다 레스투는 몸의 중심을 다시 세워야 했다.

그는 창가에 앉아 수평선을 똑바로 바라보고 있었다.

아무 경계도 없는 푸른 선은 자유로워 보였지만, 동시에 그에게는 끝이 보이지 않는 낯선 공간이었다.

고향 바다의 짧고 얕은 파도와는 전혀 다른, 깊고 무심한 침묵이 거기 있었다.

그는 잠시 눈을 감았다.

검은 눈꺼풀 뒤로 고향의 기억이 스쳤다.

자카르타에서 290km 떨어진, 타브루 마을의 강가와 바닷가.

해가 질 무렵이면 아이들이 축구공을 차던 모래 바닥, 시장에서 튀긴 바나나 냄새, 모스크에서 들려오던 기도 소리.

그 모든 것이 불시에 떠올랐다가 곧 낯선 소음에 흩어졌다.

눈을 뜨자, 파도 위에 빛나는 햇살이 그의 시선을 붙들었다.

그는 그것이 잠시 꿈인지 현실인지 알 수 없었다.

섬에 도착하자, 사람들은 곧장 작은 분식집으로 몰려갔다.

어묵 국물의 뜨거운 김이 좁은 공간을 가득 채웠고, 튀김 기름 냄새가 코끝을 강하게 찔렀다.

직원들은 젓가락을 휘두르며 바삭한 튀김을 집어 올리고, 김밥을 먹으며 웃었다.

그러나 레스투는 문 앞에서 한 발짝 멈춰 섰다.

입안에 고이는 침은 식욕 때문이 아니었다.

그는 자신에게 허용되지 않는 재료, 할랄의 규율에 어긋나는 무언가가 이 음식에 숨어 있을지 모른다는 불안에 사로잡혀 있었다.

사람들이 아무렇지 않게 삼켜 내는 음식이, 자신에게는 선을 넘는 행위가 될 수도 있다는 두려움.

그는 결국 분식집에 들어가지 않았다.

가방 속에서 준비해 온 삼각김밥을 꺼냈다.

편의점에서 사 온, 검은 김으로 감싼 낯선 음식.

조심스레 포장을 뜯는 그의 손끝에는 작은 떨림이 있었다.

김의 향은 인도네시아의 바나나잎 향과는 너무 달랐고, 차갑게 눌린 밥알은 이국적이면서도 단조로운 맛이었다.

그는 사람들로부터 조금 떨어진 바닷가 돌 위에 앉아, 천천히 씹었다.

멀리서 직원들이 웃으며 그를 불렀지만, 그는 손을 흔들며 괜찮다고 했다.

그 순간, 그는 자신의 고독이 바다만큼 깊게 드리워져 있다는 걸 느꼈다.

점심을 마친 후, 모두 바닷가로 향했다.

회사에서 준비한 낚싯대가 줄지어 놓여 있었고, 직원들은 하나씩 집어 들었다.

미끼를 끼우는 손놀림은 서툴렀지만, 웃음과 농담이 공기를 가득 채웠다.

누군가는 큰 소리로 파도에 대고 소리를 질렀고, 다른 누군가는 낚싯줄이 엉킨 것을 보고 깔깔 웃었다.

레스투는 잠자코 낚싯대를 손에 쥐었다.

손바닥에 느껴지는 차가운 쇠의 감촉은, 그가 한국에 와서 잡은 수많은 기계와 도구의 감촉과 크게 다르지 않았다.

그러나 그 순간만큼은, 그 쇠막대가 단순한 도구가 아니라 자신과 바다를 연결해 주는 하나의 다리처럼 느껴졌다.

기다림은 길었다.

파도의 일정한 리듬, 갈매기의 울음, 바람이 낚싯줄을 스칠 때 나는 가느다란 떨림.

그 사이에 직원들의 웃음소리와 한국어 농담이 섞여 들려왔지만, 레스투는 이해하지 못했다.

그러나 이상하게도 그는 외롭다고 느끼지 않았다.

자신의 손끝과 바다 깊은 곳이 묘하게 이어져 있다는 감각이 그를 조용히 감싸고 있었다.

그리고 마침내, 미세한 진동이 그의 손끝에 전해졌다.

그는 숨을 죽이고, 천천히 낚싯대를 들어 올렸다.

줄 끝에서 은빛 물고기가 햇빛을 받아 반짝이며 발버둥 쳤다.

직원들이 환호성을 질렀다.

"와, 레스투 잡았다!"

누군가 그의 어깨를 두드렸다.

그러나 레스투는 잠시 그 물고기를 바라보다가, 천천히 바다로 돌려보냈다.

손끝에서 빠져나간 작은 생명은 파도 속으로 사라졌다.

직원들이 놀란 듯 물었다.

"왜 놔줬어?"

그는 잠시 단어를 고르더니, 서툰 한국어로 짧게 대답했다.

"살아가는 거… 다시."

그 말은 어눌했지만, 모두의 귀에 깊게 꽂혔다.

순간 바닷바람이 멈춘 듯했고, 웃음소리는 사라졌다.

사람들은 잠시 말없이 바다를 바라봤다.

그 순간 바다는 단순한 놀이터가 아니라, 살아 있다는 것의 의미를 되묻게 하는 심연처럼 다가왔다.

레스투는 다시 낚싯대를 드리웠다.

그의 눈빛은 고요했지만, 마음속에는 묘한 울림이 퍼지고 있었다.

바다는 여전히 무심했고, 파도는 같은 리듬으로 밀려왔지만, 그는 그 속에서 자신도 모르게 조금은 한국의 한 부분이 되어 가고 있음을 느꼈다.

가게 문을 열자, 안은 이미 사람들로 가득 차 있었다.

불판에서 솟아오른 연기가 천장에 달린 환풍기로 빨려 올라갔다가 다시 흘러내리며 희뿌연 안개처럼 퍼져 있었다.

낡은 형광등은 그 연기를 뚫지 못한 채 희미한 빛을 흩뿌렸고, 벽에는 오래된 달력과 '오늘의 메뉴'가 기름때에 눌어붙어 있었다.

곳곳에서 터져 나오는 웃음소리, 술잔 부딪히는 소리, 그리고 불판 위 고기 익는 소리가 뒤엉켜 하나의 리듬을 만들어 내고 있었다.

우리가 자리를 잡자마자 사장은 고기를 두툼하게 썰어 불판 위에 올려 주었다.

삼겹살이 불 위에서 지글지글 소리를 내며 익어 갔다.

기름이 튀어 오를 때마다 작은 폭죽처럼 반짝였고, 공기는 더 무거워졌다.

한국인 직원들은 소주병을 돌리며 연신 잔을 채웠다.

초록색 유리병이 탁자 위에 부딪히는 소리는 짧고 경쾌했다.

레스투는 구석 쪽 자리에 앉아 있었다.

그는 양손으로 물컵을 감싸 쥔 채, 불판 위에서 튀어 오르는 기름방울을 조용히 지켜보고 있었다.

익숙하지 않은 냄새와 소리 속에서 그는 순간적으로 어깨를 움츠렸지만, 이내 작은 미소를 지으며 옆자리에 앉은 동료의 말을 귀 기울여 들었다.

그가 알아듣는 한국어는 많지 않았지만, 웃음이 터지면 따라 웃었다.

조금 어색했지만, 그 어색함마저 진심으로 보였다.

"레스투, 이거 먹어 봐. 고기는 안 되니까 김치만."

한 직원이 젓가락으로 김치를 집어 그의 접시에 올려 주었다.

레스투는 잠시 망설이다가 고개를 끄덕이며 "감사합니다"라고 말했다.

그의 발음은 조금 굳었지만, 그 한마디에 직원들은 웃으며 박수를 쳤다.

그 순간, 테이블 위의 공기는 한층 부드러워졌다.

소주잔이 돌고 또 돌았다.

누군가 레스투에게 잔을 내밀었지만, 다른 누군가가 먼저 말했다.

"야, 얘 술 안 마셔. 종교 때문에 그래."

그 말은 농담이 아니라 자연스러운 설명이었다.

잔을 내밀던 직원도 고개를 끄덕이며 잔을 거둬 갔다.

"아, 그래? 그럼 이건 내가 마실게."

그렇게 해서 불편한 기류는 금세 흘러가 버렸다.

레스투는 물컵을 들고 조심스럽게 건배를 했다.

소주잔 대신 물컵이었지만, 그 모습에 사람들은 오히려 웃음을 터뜨렸다.

"봐라, 레스투도 한국 사람이네!"

그 말에 레스투는 얼굴이 붉어졌다.

그 붉음은 술 때문이 아니라, 자신도 조금은 받아들여졌다는 안도 때문이었다.

시간이 흐르면서 그는 조금씩 더 자연스러워졌다.

익숙하지 않은 젓가락질도 서툴게 따라 했고, 직원들의 농담이 터질 때마다 머뭇거리며 웃음을 보냈다.

가끔은 대화의 뜻을 몰라 어리둥절했지만, 그럴 때마다 그는 고개를 갸웃거리며 물었다.

"무슨 말이에요?"

그 물음에 동료들은 손짓과 단어를 섞어 설명했다.

설명은 서툴렀지만, 모두가 그 순간만큼은 그와 함께 대화를 나누고 있다는 사실이 기뻤다.

나는 그 장면을 조용히 지켜보고 있었다.

레스투의 눈빛은 여전히 어딘가 불안정했지만, 그 속에서 새로운 불빛이 피어나는 듯 보였다.

그것은 낯선 땅에서 조금씩 자신을 뿌리내리려는 사람의 눈빛이었다.

그는 여전히 자신을 지켜야 했지만, 동시에 사람들과 어울리고 싶어 했다.

그 두 가지가 충돌하면서도 묘하게 하나로 이어지는 순간, 나는 그가 단순히 외국인 노동자가 아니라, 우리와 같은 식탁 위에서 웃고 있는 '한 사람'임을 느꼈다.

밤은 깊어 가고, 불판 위의 고기는 몇 번이나 비워지고 채워졌다.

잔소리와 농담, 그리고 어눌한 한국어와 웃음소리가 뒤섞이며, 그 밤의 공기는 점점 더 진해졌다.

가게 문을 열고 나왔을 때, 차가운 바람이 얼굴을 스쳤다.

레스투는 두 손을 주머니에 찔러 넣고 골목길을 따라 걸었다.

그의 표정은 피곤했지만, 그 피곤 속에 작은 미소가 번지고 있었다.

며칠 뒤, 퇴근 시간이 지난 공장 앞.

작업복을 벗고 나오는 레스투 앞에 낯익은 얼굴이 서 있었다.

예전에 같은 기숙사에 머물던 인도네시아 동료였다.

그는 이미 다른 회사로 옮겨 간 지 몇 달이 된 사람이었다.

담배를 손가락 사이에 끼운 채, 그는 익숙한 모국어로 말을 건넸다.

"레스투, 너도 이제 그만 여기서 나와. 여긴 돈이 안 돼. 다른 회사 가면 야근도 많고, 특근도 많다. 한 달에 300은 벌 수 있어."

레스투는 말없이 서 있었다.

담배 연기가 바람에 흩날리며 그의 얼굴을 스쳤다.

다른 회사 동료의 목소리는 조급했고, 눈빛은 날카로웠다.

마치 레스투가 당연히 따라와야 할 것처럼.

"여기 있으면 바보야. 넌 가족도 있잖아. 애도 있고. 돈 벌려면 지금이 기회야."

그 말은 칼날처럼 날카롭게 파고들었다.

레스투의 마음 깊은 곳이 흔들렸다.

그의 아내, 그의 아들, 그들의 얼굴이 불현듯 떠올랐다.

그들을 위해 한국에 온 것이 사실이었다.

돈이 목적이었고, 더 많은 돈이 분명 필요했다.

잠시 침묵이 흘렀다.

레스투의 눈빛이 흔들렸지만, 이내 천천히 고개를 저었다.

"아니… 나는 남는다. 여기… 좋아."

그의 한국어는 서툴렀지만, 의지는 분명했다.

동료의 얼굴이 일그러졌다.

"왜? 여긴 돈도 없는데? 넌 바보야."

그는 침을 뱉듯 말하고 돌아섰다.

골목 어귀로 사라지는 그의 뒷모습이 한동안 남아 있었다.

레스투는 그대로 서 있었다.

담배 냄새가 옅어지고, 저녁 바람이 다시 공기를 채웠다.

그의 눈에는 복잡한 그림자가 지나갔다.

그러나 마음 한쪽에서는 묘한 안도감이 피어났다.

돈보다 더 중요한 것을 붙잡았다는, 설명하기 힘든 확신 같은 것을.

나는 그 이야기를 나중에 들었다.

그가 동료의 설득을 뿌리치고 남았다는 사실을.

그 순간, 나는 묘한 울림을 느꼈다.

그가 단순히 급여가 적고 많은 문제를 넘어서, 신뢰와 관계를 더 중요하게 여겼다는 사실.

그 선택은 나를 깊이 흔들었다.

나는 그제야 알았다.

레스투는 이미 우리 회사의 '한 명'이 아니라, '가족'이었다는 것을.

그의 남음은 숫자가 아니라, 하나의 증명이었다.

우리가 서로 다른 언어, 종교, 문화 속에서도 함께 살아갈 수 있다는 증명.

레스투가 한국에 온 지 반년쯤 되었을 때, 회사 실장의 결혼식이 있었다. 예식장은 흰 천으로 장식되어 있었고, 천장에 달린 샹들리에는 바람이 없는 공간에서 천천히 흔들리며 유리 파편처럼 빛을 흩뿌리고 있었다. 한국의 결혼식은 인도네시아에서 경험한 의례와는 달랐다. 레스투는 의자 끝에 앉아 두 손을 무릎 위에 올린 채, 낯선 음악과 낯선 언어를 조용히 따라갔다.

신부가 등장하자 사람들의 시선이 일제히 쏠렸다. 흰 드레스가 복도 위에서 천천히 미끄러져 나오는 순간, 레스투는 누구보다 크게 손뼉을 쳤다. 손바닥이 붉어지도록, 리듬이 약간 늦더라도 멈추지 않고 계속. 그 소리는 다른 이들의 박수에 섞여 묘하게 울려 퍼졌다. 그를 곁눈질하던 사람들 중 몇몇은 살짝 미소를 지었다.

레스투는 작은 봉투를 내밀며 서툰 한국어로 말했다.

"축하… 합니다."

그 한마디는 짧았지만, 공기를 가르는 힘이 있었다. 나는 그 순간, 그의 목소리에서 먼 타국의 시간들이 겹쳐 오는 것을 보았다. 고향 타브루의 습한 공기, 먼 길을 달려온 버스, 집 앞에서 기다리는 가족의 얼굴. 그것이 한마디 속에 압축되어 있었다.

며칠 뒤, 한 직원의 아이 돌잔치가 열렸다. 넓지 않은 식당 한편, 돌상 위에는 과일과 떡이 층층이 놓여 있었고, 작은 한복을 입은 아기가 그 위에서 불편한 듯 꿈틀거리고 있었다. 레스투는 잠시 멀리서 그 장면을 지켜보다가, 누군가의 권유로 아기를 안게 되었다.

작고 따뜻한 몸이 그의 팔에 얹히자, 그는 순간적으로 몸이 굳었다. 아이의 손가락이 그의 작업복 소매를 스치며 작은 주름을 남겼다. 그 순간, 레스투의 눈동자가 흔들렸다. 아마도 인도네시아에 남겨 둔 아들 얼굴이 스쳐 지나갔을 것이다. 그는 천천히 숨을 고르며 아이를 다시 한번 꼭 끌어안았다.

사진사가 "하나, 둘, 셋!" 하고 외치자, 그는 처음으로 크게 웃었다. 그 웃음은 오래 참고 있다가 터져 나온 샘물 같았다. 낯선 땅에서, 낯선 사람들 사이에서 처음으로 보여 준 웃음. 그 사진 속의 레스투는 외국인이 아니었다. 그저 한 아이를 안은 한 사람, 웃는 얼굴로 함께 있는 사람이었다.

나는 그 두 장면을 지켜보았다.

그는 결혼식장에서 가장 크게 박수를 치는 사람이었고, 돌잔치에서 가장 조심스럽게 아이를 안는 사람이었다. 한국말은 서툴렀고 농담에도 능숙하지 않았지만, 그는 늘 그 자리에 있었다. 성실하게, 꾸준하게.

나는 스스로에게 물었다.

'왜 나는 그의 행동에 이렇게 자꾸 마음이 흔들릴까?'

아마도 그것은 단순히 성실함 때문만은 아니었다. 눈에 잘 띄지 않는 자리에서도 꺼지지 않는 어떤 빛 같은 것이 그의 안에 있었기 때문이다. 그것은 라디오 잡음 사이로 흘러나오는 멜로디처럼, 또렷하지 않지만 확실히 귀에 남는 울림이었다.

낯선 말이 오가는 공장 안에서 나는 자주 막다른 길에 부딪히곤 했다.

작업 지시를 하다가, 안전 규정을 설명하다가, 혹은 단순히 농담을 건네려다가도 말은 공중에서 맴돌다 허공에 흩어졌다.

레스투가 내 말을 이해하지 못해 멀뚱히 웃을 때면, 그 웃음 뒤에 숨어 있는 답답함이 고스란히 내게 전해졌다.

그 웃음은 결코 가벼운 게 아니었다.

말이 통하지 않는다는 건, 단순히 대화의 단절이 아니라 삶 전체가 희미한 안개 속에 잠겨 있는 것과 같았다.

나는 그들의 표정을 수없이 떠올렸다.

레스투, 몽골에서 온 청년 바트, 베트남에서 온 롱, 그리고 우즈베키스탄에서 온 사리크.

하루 종일 같은 기계 앞에서 땀을 흘리다가, 퇴근 후 공장 계단에 앉아 물병을 돌려 마시는 그들의 얼굴.

피곤한 웃음과 동시에, 어딘가 닫혀 있는 시선.

그 눈동자 안에서 나는 늘 같은 질문을 읽을 수 있었다.

"우리는 여기서 정말 무엇이 될 수 있는가."

나는 그 답답함을 오래 외면할 수 없었다.

결국 한 가지 결심에 이르렀다.

"이들에게 한국어를 가르쳐야 한다."

언어가 없으면, 이 땅에서의 삶은 끝내 그림자에 머물 수밖에 없었다.

언어는 곧 길이었다. 그 길을 열어 주고 싶었다.

나는 외국인 직원을 위한 한글교실을 만들기로 했다.

회사 2층, 잘 쓰이지 않던 작은 회의실을 떠올렸다.

낡은 의자들이 구석에 쌓여 있고, 화이트보드에는 오래전 회의 흔적이 옅은 잉크 자국으로 남아 있었다.

나는 직원 둘을 불러 먼지를 털고 책상을 닦았다.

책상 네 개를 네모반듯하게 놓으니, 갑자기 공간이 달라졌다.

바닥에는 오래된 세제 냄새가 남아 있었고, 블라인드 사이로 들어온 햇빛은 길게 늘어진 빛줄기를 만들었다.

그 빛줄기 안에서 나는 잠시 멈춰 섰다.

이 공간이 누군가에게는 숨구멍이 될 수도 있겠다는 예감이 들었기 때문이다.

그 공간에 칠판을 걸고, 분필을 올려 두었다.

분필을 손에 쥐자, 묘한 설렘이 몸을 스쳐 갔다.

분필 가루가 손끝에 닿는 감촉, 오래 잊고 있던 교실의 공기.

나는 잠시, 내가 학생이던 시절을 떠올렸다.

그때도 누군가 내게 언어를 건네주었고, 나는 그 언어 덕분에 세상을 조금 더 넓게 이해할 수 있었다.

이제 그 역할이 나에게 돌아온 듯했다.

레스투와 세 명의 외국인 직원이 작업복을 벗고 평상복으로 갈아입었지만, 여전히 그들의 어깨에는 하루의 피로가 묻어 있었다.

그들은 의자에 앉아 무릎 위에 손을 가지런히 올려놓고 있었다.

낯선 자리에 앉은 긴장감이 그대로 전해졌다.

한글 선생이 칠판에 '가, 나, 다'를 적었다.

분필이 칠판을 긁는 소리가 방 안을 스쳤다.

그 소리는 낯설었지만, 동시에 의식처럼 느껴졌다.

레스투는 연필을 쥐고 노트 위에 '가'를 따라 썼다.

글씨는 비뚤고 삐죽삐죽했지만, 그는 고치지 않았다.

그 삐뚤어진 획에도 자신의 성실을 담아 두려는 듯했다.

"가⋯."

그가 작게 따라 말했다.

옆자리의 롱도, 바트도, 사리크도 동시에 발음을 흉내 냈다.

목소리마다 억양이 달랐고, 모음은 늘 길이가 맞지 않았다.

그러나 그 소리가 겹겹이 쌓여 방 안을 채우자, 묘한 울림이 생겼다.

마치 서로 다른 악기가 어설픈 합주를 하는데, 그 불협화음 속에서도 희망의 리듬이 느껴지는 것처럼.

레스투는 몇 번이나 발음을 틀렸다.

얼굴이 붉어졌고, 옆 사람의 시선을 의식하는 듯 잠시 눈을 내리깔았다.

그러나 곧 다시 고개를 들고 천천히, 또박또박 소리를 냈다.

그의 목소리는 크지 않았지만, 묘하게 방 안을 가득 채우는 힘이 있었다.

나는 문틈에 서서 그 장면을 지켜보았다.

삐뚤어진 글자들, 손끝에 힘을 준 연필, 서툰 발음.

그러나 그 모든 것 속에서 나는 다른 것을 보았다.

이들이 낯선 땅에서 자기 자리를 만들어 가려는 조용한 투쟁.

그리고 그 투쟁 속에서 조금씩 피어나는 희미한 희망.

나는 속으로 중얼거렸다.

'그래, 이게 바로 시작이구나.'

그 순간, 내 안에 이상한 울림이 일었다.

마치 오래된 라디오 잡음 속에서 우연히 흘러나온 음악이 귀를 사로잡는 듯한 울림.

수업이 끝날 무렵, 레스투는 노트를 덮으며 나를 향해 짧게 미소를 지었다.

그 웃음은 서툴렀지만, 분명히 말했다.

"나는 이제 조금 더 이곳에 가까워졌다."

그 웃음은 곧 다른 이들에게도 번졌다.

바트는 어깨를 으쓱했고, 롱은 작게 웃으며 연필을 책상 위에 내려놓았다.

사리크는 창밖을 바라보다가 잠시 눈을 감았다.

그들 모두에게, 이 작은 교실은 더 이상 낯선 공간이 아니었다.

나는 그 장면을 오래 기억할 것 같았다.

언어란 결국 서로의 세계를 잇는 다리라는 단순한 진실을, 그날 다시 확인했기 때문이다.

외국인 직원들이 하나둘 회사를 떠나던 시절이 있었다.

공장 식당에서 밥을 먹을 때마다 빈자리가 늘어나고, 라인에 서 있는 인원이 줄어들었다.

그들은 말없이 떠났다.

무릎의 방

저녁 식사 후 담배 연기를 길게 내뿜고, 다음 날 아침에는 이미 보이지 않았다.

다른 회사에서 더 많은 돈을 준다는 이야기가 여기저기서 들려왔다.

밤 아홉 시까지 잔업을 하고, 토요일 일요일에도 특근을 하면, 한 달 삼백만 원 가까운 돈을 모을 수 있다고 했다.

우리 회사는 그렇게 하지 않았다.

잔업을 줄이고, 특근을 없애고, 대신 안전과 기본 급여를 지켜 갔다.

그 선택은 나름의 이유가 있었지만, 그들에게는 곧 떠날 명분이 되었다.

그렇게 하나둘 사라지는 와중에도 레스투와 몇 명은 남았다.

작업이 끝나고 공장 뒤편 계단에 앉아 있을 때면, 그들의 모습이 보였다.

레스투는 땀에 젖은 셔츠를 말리며 물병을 들고 있었다.

몽골 청년 바트가 그 옆에서 담배를 피웠고, 베트남에서 온 롱은 조용히 하늘을 바라보았다.

그들 사이에는 언어보다 더 단단한 무언가가 있었다.

말은 서툴고 웃음은 짧았지만, 고개를 끄덕이는 순간마다 의리 같은 것이 번져 갔다.

그들은 남았다.

떠난 이들과 달리, 이곳을 선택한 것이다.

나는 그 모습을 볼 때마다 묘한 울림을 느꼈다.

'남는다'는 것은 단순한 선택이 아니라 신뢰의 증거라는 생각이 들었다.

그리고 그 신뢰에 보답하는 것은 내 몫이었다.

토요일의 공장도 달라졌다.

나는 일부러 한 달에 세 번 특근을 만들었다.

형광등 불빛 아래서 기계 소리는 평일보다 낮은 톤으로 울렸다.

레스투와 동료들은 묵묵히 손을 움직였다.

땀 냄새와 쇠 냄새가 섞여 공기 속에 스며들었다.

일이 끝나면 작은 봉투를 나눠 주었다.

레스투는 두 손으로 봉투를 받아 들고 잠시 눈을 감았다.

그 짧은 순간, 그의 표정은 기도 같기도, 안도의 숨 같기도 했다.

나는 그 모습을 오래 바라보았다.

그의 손끝이 아주 조금 떨리고 있었는데, 그 떨림 속에는 감정의 무게가 고스란히 담겨 있었다.

퇴근길, 그는 내게 서툰 발음으로 말했다.

"사장님… 감사합니다."

나는 고개를 끄덕이며 대답했다.

"고맙다, 레스투. 네가 있어 줘서."

그리고 비극이, 갑작스럽게 찾아왔다.

무릎의 방

작업이 끝나 갈 무렵, 레스투가 전화를 받았다.

처음에는 작은 목소리로 대답하더니, 이내 얼굴이 하얗게 질렸다.

그는 전화를 쥔 채 바닥을 향해 시선을 떨어뜨렸다.

그리고 공장 한쪽 모퉁이로 몸을 옮기더니 주저앉았다.

처음엔 낮은 흐느낌이었지만, 곧 울음은 격렬해졌다.

기계 소리마저 삼켜 버릴 만큼 큰 울음.

어깨는 폭풍처럼 흔들렸고, 얼굴을 타고 흐른 눈물은 작업복을 적셨다.

다른 직원들이 멀리서 바라보았지만, 누구도 쉽게 다가가지 못했다.

나는 결국 그에게 다가가 어깨를 붙잡았다.

"무슨 일이야?"

그는 알아듣기 힘든 한국어와 모국어를 뒤섞으며 겨우 말했다.

"딸… 아기… 죽었어요….”

그 순간, 공장의 공기가 멈춘 듯했다.

갓 태어난 그의 딸, 아직 아빠 얼굴조차 제대로 보지 못한 그 아이가 세상을 떠났다는 소식.

그 비극은 설명할 수 없는 무게로 내려앉았다.

그날 밤, 나는 사무실 불을 켠 채 오래 앉아 있었다.

머릿속에는 레스투의 울부짖음만이 계속 맴돌았다.

낯선 땅에 와서 땀 흘리며 버티던 한 사람이, 고향에서 가장 소중

한 존재를 잃었다는 사실.

그것은 단순한 개인의 비극이 아니었다.

내게도 깊은 파문을 남겼다.

나는 결국 결정을 내렸다.

"레스투를 고향으로 보내야 한다."

그의 자리가 지금은 이곳이 아니라, 인도네시아 가족의 곁이라는 사실은 분명했다.

다음 날, 나는 책상 위에 여권과 비행기표를 올려 두었다.

레스투를 불러 앉히고 말했다.

"열흘 동안 다녀와. 네가 있어야 할 곳은 지금 여기보다 거기야."

그는 한동안 멍하니 나를 바라보다가, 눈에 눈물이 고였다.

그리고 두 손으로 얼굴을 가린 채 울었다.

잠시 후, 얼굴을 들어 나를 향해 깊이 고개 숙였다.

"사장님… 감사합니다."

동료들은 그의 짐을 챙겨 주었다.

누군가는 작은 과자를, 누군가는 두꺼운 겉옷을 건네며 그를 배웅했다.

공장 문 앞에서 레스투는 몇 번이고 뒤를 돌아보았다.

눈물에 젖은 얼굴이었지만, 그 눈빛은 단단했다.

나는 그날 밤 공장이 고요해진 뒤에도 한참 동안 자리에서 일어나지 못했다.

머릿속에는 같은 말이 반복되었다.

"코리안 드림은, 결국 이런 고통마저도 함께 견뎌야 얻을 수 있는 건 아닐까."

레스투가 다시 돌아온다면, 그는 더 이상 단순한 외국인 노동자가 아니리라.

그는 우리와 같은 삶을 나누는, 진짜 가족 같은 존재가 될 것이다.

그리고 그는 진짜 '코리안 드림'을 이룰 것이다.

호박 구덩이

행정수도가 있는 신도시에 이사 온 것은 9월의 끝자락이었다.

시내 중심부에서 살짝 벗어난 단독주택단지.

잔잔한 바람이 흘러 다니는 마을이었다. 그곳에 자리한 100평 남짓한 대지에 열평 남짓의 잔디 마당을 가진 2층짜리 주택은, 멀리서 보면 조용히 낮잠을 자는 짐승 같았다. 마당엔 고르게 깔린 잔디가 있었는데, 그 위를 걷다 보면 발바닥이 묘하게 기분 좋은 탄력을 받았다. 새벽에는 이슬이 잔디 끝마다 작은 구슬처럼 맺혀 있었고, 아침 햇살이 비추면 그것들은 잠시 유리 조각처럼 반짝였다.

집을 감싸고 있는 건 측백나무 울타리였다. 나무들은 바람에 따라 조금씩 몸을 흔들었지만, 전체적으로는 묵묵히 둘레를 지켜 내는 군인 같았다. 여름에는 그 녹색이 더 짙어져 마당과 세상 사이를 뚜렷하게 갈라놓았고, 바람이 불 때마다 나뭇가지들이 부딪히며 은근한 소리를 냈다. 그 소리는 낮에는 거의 들리지 않았지만, 밤이 되면 불현듯 귀에 들어왔다. 마치 집이 스스로의 호흡을 흘려보내는 것처럼.

2층 주택은 흰색 외벽에 옅은 보라색 지붕을 얹고 있었다. 1층 거실 창은 마당 쪽으로 넓게 나 있었고, 커튼은 바람에 부드럽게 흔들렸다. 저녁 무렵이면 안쪽에서 노란 조명이 새어 나왔는데, 그것은 멀리서 볼 때 바닷가 등대의 불빛처럼 은근한 안도감을 주었다.

마당 끝, 잔디 위에는 오래된 나무 벤치가 하나 놓여 있었다. 벤치에 앉아 있으면 바람결에 스치는 풀 냄새와 측백나무의 약간은 쌉쌀한 향이 뒤섞여 코끝에 맴돌았다. 가끔 멀리서 차가 지나는 소리가 희미하게 들려왔지만, 금세 나무와 풀의 소리에 묻혔다.

이 집에는 특별히 대단한 장식이나 사치스러운 구조물이 없었다. 그러나 그 단순함이야말로 이 집의 매력이었다. 집은 마치 주인보다 먼저 삶을 준비하고 기다리는 것처럼 묵묵히 서 있었고, 그 안에 들어서는 사람들은 의도치 않게 한 박자 늦춰 걷게 되었다.

밤이면, 잔디 위에 놓인 이슬이 달빛을 받아 은빛으로 번졌다. 측백나무 울타리는 더 짙은 그림자를 만들어 냈고, 그 사이사이로 작은 바람이 흐르며 마치 낯선 음계를 연주하는 듯했다. 집은 그 모든 소리를 담아내며, 조용히 숨을 고르고 있었다.

이삿짐센터 인부들이 모두 떠나고 난 집 안은 마치 오래된 창고처럼 어수선했다. 크고 작은 박스가 방마다 쌓여 있었고, 박스마다 매직으로 적힌 글씨 — '주방', '거실', '서재' — 가 새집의 지도처럼 흩어져 있었다. 집 안에는 아직 삶의 흔적이 없었다. 벽지와 마루는 반짝였지만, 공기는 낯설었다. 콘크리트와 페인트 냄새가 벽과 천장 사이에 스며 있었고, 오래 비워 둔 공간이 가진 특유의 냉기가 바닥에 깔려 있었다.

나는 소파에 잠시 앉았다. 앉자마자 등 뒤로 피곤이 몰려왔지만, 이상하게도 마음은 가라앉지 않았다. 몸은 쉬고 싶은데, 눈은 끊임없이 바깥을 향했다. 몇 분도 채 되지 않아 나는 자리에서 일어나 대문을 열었다.

문을 열자마자, 세종 신도시의 전형적인 얼굴이 드러났다. 사방에서 고층 아파트가 벽처럼 솟아 있었다. 회색빛 콘크리트가 가득한 풍경은 차갑고 규칙적이었다. 똑같은 크기와 똑같은 모양의 창문 수천 개가 반짝이며 나를 내려다보는 듯했다. 도시의 공기는 깔끔했지만, 건조하고 무표정했다.

그런데 대문을 나서 도로를 건너자, 전혀 다른 세상이 펼쳐졌다.

그곳은 10년 넘게 방치된 빈터였다. 분양은 끝났으나 아무도 집을 짓지 않았고, 사람의 설계와 계산이 멈춘 자리에는 자연이 제멋대로의 법칙을 세우고 있었다.

먼저 눈에 들어온 것은 아카시아 나무들이었다. 키 큰 나무는 아니었지만, 무더기로 자라나 서로 기대며 작은 숲을 만들고 있었다. 바람이 불자 잎사귀가 일제히 흔들리며 은빛으로 번쩍였다. 그 소

무릎의 방

리는 파도처럼 밀려왔다. 도시의 귓속을 가득 채우는 자동차 소리, 엘리베이터의 기계음과는 전혀 다른, 깊고 느린 울림이었다.

그 사이사이에는 여름에 화려하게 피었을 금계국의 흔적이 남아 있었다. 지금은 꽃잎이 모두 사라지고, 갈색 줄기와 씨방만 남아 바람에 흔들리고 있었다. 한여름에 이곳이 온통 황금빛으로 물들었을 거라 상상하니 묘한 아쉬움이 일었다. 그러나 동시에, 지나간 계절이 남긴 흔적을 눈앞에서 보는 것은 어떤 위안이 되기도 했다. 끝나 버린 여름의 여운이 아직도 공기 속에 남아 있는 듯했다.

빈터에는 금계국 외에도 수많은 잡풀이 터를 차지하고 있었다. 개망초는 솜털 같은 씨앗을 바람에 흩날리며 허공에 점들을 남겼고, 질경이는 잎을 땅에 바짝 붙이며 낮은 자세로 자리를 지켰다. 강아지풀은 고개를 숙인 채 바람의 장단에 따라 흔들렸고, 억새는 은빛 줄기를 세워 해 질 녘 빛을 반사했다. 덩굴식물 하나는 아카시아 줄기를 타고 오르다 멈춘 채, 마른 잎을 허공에 매달고 있었다.

나는 한동안 그 풍경 앞에 서 있었다. 흙냄새와 풀냄새, 마른 줄기에서 풍기는 냄새가 코끝을 파고들었다. 습기가 배어 있는 흙의 냄새, 햇볕에 바랜 줄기의 향, 바람에 섞인 곤충들의 미세한 기운. 그것은 도시에서 맡아 본 적 없는 냄새였다. 어린 시절 시골길에서 맡던, 오래된 기억을 불러내는 향기였다.

해가 기울자 빈터 위로 긴 그림자가 드리워졌다. 아파트 단지의 벽은 어둠이 내리기 전에 마지막 빛을 반사했다. 그 빛은 금세 사라지고, 도시의 불빛이 하나둘 켜졌다. 수천 개의 창문이 동시에 밝아지자, 하늘에는 또 다른 별자리가 생긴 듯했다.

그러나 내 집은 그 속에서 외따로 떨어져 있었다. 담장 너머 빈터는 검은 바다처럼 고요했고, 그 속에서 풀벌레 소리가 끊이지 않았다. 귀뚜라미는 규칙적인 리듬을 만들고, 풀무치는 그 틈을 날카로운 울음으로 파고들었다. 간간이 바람이 불어 아카시아 가지를 흔들 때면 낮게 울리는 현악기의 소리가 배경음처럼 흘렀다.

나는 방 안 불을 모두 끄고 창문을 열어 둔 채 그 소리를 들었다. 집은 여전히 낯설었지만, 풀벌레 소리는 오래된 고향의 기억을 불러왔다. 눈을 감으니, 아파트 숲에 둘러싸인 내 집이 바다 위 작은 섬처럼 떠 있는 듯한 기분이 들었다. 고립감이 엄습했지만, 동시에 그 고립은 나를 보호하는 울타리 같았다. 도시에 갇혀 있으면서도, 이 작은 틈새를 통해 자연과 닿아 있다는 사실이 내 마음을 묘하게 안정시켰다.

이튿날 새벽, 창문을 열자 차가운 공기가 밀려들었다. 하늘은 희미한 푸른빛으로 물들었고, 풀잎마다 이슬방울이 맺혀 있었다. 작은 물방울 속에는 아파트 벽과 하늘빛이 겹쳐져 비쳤다. 금계국의 마른 줄기에도 이슬이 맺혀, 마치 여전히 살아 있는 듯한 빛을 내고 있었다.

햇살이 점점 강해지자, 빈터의 모든 것이 서서히 깨어났다. 억새는 은빛으로 반짝였고, 강아지풀은 빛을 받아 초록빛을 되찾은 듯 보였다. 개망초는 씨앗을 흩날리며 또 다른 생명을 준비하고 있었다. 그 풍경을 바라보는 동안, 나는 한참이나 발걸음을 옮기지 못했다.

화려함이 사라진 자리에서 느껴지는 고요와 쓸쓸함은 이상하게도 내 마음을 흔들었다. 지나간 계절의 잔해를 바라보는 일이, 오히려 새로운 시작을 준비하게 만들었다.

바람이 불자 풀들이 작은 합창단처럼 흔들렸다. 억새는 선율을 세우고, 강아지풀은 장단을 맞췄다. 씨앗을 날린 개망초는 빈 공간을 리듬으로 채웠다. 작은 곤충 하나가 금계국 줄기를 타고 오르다 바람에 휩쓸려 날아갔다.

나는 그 장면에서 문득 내 삶을 보았다. 도시의 바람에 쓸려 다니던 지난날, 내 마음도 곤충처럼 방향을 잃고 떠다녔다. 그러나 이곳에서는 달랐다. 흔들리더라도 뿌리를 내리고 남을 수 있지 않을까.

나는 대문 앞에 서서 빈터를 오래 바라보았다. 해가 점점 기울며 아파트의 그림자가 땅 위로 길게 드리워졌다. 그 안에서 금계국 줄기와 억새가 함께 흔들리고 있었다. 바람은 여전히 불었지만, 그 속에서 나는 묘한 평온을 느꼈다.

겨울은 도시의 빛마저 무겁게 덮어 버렸다.

빈터 위로 바람이 몰아칠 때마다 마른 줄기들이 서로 부딪히며 낮은 비명을 냈다. 아카시아 숲은 잎을 모두 잃고 앙상한 뼈대만 남아 있었다. 그 가지 끝에 달린 마른 꼬투리들이 바람에 흔들릴 때, 마치 작은 종들이 흔들리는 듯한 소리가 들렸다.

눈이 내린 날, 빈터는 전혀 다른 세상으로 바뀌었다. 하얀 눈이 잡풀 위에 차곡차곡 쌓이자, 그곳은 오래된 흑백사진 속 장면 같았다. 사람의 발자국 하나 없는 평평한 설경은 묘하게 경건했다. 아파트 창마다 불빛이 반짝였지만, 그 빛이 닿지 않는 낮은 풀잎 위에서야말로 계절의 진짜 얼굴이 드러났다.

나는 겨울 내내 그 풍경을 자주 바라보았다. 차갑고 잿빛인 계절이었지만, 그 고요는 오히려 내 마음을 가라앉히고 사색으로 이끌었다. 도시에 있을 때는 늘 시간에 쫓겼다. 그러나 이곳에서의 겨울은 다르게 흘렀다. 느리고 무겁게, 그러나 단단하게 내 안을 채웠다.

그 고요 속에서 떠오른 것은 어린 시절의 기억이었다.

우리 집 마루 한쪽에 늙은 호박이 쌓여 있던 풍경. 나무 마루의 차가운 바닥 위에 크고 작은 호박들이 줄줄이 놓여 있었다. 겨울이 깊어 갈수록 그 노란 껍질을 보는 것만으로도 배가 부른 듯 마음이 든든했다. 어머니는 가마솥에 호박죽을 끓여 주셨고, 그 달콤하고 따뜻한 맛은 추운 겨울을 견디게 하는 힘이었다. 애호박 무침은 식탁 위에서 밥을 부르는 친구였고, 푹 퍼지게 끓여 낸 호박국은 온 가족을 불러 모으는 신호였다.

나는 그 시절을 가난 속에서 보냈다. 쌀밥을 배불리 먹는 날은 드물었지만, 마루에 호박이 수북이 쌓여 있는 것만으로도 풍요를 느낄 수 있었다. 호박은 나에게 단순한 음식이 아니라, 배고픔을 달래주는 삶의 기둥 같은 존재였다.

세종의 집에서 겨울을 보내며 빈터를 바라볼 때마다, 나는 그때의 기억으로 돌아갔다. 왜인지 모르게 마음은 점점 확신에 가까워졌다. 내가 이 땅에 심어야 할 건, 다른 무엇이 아니라 호박이어야 한다.

3월, 봄은 갑자기 성큼 다가왔다.

아침 공기는 여전히 차가웠지만, 낮 햇살은 서서히 땅을 녹였다. 빈터의 표면은 여전히 겨울의 빛깔이었으나, 그 속에서는 봄이 서서히 꿈틀거리고 있었다.

나는 삽을 들고 땅을 파기 시작했다. 겨우내 얼었던 흙은 처음엔 단단했지만, 힘을 주어 삽날을 박아 넣자 조금씩 풀리며 갈라졌다. 흙 속에서는 겨울 내내 잠자던 냄새가 올라왔다. 축축하면서도 오래된 기억을 품은 냄새였다.

여덟 개의 구덩이를 파내고 나자, 온몸에 땀이 흘렀다. 그러나 그 땀은 피곤이 아니라 설렘으로 가득했다. 마치 잊고 있던 노동의 기쁨을 되찾는 순간 같았다.

농협에서 사온 누룩퇴비 포대를 열자, 발효된 풀과 곡식의 냄새가 따뜻한 김과 함께 올라왔다. 포대 속에서 흘러나오는 냄새는 단순한 퇴비의 냄새가 아니었다. 그것은 '새로운 시작'의 냄새였다. 나는 퇴비를 구덩이에 붓고, 그 위에 배양토를 덮은 뒤 코코피트를 뿌렸다. 손가락으로 흙을 고르는 동안, 마음속에서 오래된 의식이 되살아났다.

마지막으로 호박씨를 꺼내 손바닥에 올렸다. 작은 씨앗은 소박했지만, 내게는 너무나 특별했다. 손안에 올려진 씨앗 하나하나가 어린 시절의 기억, 마루에 쌓여 있던 풍요, 호박죽의 따뜻한 맛을 품고 있었다. 나는 흙 속에 씨앗을 넣으며 속으로 말했다.

"잘 자라서, 나를 다시 그 시절처럼 배부르게 해다오."

물을 흠뻑 주고, 2미터 길이의 강철선을 X자로 꽂았다. 그 위에 투명한 비닐을 덮자, 작은 온실이 만들어졌다. 그 안에는 아직 아무것도 보이지 않았지만, 나는 이미 싹이 트고 있는 모습을 상상할 수 있었다.

나는 온실 앞에 서서 오랫동안 움직이지 못했다.

지난 가을에는 바라보기만 했고, 겨울에는 지켜보기만 했다. 그러나 이제 나는 땅을 일구고, 씨앗을 심었다. 호박은 내 과거와 현재, 그리고 앞으로의 시간을 이어 주는 다리였다.

3월 하순, 낮 기온은 조금씩 올라갔지만 아침저녁 공기는 여전히 차가웠다. 밤이면 종종 영하로 내려가 온실 안까지 차가운 기운이 스며들었다. 그러나 낮이 되면 상황은 달라졌다. 투명한 비닐 아래 햇볕이 들어차면 작은 온실은 마치 또 다른 계절을 맞이한 듯 후끈 달아올랐다. 손바닥으로 비닐을 만지면 따뜻하다 못해 미지근한 열기가 느껴졌다.

나는 매일 아침 물을 주고, 낮에는 비닐 속 습기를 확인하며 호박씨가 깨어나는 과정을 지켜봤다. 처음에는 흙 위에 작은 금이 가더니, 어느 날 작은 싹이 흙을 밀어 올리며 고개를 내밀었다. 씨앗의 껍질이 머리에 달라붙은 채로 땅 위로 올라온 모습은 마치 아이가 태어나면서 태의 흔적을 머리에 이고 나오는 듯했다.

떡잎은 생각보다 여리고 연약했다. 햇살을 받으면 연둣빛으로 투명하게 빛났고, 밤이 되면 다시 고개를 숙였다. 비닐 안은 낮 동안의 따뜻한 공기와 물방울이 뒤섞여 습도가 높았다. 그 습기 덕분에 흙은 늘 촉촉했고, 그 속에서 싹은 조금씩 몸을 펴고 있었다.

나는 온실 안을 들여다보며 오래도록 눈을 떼지 못했다. 흙을 헤치고 올라오는 그 작은 힘이 어쩐지 인간의 삶과 다르지 않게 느껴졌다. 긴 겨울을 버티고, 여전히 밤마다 차가운 기운이 내려앉는 이 땅에서, 호박은 묵묵히 자기의 순서를 기다린 끝에 모습을 드러냈다.

하루가 다르게 떡잎은 넓어지고, 마침내 본잎이 나오려는 기미가 보였다. 떡잎 사이에서 더 진한 초록빛이 움트며 작은 선이 그어졌다. 그 순간 나는 설명하기 힘든 벅참을 느꼈다. 아이가 옹알이를 멈추고 첫 단어를 내뱉으려는 것처럼, 내 호박은 이제 또 다른 세계로 나아가고 있었다.

3월의 바람은 여전히 차가웠지만, 비닐 속 작은 싹은 묵묵히 자신의 계절을 향해 나아가고 있었다. 그 과정을 지켜보는 나는 부모가 자식을 돌보듯, 작은 숨결 하나에도 귀를 기울였다. 혹시나 밤사이 얼어 죽지는 않을까 걱정하면서도, 낮의 뜨거운 햇살에 힘입어 조금 더 단단해질 것을 기대했다.

그 작은 떡잎을 바라보며 나는 속으로 중얼거렸다.

"그래, 네가 나오길 기다렸어. 이제 시작이야. 나와 함께 봄을 살아가자."

4월이 되자 낮은 확실히 길어졌다. 해는 예전보다 늦게 지고, 햇살은 조금 더 오래 땅 위에 머물렀다. 그러나 아침저녁의 공기는 여전히 매서웠다. 날씨는 하루에도 몇 번씩 표정을 바꿨다. 아침에 문을 열면 차가운 바람이 목덜미를 스치고, 오후에는 따뜻한 햇살이 등을 감싸안았다가, 해가 기울면 다시 겨울 같은 서늘함이 엄습했다.

비닐온실 속의 공기와 밖의 공기는 마치 두 계절처럼 달랐다. 밖은 차갑고 거칠었지만, 비닐 안은 따뜻하고 촉촉했다. 나는 매일 아침 비닐을 젖히고 안쪽을 살폈다. 순간 얼굴을 스치는 공기가 확연히 달랐다. 차갑게 파고드는 바람이 얼굴을 스치고, 다시 비닐을 닫으면 안쪽에서는 마치 누군가의 따뜻한 숨결이 가득 차 있는 듯했다. 비닐에 맺힌 작은 물방울들이 햇살에 반짝이는 것을 보고 있으면, 마치 온실 자체가 하나의 살아 있는 생명체처럼 느껴졌다.

그 속에서 싹은 조금씩 자라고 있었다. 떡잎 사이에서 본잎이 나올 기미가 보였을 때, 나는 숨을 죽였다. 처음엔 연약한 떡잎 가운데 가느다란 초록빛 선이 그어지듯 돋아났고, 며칠 사이 그 선은 점점 넓어졌다. 본잎은 떡잎보다 색이 진했고, 잎맥은 선명했다. 햇살을 받으면 잎맥마다 빛이 스며들어 세밀한 무늬를 드러냈다. 그 모습은 마치 아이가 옹알이를 멈추고 처음으로 뚜렷한 단어를 내뱉는 순간 같았다. 세상에 처음 목소리를 내는 듯한, 그 작은 변화 하나에 나는 벅찬 기쁨을 느꼈다.

그러나 봄은 늘 불안정했다. 낮에는 온실 안이 후끈 달아오를 만큼 따뜻했지만, 저녁이면 금세 기온이 떨어졌다. 온실 밖의 공기는 얼음처럼 차가웠고, 온실 속 따뜻한 공기마저 서서히 빠져나가며 싹을 위협했다. 특히 바람이 강하게 불던 날에는 본잎이 심하게 흔들렸다. 그 모습을 보며 내 마음은 조마조마했다. 마치 갓난아이가 첫걸음을 내딛다가 금세 넘어질까 봐 손을 뻗어 지켜보는 부모의 심정과 같았다.

봄비가 내릴 때는 더욱 불안했다. 밤새 빗방울이 온실 위를 두드리며 쏟아졌다. 빗물이 고이면 비닐이 푹 꺼지고, 그 무게에 눌려 비닐이 찢어지지 않을까 걱정이 밀려왔다. 나는 장화를 신고 몇 번이나 밖으로 나갔다. 손바닥으로 비닐 위의 빗물을 털어 내며 속으로 중얼거렸다.

'조금만 더 버텨다오. 이 비가 그치면, 너는 한층 더 자랄 거야.'

본잎은 그 모든 시련을 이겨 내며 점점 단단해졌다. 햇살을 받으면 잎은 더 짙은 초록으로 변했고, 잎맥이 선명하게 드러났다. 줄기는 조금씩 굵어지고, 뿌리는 땅속 깊이 뻗어 내렸다. 겉으로는 보이지 않았지만, 나는 그것을 느낄 수 있었다. 흙을 조금만 파 보면 축축한 기운이 남아 있었고, 그 속에서 뿌리가 묵묵히 자리를 넓혀 가고 있었다. 이제 싹이 아니라, 작은 어린 호박이라 불러도 좋을 만큼 제 모습을 갖춰 가기 시작했다.

4월 말, 낮의 햇살이 길어지고 바람이 조금 더 부드러워질 즈음, 작은 노란 꽃이 피었다. 그 꽃은 크지 않았고, 화려하지도 않았다. 그러나 내 눈에는 눈물이 날 만큼 귀중했다. 겨울을 견디고, 차가운 바람과 비를 넘어서, 마침내 세상에 보내는 첫 신호였다. 꽃잎이 바람에 살짝 흔들릴 때마다, 나는 아이가 처음으로 "아빠"라고 부르는 소리를 듣는 듯했다. 긴 겨울 동안 이 순간을 얼마나 기다렸던가. 불안과 기대가 뒤섞인 시간들이 그 작은 꽃 하나로 보상받는 듯했다.

꽃은 곧 열매로 이어졌다. 손톱만 한 작은 열매가 줄기 사이에 매달린 것을 발견했을 때, 나는 숨조차 멎는 줄 알았다. 아직은 작고 연약했다. 바람만 조금 세게 불어도 떨어져 버릴 것 같았다. 그러나 그

무릎의 방

안에는 이미 세상과 맞설 기운이 자라고 있었다. 작은 아이가 불안한 걸음을 내딛는 순간처럼, 그 작은 열매는 내 마음을 뒤흔들었다.

나는 매일 아침저녁으로 그 앞에 섰다. 햇살은 잎을 더 푸르게 물들였고, 밤의 바람은 줄기를 단단하게 다듬었다. 흙은 여전히 촉촉했고, 땅속에서는 뿌리가 더 넓게 뻗어 나갔다. 꽃과 잎과 줄기가 서로 다른 리듬으로 자라면서도, 하나의 생명체로 조화를 이루어 가는 모습은 경이로웠다.

그 과정을 지켜보며 나는 깨달았다. 호박을 키운다는 것은 단순히 농작물을 기르는 일이 아니었다. 그것은 아이를 키우는 부모의 길과 다르지 않았다. 늘 불안과 기대가 함께했고, 사소한 변화 하나에도 가슴이 설레고 또 긴장했다. 씨앗이 싹을 틔우고, 잎을 펼치고, 꽃을 피우고, 열매를 맺기까지. 그 모든 과정은 내 삶과 맞닿아 있었고, 내 안의 시간을 깊이 흔들어 놓았다.

5월이 시작되자마자, 세상은 갑자기 톤을 바꾸었다.

원래라면 바람이 아직 선선하고, 햇살은 부드럽게 흩어져야 할 시기였다.

그러나 올해는 달랐다.

햇살은 부드러움 대신 날카로움을 지녔고, 바람은 오히려 그 뜨거움을 실어 나르는 듯했다.

기상청에서는 연일 "이례적인 폭염"이라고 떠들어 댔지만, 정작 밭에 나와 서 있는 내게는 그 말이 아무 의미가 없었다.

폭염은 단어가 아니라, 내 살갗을 짓누르고, 눈꺼풀을 말려 붙이고, 등허리를 태우는 물리적인 존재였다.

나는 아침마다 물을 길어다 뿌렸다.

호스에서 쏟아져 나오는 물줄기는 흙 위에 닿자마자 뜨겁게 증발했다.

물방울이 반짝이며 사라지는 그 순간, 나는 마치 내 하루의 일부를 함께 잃어버리는 것 같았다.

그럼에도 불구하고, 잎사귀들은 그 한 모금의 물을 가득 빨아들였다.

빛을 향해 팔을 뻗는 아이처럼, 잎맥은 순간적으로 살아 움직였고, 그 살아 있는 반응은 내 마음 깊은 곳에 작은 위안을 남겼다.

그러나 동시에 잡초들도 무섭게 자라났다.

그것들은 어떤 눈치도 보지 않았다.

내가 땀을 흘리며 물을 뿌리고 있을 때, 그 틈새에서 자기들만의 초록빛 군락을 형성했다.

나는 하루에도 몇 번씩 몸을 굽혀 풀을 뽑았다.

풀은 뽑히면서도 묘하게 고소한 냄새를 풍겼고, 흙냄새는 땀에 젖은 내 손바닥에 오래 남았다.

그 냄새는 기묘했다.

한편으로는 생명력의 향기였고, 또 한편으로는 내가 아무리 애써도 결코 이길 수 없는 집요함의 증거 같았다.

잡초를 뽑는 순간마다, 나는 나 자신을 뽑아내는 것 같았다.

내 안의 오래된 근심, 정리되지 않은 기억들, 밤마다 떠오르는 어렴풋한 얼굴들.

그러나 다음 날이면 그 자리에서 또다시 돋아나는 풀처럼, 내 근심도 되살아났다.

나는 그것을 보며, 인간의 마음이라는 것도 결국 밭과 다르지 않다는 생각을 했다.

가꾼다고 해서 완전히 깨끗해지는 일은 없다는 것.

그저, 잠시 억눌러 두는 것이 최선이라는 것.

6월에 들어서자, 태양은 완전히 여름의 얼굴을 드러냈다.

해는 길어졌고, 그 긴 하루 동안 밭은 마치 거대한 실험대처럼 열기를 품었다.

그러나 그 속에서 호박 덩굴은 묵묵히 자랐다.

넓게 퍼진 잎은 햇볕을 받아 내며 작은 그늘을 만들었고, 그 아래에서 어린 열매가 서서히 자라났다.

6월 하순, 하늘은 단단히 입을 닫아 버렸다.

언제쯤 장마가 시작될까, 사람들은 매일 뉴스와 일기예보를 들여다보았다.

그러나 예보는 매번 빗나갔고, 비는 오지 않았다.

흙은 바짝 말라 금이 갔고, 그 금은 날이 갈수록 더 넓고 깊어졌다.

금이 간 흙을 내려다보면, 마치 오래된 가죽처럼 갈라진 틈새 속으로 작은 어둠이 숨어드는 것 같았다.

나는 아침마다 호스를 수돗가에 연결해 여덟 개의 구덩이를 돌며 물을 부었다.

그 구덩이들은 마치 목마른 아이들처럼 차례를 기다리고 있었다.

물은 흘러내리자마자 흙 속으로 빨려 들어갔다.

살짝 고였다가 금세 사라졌다.

나는 허리를 굽혀 구덩이를 들여다보았다.

호박잎은 여전히 초록빛이었지만, 그 초록은 점점 엷어지고 있었다.

넓은 잎맥은 힘겹게 태양을 받으며 버텼고, 그늘 아래 작은 열매들이 조용히 숨 쉬고 있었다.

나는 매일 같은 자리에서 물을 부으면서도 스스로에게 물었다.

"언제까지 이 아이들이 버틸 수 있을까."

대답은 어디에도 없었다.

7월이 되자, 태양은 더욱 잔혹해졌다.

낮 기온은 연일 기록을 경신했고, 바람조차 뜨거웠다.

나는 매일 구덩이를 돌며 물을 주었지만, 그것은 갈증을 잠시 미루는 것에 불과했다.

무릎의 방

호박은 버텼고, 나도 버텼다.

그러나 버티는 일에는 언제나 한계가 있다는 것을 알고 있었다.

7월 하순, 가족과 함께 강원도로 2박 3일 휴가를 떠났다.

떠나기 전날, 나는 구덩이를 오랫동안 바라보았다.

호박잎은 이미 지쳐 있었고, 흙은 모래처럼 부서졌다.

나는 스스로를 설득했다.

사흘쯤은 괜찮을 거야. 사흘은 버틸 수 있겠지.

그러나 마음 한쪽은 계속 저항했다.

내 발걸음이 휴가지를 향할 때조차, 그 목소리는 따라붙었다.

강원도의 바다는 푸르고 깊었다.

파도는 시원하게 부서졌고, 사람들은 모래사장에서 웃음을 터뜨렸다.

나는 웃고 있는 가족 곁에 앉아 있었지만, 내 마음은 다른 곳에 있었다.

휴가지의 햇볕은 여전히 뜨거웠고, 낮 기온은 36, 37도까지 치솟았다.

나는 그 숫자를 보는 순간마다 호박잎 위로 내리꽂히는 잔혹한 햇살을 떠올렸다.

그 뜨거움 속에서 잎들이 어떤 표정을 짓고 있을지 상상만 해도 목이 말라 왔다.

밤에도 마음은 가벼워지지 않았다.

가족들은 꿈속에서 웃고 있었지만, 나는 눈을 감을 수 없었다.

머릿속에는 오직 여덟 개의 구덩이와, 거기에 심어진 호박잎의 초라한 모습만이 떠올랐다.

집으로 돌아온 날, 나는 짐을 풀기도 전에 곧장 구덩이로 달려갔다.

그리고 그곳에서 발걸음을 멈췄다.

호박잎은 거의 죽어 있었다.

잎맥은 바싹 말라 갈색으로 굳어 있었고, 넓은 잎사귀는 흙 위에 고꾸라져 있었다.

바람이 불자, 마른 잎 하나가 부서져 가루처럼 흩날렸다.

나는 그 앞에서 숨을 고르지 못했다.

그 광경은 단순히 식물이 시든 것이 아니었다.

그것은 내 안에서 오래 붙잡고 있던 희망의 잔해가 바람에 흩날리는 것 같았다.

나는 무릎을 꿇고 시든 잎을 손끝으로 만졌다.

바스러지는 감촉이 손끝에 남았다.

내 마음속에서 누군가가 외쳤다.

'왜 두고 갔느냐. 왜 마지막 순간을 함께하지 않았느냐.'

나는 곧바로 수돗가로 달려갔다.

호스를 잡아당겨 첫 번째 구덩이에 물을 부었다.

흙은 갈라진 틈새에서 물을 빨아들이며 작은 소리를 냈다.

나는 이어 두 번째, 세 번째, 끝내 여덟 개 구덩이 모두를 돌았다.

그러나 잎들은 여전히 고개를 들지 않았다.

나는 다시 수돗가로 달려갔다.

호스를 끌고 또다시 여덟 구덩이를 돌았다.

등줄기를 타고 땀이 흘러내렸고, 숨은 거칠어졌지만, 멈출 수 없었다.

그러나 마음속 어딘가에서는 알았다.

단순히 물만으로는 부족하다는 것을.

호박이 원하는 건 해갈이 아니라, 살아날 힘이었다.

나는 창고로 달려가 아미노산 영양제를 꺼냈다.

투명한 액체를 물에 섞으면서 묘하게도 가슴이 뛰었다.

마치 병든 사람에게 수액을 꽂아 주는 의사의 손길 같았다.

나는 조심스럽게 구덩이마다, 여덟 구덩이 전부에 그 물을 부었다.

처음엔 아무 변화도 없었다.

그러나 해가 기울 무렵, 작은 기적이 찾아왔다.

축 늘어져 있던 잎 하나가 아주 천천히, 그러나 분명하게 몸을 일으켰다.

마치 오래된 문이 녹슨 경첩을 억지로 움직이며 열리는 듯, 삐걱거리며 위로 들려 올라갔다.

나는 숨을 죽이고 그 모습을 지켜보았다.

그것은 단순한 잎의 반응이 아니었다.

그것은 생명이 절망을 거부하며 내뿜는 마지막 의지였다.

나는 그 순간, 호박이 나 대신 속삭이는 듯했다.

"아직은 끝나지 않았다. 우리는 살아 있다."

저녁이 되자, 여덟 구덩이는 달라져 있었다.

잎사귀들은 조금씩 기운을 되찾았고, 저녁 바람에 서로 부딪히며 작은 소리를 냈다.

그 소리는 마치 병실에서 갓 깨어난 환자가 내쉬는 첫 호흡 같았다.

나는 그 소리에 귀를 기울이며 자리에 앉아 있었다.

내 몸은 지쳐 있었지만, 마음은 오랜만에 충만했다.

호박은 결국 살아났다.

죽음 직전까지 갔다가, 다시 돌아왔다.

나는 알았다.

호박을 살린 것은 물과 영양제만이 아니었다.

그것은 내가 내 안의 갈증을 직시하고, 그 갈증에 손을 내밀었기 때문이다.

그날 밤, 나는 깊은 잠에 빠졌다.

꿈속에서 호박 덩굴은 초록빛 팔을 뻗어 나를 감싸안았다.

그리고 낮은 목소리로 말했다.

"우린 아직 살아 있다. 그리고 너도."

여름 내내 나는 호박 구덩이 곁을 떠날 수 없었다.

가뭄은 끊이지 않았고, 흙은 갈라졌다.

나는 수돗가에서 호스를 끌어와 물을 주었고, 영양제를 섞어 돌보았다.

그러나 그 시간마다 어김없이 몰려드는 것들이 있었다.

모기였다.

호스를 붙잡고 구덩이에 물을 뿌리는 순간, 내 발목과 종아리, 팔뚝과 목덜미는 곧바로 모기의 표적이 되었다.

작은 날갯짓이 귓가에서 윙윙거리며 맴돌았고, 나는 손을 뻗어 쫓아내다가 다시 호박잎으로 시선을 돌려야 했다.

잠깐의 방심만으로도 물줄기는 다른 곳으로 흩어졌고, 구덩이는 금세 메말랐다.

모기는 집요했다.

팔을 휘둘러도 다시 달려들었고, 피부는 순식간에 울긋불긋 부풀어 올랐다.

가려움은 미쳐 버릴 듯했고, 땀과 섞여 끈적하게 흘러내렸다.

나는 이를 악물고 참았다.

모기를 쫓느라 호박을 외면할 수는 없었다.

그 순간의 선택은 언제나 호박 쪽이었다.

나는 그때 깨달았다.

호박을 기르는 일은 마치 아이를 키우는 것과 같았다.

잠시의 방심도 허락하지 않았다.

호박은 나를 필요로 했고, 나는 그 요구를 외면할 수 없었다.

내 피부는 모기에 물려 성가셨지만, 호박은 목말라 있었다.

나는 결국 내 몸을 내주면서도 호박을 지켰다.

모기에 물린 자국은 밤마다 화끈거렸고, 잠자리에 들어도 가려움은 쉽게 가시지 않았다.

그러나 그 고통은 이상하게도 나를 위로했다.

피부에 남은 흔적들은 내가 여름을 함께 견뎠다는 증거 같았다.

호박을 위해 내 몸을 내어 준 작은 대가이자, 살아 있는 자의 표식이었다.

어떤 날은 모기와 싸우며 구덩이 곁에 서 있다가 문득 이런 생각이 들었다.

이건 도대체 누구를 위한 싸움일까. 호박을 위한 걸까, 아니면 나 자신을 위한 걸까.

그러나 곧 대답은 분명해졌다.

나는 호박을 키우면서 동시에 나 자신을 돌보고 있었다.

그 책임감은 부모가 아이에게 느끼는 마음과 다르지 않았다.

나는 호박의 생존을 위해 내 몸을 내주었고, 그 과정에서 오히려 내 마음은 조금씩 강해졌다.

7월 말, 여전히 한낮 기온은 숨을 막을 듯했지만, 호박은 서서히 다시 고개를 들고 있었다.

며칠 전까지만 해도 종잇장처럼 바스러질 듯 축 늘어져 있던 잎들이, 이제는 힘겹게나마 하늘을 향해 몸을 펴고 있었다.

그 모습은 마치 깊은 혼수상태에 빠져 있던 환자가 천천히 눈을 뜨는 장면 같았다.

나는 매일 아침 구덩이 곁에 서서 그 움직임을 지켜보았다.

물과 아미노산 영양제를 흡수한 잎맥은 서서히 다시 살아났고, 줄기는 묵직하게 땅을 움켜쥐었다.

바람이 불 때마다 나는 귀를 기울였다.

잎사귀들이 서로 스치며 내는 소리는 단순한 바람 소리가 아니었다.

그것은 내가 이해할 수 없는 어떤 은밀한 언어 같았다.

나는 그 소리를 들으며 혼자서 속삭였다.

"그래, 버텼구나. 나도 버텨야겠지."

8월 중순이 지나자 호박은 믿기 힘들 정도로 회복됐다.

덩굴은 다시 사방으로 뻗었고, 그 위에 새로 돋아난 잎들은 건강한 초록빛으로 번져 갔다.

햇빛은 여전히 잔혹했지만, 이제 그것은 위협이라기보다는 시험 같았다.

호박은 그 시험을 이겨 내며 하루가 다르게 힘을 키워 갔다.

나는 구덩이 옆에 쪼그리고 앉아 애호박이 자라는 모습을 바라보곤 했다.

처음엔 단지 손가락만 한 연녹색의 줄기 같은 것이었는데, 어느날 불현듯 주먹만 한 애호박이 매달려 있었다.

어제까지만 해도 손바닥만 했는데, 하루 사이 주먹만큼 커져 있었던 것이다.

그 신속한 성장은 내게 묘한 기쁨을 주었다.

마치 내 안에서 닫혀 있던 어떤 문이 조금씩 열리는 것 같았다.

나는 그 열매를 손에 쥐었다.

묵직했고, 표면은 매끈했으며, 그 속에는 아직 햇볕의 온기가 남아 있었다.

마치 내 손으로 빚어낸 생명의 결정체 같았다.

그 순간, 나는 땀과 피로와 근심을 모두 잊었다.

한 줄기 깊은 환희가 몸 안으로 흘러들었다.

나는 그 애호박을 따서 저녁 반찬으로 올렸다.

칼로 썰 때, 단단하면서도 물기를 머금은 결이 도마 위에서 또렷하게 드러났다.

소금과 참기름에 가볍게 볶은 애호박은 연녹색의 빛이 더 선명해졌고, 고소한 향이 방 안 가득 퍼졌다. 밥상 위에서 은근한 단맛을 풍겼다.

숟가락을 들며 나는 생각했다.

이건 단순한 채소가 아니야. 이건 여름의 고통을 견딘 끝에 얻은 위로야.

나는 그 향을 들이마시며 눈을 감았다.

단순히 배를 채우는 음식이 아니었다.

그것은 땡볕과 땀, 잡초와 씨름한 시간, 물을 나르던 발걸음, 매일 아침의 결심과 저녁의 피곤함이 응축된 작은 축제였다.

한입 베어 물자, 담백하면서도 은근히 달큰한 맛이 혀끝을 가득 채웠다.

나는 그 자리에서 혼자 미소를 지었다.

내가 지금 씹고 있는 것은 단지 애호박이 아니라, 초여름 그 자체였다.

폭염의 날들과, 무성한 잡초의 그림자와, 그 속에서 묵묵히 자라난 생명의 응답.

나는 그 작은 접시 앞에서 깊은 환희를 느꼈다.

화려하지 않았고, 누구에게도 자랑할 일은 아니었다.

그러나 그 환희는 조용하면서도 오래가는 것이었다.

마치 내 삶 속에서 아주 작은 균열을 벌리고, 그 균열 틈새로 빛 한 줄기가 스며드는 것 같았다.

삶은 거창한 사건이 아니라, 이런 구체적이고 손에 잡히는 기쁨 속에서 견딜 만해진다는 것.

나는 그날, 애호박 반찬 한 접시를 통해 그 단순한 진리를 다시금 확인했다.

8월 한가운데, 구덩이는 초록으로 가득 찼다.

덩굴은 서로 얽히며 작은 숲을 만들었고, 그 속에는 수많은 애호박들이 매달려 있었다.

나는 매일같이 그 숲을 헤집으며 열매를 찾아냈다.

손에 잡히는 초록빛 열매는 마치 보물 상자에서 꺼낸 작은 구슬 같았다.

나는 그 구슬들을 하나하나 바구니에 담으며 묘한 충만감을 느꼈다.

그러나 진짜 기적은 그 뒤였다.

덩굴 사이사이, 서서히 몸집을 키워 가는 커다란 늙은 호박들이 나타난 것이다.

그들은 처음에는 조그마한 공깃돌 같았으나, 시간이 지날수록 무거운 존재감으로 자리를 차지했다.

주황빛으로 변해 가는 둥근 몸체는 늦여름 태양의 열기를 고스란히 품고 있었다.

나는 저녁마다 구덩이 옆에 앉아 그 풍경을 바라보았다.

덩굴 아래 드러난 늙은 호박들의 둥근 곡선은 묵묵히 세월을 견딘 것들의 얼굴 같았다.

9월, 아침 공기에는 서늘한 기운이 깃들기 시작했다.

그러나 구덩이 속 호박들은 여전히 여름을 기억하는 듯 뜨겁게 살아 있었다.

그들의 껍질은 단단해졌고, 표면에는 세월의 흔적처럼 세밀한 주름이 새겨졌다.

나는 그 주름을 손바닥으로 쓰다듬으며 알았다.

이것은 단순한 열매가 아니라, 하나의 시간이었다.

7월 말의 고통, 8월 초의 회생, 그 모든 날들이 이 호박 속에 응축되어 있었다.

수확의 날이 다가왔다.

나는 팔에 힘을 주어 커다란 호박들을 들어 올렸다.

어떤 것은 두 팔로 안아야 겨우 들릴 만큼 무거웠다.

마당에는 늙은 호박이 차곡차곡 쌓여 갔다.

50개에 가까운 호박이 쌓인 풍경은 마치 작은 산처럼 보였다.

나는 그 앞에서 묘한 경외감을 느꼈다.

나는 알았다.

이 호박들은 단순히 구덩이에서 자라난 열매가 아니었다.

그들은 여름 내내 내 마음을 시험하고, 끝내 내 마음을 채워 준 존재였다.

수많은 애호박은 내 밥상을 풍요롭게 했고, 늙은 호박들은 가을의 상징처럼 무겁게 남았다.

그들은 내 삶의 빈 공간을 하나씩 메워 주었다.

수확을 마친 구덩이 옆에 앉아 있으면, 나는 이상한 평온에 젖었다.

그 평온은 단순한 만족감이 아니었다.

그것은 살아남았다는 것에 대한 감사였다.

호박이 살아남았고, 나도 살아남았다.

그 사실만으로도 충분했다.

나는 마음속으로 작은 기도를 드리듯 중얼거렸다.

"고맙다. 버텨 줘서, 살아 줘서."

그 순간, 내 안에 오래도록 메말라 있던 무언가가 서서히 적셔지는 것을 느꼈다.

삶은 여전히 예측 불가능했고, 내일의 날씨는 또다시 나를 시험할지 몰랐다.

그러나 나는 알았다.

가뭄과 폭염, 불안과 절망 속에서도, 언젠가 다시 결실은 찾아온다는 것을.

그리고 그 결실은 단순히 밭에서 자라난 호박이 아니라, 나 자신이 다시 살아 있다는 증거였다.

무릎의 방

오른쪽 무릎 줄기세포 수술을 받은 날, 나는 수술대 위에서 천장을 올려다보고 있었다.

천장은 단순히 흰색이 아니었다. 조명을 비춘 흰색은 언제나 사람을 속인다. 흰색 안에는 희미한 노랑이, 아주 얇은 회색이, 육안으로는 구분하기 힘든 푸른빛이 섞여 있었다. 나는 그 색깔들의 경계를 세밀하게 살피려 애쓰다가, 어느 순간 눈꺼풀 안쪽으로 빛이 스며드는 느낌을 받았다.

마취가 몸속을 흘러내릴 때, 시간은 강물처럼 분리되었다.

먼저 목으로 내려왔고, 다음은 가슴을 지나, 마지막으로 무릎으로 흘러들었다. 마취가 닿은 순간, 내 무릎은 더 이상 내 것이 아니었다. 그것은 갑작스럽게 문을 닫아 버린 방 같았다. 아직 불빛이 켜져 있었지만, 나는 들어갈 수 없었다.

눈을 떴을 때, 병실의 공기는 묘하게 두꺼웠다.

나는 무릎을 들여다보았다. 분명 내 몸의 일부였지만, 나를 알아

보지 못하는 것 같았다.

그때, 내 안에 새로운 공간이 생겼다는 걸 알았다. 창문이 없고, 벽은 젖어 있었으며, 낮은 천장에는 금속 냄새가 배어 있는 방. 구석에는 낡은 의자가 놓여 있었고, 그 옆에는 바늘 없는 메트로놈이 있었다. 메트로놈은 불규칙한 속도로 톡— 톡— 톡— 하고 소리를 냈다. 그 박자가 내 시간의 새로운 단위가 되리라는 사실을, 나는 직감했다.

병실의 새벽은 일정한 규칙으로 깨어났다.

먼저 들려오는 것은 복도를 지나는 바퀴 소리였다. 바퀴는 매끈하게 굴러가지 못하고, 꼭 한쪽이 살짝 비틀린 듯 "꾸르륵—" 하는 소리를 냈다. 그다음은 간호사의 발걸음. 그녀는 항상 발뒤꿈치를 들고 걸었다. 바닥에 살짝 닿았다가 떨어지는 소리, 그것이 병실의 가장 부드러운 박자였다.

커튼 너머, 다른 환자의 숨소리가 이어졌다.

숨은 제각기 다른 속도로 움직였지만, 이상하게도 합쳐지면 거대한 무음이 되었다. 나는 눈을 감은 채, 그 무음을 악보처럼 읽으려 했다. 그러나 무음은 글자로 옮겨지지 않았다. 다만 내 무릎의 방에서 메트로놈이 맞장구를 치듯 불규칙하게 울렸다. 톡—, 쉼—, 톡—, 톡—.

간호사가 와서 링거를 갈았다.

작은 금속 걸이에 걸린 링거액이 투명하게 흔들렸다. 그 안의 기포가 아주 느린 속도로 위에서 아래로 이동했다. 나는 그 속도를 오래 바라보았다. 기포가 떨어지는 순간마다 내 무릎 안에서 가느다란 통증이 반응했다. 방 안 의자가 삐걱거리며 조금씩 기울었다.

"괜찮으세요?" 간호사가 물었다.

나는 고개를 끄덕였다. 고개를 끄덕이는 동안에도 무릎은 아무 대답이 없었다. 마치 무릎은 나와 다른 언어를 쓰는 것 같았다. 나는 그 언어를 번역하려 애썼다. 그러나 번역은 항상 늦게 도착했다. 늦게 도착한 언어는 종종 의미를 잃었다.

밤이면 나는 이어폰을 한쪽 귀에 꽂았다.

왼손 건반은 어두운 바닥을 긁는 듯했고, 오른손 건반은 얇은 유리판을 올려놓는 듯했다. 유리판은 가끔 깨졌다. 깨진 파편은 무릎의 방 안으로 떨어져 통증의 자리를 바꿔 놓았다.

고통이 방향을 갖는 순간, 나는 잠시 살아 있는 느낌을 되찾았다. 방향 없는 고통은 공포지만, 방향이 있는 고통은 기다림이 될 수 있었다.

병실 새벽의 냄새는 하루에도 몇 번씩 달라졌다.

이른 시간에는 소독약 냄새가 강했다. 낮이 되면 환자들의 땀 냄새와 약 냄새가 뒤섞여 묘한 중간색의 기운을 만들어 냈다. 밤이 깊으면, 창문 틈으로 스며든 공기 속에 먼지와 도시의 가스 냄새가 얇게 묻어 들어왔다.

나는 그 냄새들을 무릎의 방 안 색과 연결해 보았다.

소독약은 금속색, 땀은 초록색, 먼지는 회색. 그 색들이 방 안 벽에 차례차례 붙었다. 벽은 조금씩 패턴을 가졌다. 패턴이 생긴 고통은 덜 낯설었다.

옆 침대에는 나보다 나이 많은 노인이 있었다.

그는 말을 거의 하지 않았다. 다만 가끔 내 쪽을 보았다. 그의 눈빛은 "너도 아프냐"라고 묻는 것 같았다. 나는 눈을 돌리지 않았다. 대신 가만히 응시했다. 응시가 대화가 되었다.

그날 밤, 무릎의 방 안 의자는 덜 삐걱거렸다. 고통은 조금 덜했다. 고통은 나눌 수 있는 것인지도 모른다. 말하지 않고, 그저 눈빛만으로도.

나는 병실에서 날마다 새로운 기록을 쌓았다.

무릎의 방은 매일 조금씩 다른 색과 소리를 가졌다.

메트로놈은 불규칙했지만, 불규칙함 속에서 나는 박자를 배웠다.

그것이 내가 살아 있음을 증명하는 유일한 리듬이었다.

수술 후 시간이 흐르자, 재활이 시작되었다.

재활은 거창하지 않았다. 늘 같은 시간, 같은 장소, 같은 동작의 반복이었다. 하지만 그 반복은 단순한 되풀이가 아니라, 매번 다른 얼굴을 가진 생물처럼 다가왔다. 전날과 같은 각도라도 오늘은 다르게 아팠고, 같은 근육이라도 오늘은 다른 방식으로 버텼다.

무릎의 방

물리치료사는 늘 숫자를 말했다.

"오늘은 90도까지 가봅시다."

"좋아요, 이제 95도."

"조금만 더, 100도요."

그녀는 말이 많지 않았다. 그러나 그 짧은 말들이 내게는 벽에 새겨지는 문장처럼 무겁게 다가왔다. 나는 그 숫자들을 무릎의 방 안 벽에 붙여 두었다.

90은 흐릿한 연기처럼 금세 사라졌다.

95는 조금 더 단단한 소리였다.

100은 투명한 유리컵 안에서 물이 흔들리는 느낌이었다.

숫자는 단순히 각도를 말하는 것이 아니었다. 그것은 나의 하루, 나의 자존심, 그리고 내일을 향한 빛 같은 것이었다.

나는 통증에 색을 붙이기 시작했다.

아침에 무릎을 움직일 때의 통증은 연회색이었다. 햇빛이 막 커튼을 뚫고 들어오기 직전, 방 안에 잠시 머무는 그 불투명한 색.

정오의 통증은 유리색이었다. 맑고 깨끗하지만 쉽게 금이 가고, 언젠가 깨질 것 같은 불안함이 있었다.

오후 3시 무렵의 통증은 젖은 초록색이었다. 약간의 눅눅함, 찜질 팩에서 풍기는 약한 화학 냄새와 섞여 나는 색.

밤의 통증은 금속색이었다. 차갑고 단단하며, 마치 아무리 내던

져도 흠집 하나 나지 않을 것 같은, 그러나 오히려 더 무겁게 다가오는 색.

색을 붙이자 통증은 정체성을 가졌다. 이름이 없는 고통은 언제나 공포였다. 그러나 이름이 붙은 고통은 견딜 수 있었다.

어느 날은 110도까지 갔다.

나는 온몸이 땀에 젖은 채로 눈을 감았다. 물리치료사는 "좋습니다"라고만 말했다.

그러나 그 한마디가 내게는 오래된 상장처럼 느껴졌다. 아무도 보관하지 않지만, 스스로는 결코 버릴 수 없는 종이 같은 것.

또 다른 날, 나는 105도에서 멈췄다.

무릎이 더 이상 말을 듣지 않았다. 나는 몸을 비틀며 욕을 내뱉었다. 그 욕은 공허하게 방 안을 떠돌았다. 물리치료사는 대꾸하지 않았다. 대신 "오늘은 여기까지죠"라고 말했다. 나는 그 말이 차라리 고마웠다. 패배에도 이름을 붙여 주는 사람, 그것만으로도 무릎의 방은 덜 흔들렸다.

재활실을 나서서 집으로 돌아오면, 무릎의 방은 또 다른 표정을 지었다.

부엌에서 컵을 집어 들 때, 무릎은 허벅지를 당겼다. 마치 "내가 여기 있다"고 주장하는 듯.

전화기를 받으러 거실을 건널 때, 무릎은 보폭을 줄였다. 그 줄어

　　　　　　　　　　　　　　　　　　　무릎의 방

든 보폭 속에서 나는 하루의 속도를 다시 계산해야 했다.

계단을 내려갈 때, 손잡이를 잡는 내 손이 전보다 더 강하게 움켜쥐는 걸 느꼈다. 무릎은 나를 약하게 만들었지만, 동시에 다른 근육을 강하게 만들고 있었다.

삼각대와 폴딩 스툴, 필름 박스 같은 사물들도 자리를 옮겼다.

삼각대는 왼쪽에서 오른쪽으로, 필름 박스는 서랍 아래칸에서 위칸으로. 이런 작은 이동은 사소한 듯했지만, 내 몸의 균형과 직결되었다.

균형은 저녁 무렵에야 드러나고, 밤이 되면 깨졌다. 깨진 균형은 다음 날 아침에 다시 닦아야 했다.

무릎의 방 안 메트로놈은 재활이 길어질수록 새로운 리듬을 배웠다.

처음에는 불규칙하게만 울렸다. 톡— 톡— 쉼— 톡—.

하지만 시간이 지나자, 그 불규칙함 속에도 패턴이 생겼다. 두 번 울리고 한 번 쉬고, 세 번 울리고 두 번 쉬는 식이었다. 나는 그 패턴을 따라 호흡을 맞추었다.

넷에 들이쉬고, 둘에 멈추고, 넷에 내쉬고.

그 호흡은 내 몸의 또 다른 메트로놈이 되었다.

나는 가끔 생각했다. 이 무릎의 방은 감옥일까, 아니면 연습실일까.

감옥이라면 나는 갇힌 것이고, 연습실이라면 나는 훈련 중인 것이다. 어느 쪽이든 결과는 같다. 나는 그 방 안에서 살아야 했다.

어느 날 오후, 창밖의 나무 그림자가 방 안으로 길게 드리워졌다.

바람이 불 때마다 그림자는 흔들렸고, 그 흔들림은 내 무릎의 통증과 기묘하게 동기화되었다. 그림자가 움직일 때마다 무릎 안의 메트로놈도 박자를 바꿨다.

나는 그 장면을 오래 바라보았다. 마치 그림자가 내 통증을 대변해 주는 듯했다.

통증이 그림자가 될 수 있다면, 언젠가는 그림자처럼 사라질 수도 있지 않을까.

재활은 천천히, 그리고 무겁게 나를 끌고 갔다.

숫자와 색, 패턴과 그림자가 모여 새로운 언어를 만들었다. 나는 그 언어를 완전히 이해하지 못했지만, 몸은 점차 알아듣는 것 같았다.

나는 매일 조금씩 나아졌다. 그러나 그 조금이 너무 작아서, 때로는 멈춰 있는 것처럼 보였다.

하지만 멈춤 속에서도, 메트로놈은 여전히 박자를 치고 있었다.

아침에 거실 의자에 앉아 신문을 펼 때, 내 무릎은 늘 한 박자 늦게 앉았다.

허벅지를 붙잡고 천천히 몸을 굽히면, 무릎 안의 방이 삐걱거렸다. 그 소리는 나무 의자 다리가 바닥을 긁는 소리와 닮아 있었다. 의자와 무릎이 서로 불만을 토로하는 것 같았다.

창문 너머로 햇빛이 들어왔다. 그 빛은 따뜻했지만, 내 무릎은 그 빛을 받아들이지 못했다. 빛은 몸 위로 내려앉았지만 무릎의 방 안에는 도달하지 못했다. 무릎은 여전히 금속색으로 빛나고 있었다.

신문 활자들은 언제나 같았지만, 내 눈에는 작아졌다. 활자가 작아진 것이 아니라, 활자를 읽는 나의 집중력과 인내가 줄어든 것이다.

경제 기사 속 숫자들은 여전히 상승과 하락을 반복했고, 스포츠난에는 젊은 선수들이 달리고 있었다. 그 달림이 나를 아프게 했다. 달릴 수 없는 나의 무릎이 사진 속 달리는 다리들을 질투하는 것 같았다.

신문을 접어 탁자 위에 내려놓는 순간, 탁자의 표면이 작게 울렸다. 그 울림은 무릎의 방에 반향처럼 들어왔다. 나는 신문보다 그 반향을 더 오래 기억했다.

점심 무렵, 집 앞 골목을 걸으면 발소리가 일정하지 않았다.

왼발은 깊고, 오른발은 얕았다. 그 미묘한 차이가 벽돌 바닥에 울려 퍼졌다. 소리는 작은 불협화음이 되어 나를 따라왔다.

택배 기사의 손수레가 철컥거리며 지나갔다. 첫소리와 내 발소리가 잠시 합을 이루었다. 나는 그 순간이 좋았다. 세계와 내 몸이 같은 박자를 공유하는 느낌이 들었기 때문이다. 그러나 손수레가 코너를 돌아 사라지자, 내 발소리는 다시 고립되었다. 고립된 발소리는 더 크게 울렸다. 그 울림이 무릎의 방문을 두드렸다. 툭. 툭.

나는 발걸음을 줄였다. 보폭을 줄여 소리를 숨겼다. 불협은 숨긴다고 사라지지 않는다. 다만 조금 늦게 따라올 뿐이다.

편의점 앞에 고양이가 앉아 있었다.

고양이는 꼬리를 천천히 흔들며 나를 바라보았다. 나는 무릎의 통증을 느끼면서도, 동시에 그 고양이의 무심한 태도를 부러워했다. 고양이는 자신의 몸에 아무 의심이 없었다. 고양이는 고양이였다. 그 단순한 사실이 나를 묘하게 불안하게 했다.

고양이가 입을 벌려 하품을 했다. 무릎의 메트로놈이 그 순간 잠시 멈췄다. 나는 그 정적을 붙잡았다. 정적 속에서 나는 호흡을 고쳤다. 들이쉬고, 멈추고, 내쉬고.

고양이는 나를 외면하고 천천히 몸을 털더니, 골목 모퉁이를 돌아 사라졌다. 남은 것은 내 무릎의 금속색 울림뿐이었다.

재래시장에 들어서면, 공기는 늘 혼란스러웠다.

생선 가게 앞에서는 비린내와 얼음의 차가움이 강했고, 그 옆 튀김 가게에서는 기름 냄새가 달콤하게 번졌다. 방앗간에서는 참기름 냄새가 눅진하게 흘러나왔다. 그 냄새들이 섞여 공기를 채웠다.

나는 생선 가게 앞에서 멈췄다. 얼음 위에 놓인 생선의 비늘이 반짝였다. 얼음은 하얗게 빛났고, 천천히 녹아내렸다. 녹아내린 물방울이 바닥으로 떨어졌다. 뚝. 뚝.

그 소리는 무릎의 메트로놈과 같았다.

"오늘은 뭐 드실래요?" 아주머니가 물었다.

무릎의 방

나는 대답했다. "그냥, 이 냄새요."

아주머니는 피식 웃으며 다시 칼을 들어 생선을 다듬기 시작했다.

나는 한참 동안 얼음만 바라봤다. 얼음은 녹아내리기 위해 존재했다. 통증도 언젠가는 녹아 사라질 수 있을까? 그러나 속도는 달랐다. 얼음은 빠르게 사라졌지만, 내 통증은 여전히 무겁게 남아 있었다. 나는 얼음의 승리를 인정했다. 패배를 인정하는 건 고통스럽지 않았다. 오히려 고통을 더 명확히 보게 했다.

버스 계단은 내 무릎에게 시험이었다.

발을 올리는 순간, 무릎의 방 안 의자가 크게 흔들렸다. 삐걱거림이 울려 퍼졌다. 손잡이를 잡고 몸을 당기며 간신히 올라탔다.

사람들로 가득 찬 버스 안에서, 아무도 내 작은 싸움을 보지 못했다. 나는 좌석 하나를 찾아 앉았다. 버스가 출발하자, 통증은 진동과 겹쳐 흔들렸다. 창밖의 풍경이 빠르게 뒤로 밀려 나갔다. 내 무릎은 반대로 앞으로 달리는 듯 착각을 일으켰다.

나는 그 착각을 붙잡았다. 뒤로 가는 것 같지만 앞으로 가는 느낌. 그것이 재활의 시간과 닮아 있었다. 나는 아직도 멀리 가고 있지 못했지만, 어쨌든 조금은 움직이고 있었다.

엘리베이터 안은 좁았다.

거울 속 나와 현실 속 나는 조금 달랐다. 거울 속 나는 똑바로 서 있었지만, 실제 나는 무릎을 의식하며 중심을 잡고 있었다.

사람들이 들어서면, 공간은 더 좁아졌다.

무릎의 방도 좁아졌다. 의자는 삐걱거렸고, 메트로놈은 박자를 바꿨다.

톡—, 톡—, 쉼—. 그 쉼표는 엘리베이터의 작은 멈춤과 닮았다.

나는 그 멈춤에 잠시 기대어 숨을 골랐다.

비 오는 날, 젖은 보도를 걷는 일은 내게 큰 과제였다.

우산 위로 떨어지는 빗방울 소리와 무릎의 통증이 겹쳤다. 툭. 톡. 툭.

나는 그 겹침을 좋아했다. 겹친다는 것은 혼자가 아니라는 뜻이었다.

사람들은 서두르며 빗속을 지나갔다. 그들의 어깨와 내 느린 발걸음 사이에는 큰 간극이 있었다. 간극은 나를 외롭게 했지만, 동시에 자유롭게 했다. 누구도 내 속도를 재촉하지 않았다.

나는 의도적으로 더 천천히 걸었다. 천천히 걷는 동안, 빗방울은 내 어깨에 떨어졌다. 우산 끝에서 떨어지는 물방울이 발끝으로 튀었다. 그 사소한 감각들이 내 하루를 채웠다.

마트에서 카트를 밀면 무릎의 통증은 잠시 사라졌다.

무릎이 아니라 손목과 어깨가 힘을 대신했다.

무릎의 방은 조용해졌다. 나는 그 사실을 알았다. 그래서 카트를 오래 밀었다.

무릎의 방

통증이 없는 순간은 자유였다. 그러나 그 자유는 임시적이었다.

집으로 돌아와 카트를 내려놓으면, 무릎은 다시 나를 붙잡았다.

그 붙잡힘이야말로 내가 여전히 살아 있다는 증거일지도 몰랐다.

밤이 되면, 무릎의 방은 더 습해졌다.

거실 불을 끄면, 커튼 틈 사이로 들어오는 가로등 불빛이 바닥을 긁었다.

그 빛은 먼지를 드러냈다. 먼지 입자들이 허공에 떠다녔다.

나는 그 움직임을 오래 바라보았다. 먼지의 움직임과 무릎의 메트로놈 소리가 겹쳤다. 삐걱―, 톡―, 철컥―.

TV를 켜도, 화면 속 사람들의 웃음은 멀리서 들려왔다.

내 가까이에 있는 건 무릎의 소리뿐이었다.

나는 그 소리를 번역하지 않았다. 다만 받아 적었다. 삐걱 하나, 톡 둘, 철컥 하나.

받아 적다 보면 잠이 왔다.

꿈속에서 나는 뒤로 걷고 있었다.

뒤로 걷는 동안, 풍경은 내 등 뒤에서 앞으로 흘러왔다.

그 풍경은 무릎의 방 안 그림자와 닮아 있었다.

나는 꿈속에서도 무릎을 의식했다. 그리고 깨어나서도, 여전히 방 안에 있었다.

일상은 늘 무릎을 통과했다.

신문, 골목, 시장, 버스, 엘리베이터, 비 오는 길, 마트, 밤의 소파.

모든 사소한 장면이 무릎의 방문을 열고 닫았다.

메트로놈은 여전히 불규칙했지만, 그 불규칙함 덕분에 나는 하루를 견뎠다.

나는 아직 서 있었고, 걷고 있었고, 살고 있었다.

다만 조금 다르게, 조금 더 느리게, 조금 더 깊이.

수술을 받고 난 뒤, 세월은 이상하게도 빠르면서도 느렸다.

3년이라는 시간이 지나갔지만, 내 무릎의 방 안에서는 하루도 제대로 지나가지 못했다.

나는 창밖을 보며 산의 윤곽선을 눈으로만 좇았다.

봄마다 분홍빛 철쭉이 산허리를 덮었을 것이고

여름에는 짙은 녹음이 그림자를 만들었을 것이고

가을에는 단풍이 불타올랐을 것이고

겨울에는 눈이 덮였을 것이다.

그러나 나는 그 모든 순간을 셔터로 기록하지 못했다.

사진을 찍는다는 것은 단순히 장면을 남기는 일이 아니었다.

그것은 내 호흡이었고, 내 언어였다.

사진이 없다는 것은 말을 잃는 것이었다.

나는 말을 잃은 사람처럼, 눈빛만으로 세월을 견뎌야 했다.

가끔은 카메라를 꺼내 렌즈를 닦았다.

무릎의 방

닦고 또 닦아도 찍을 수 없는 현실은 변하지 않았다.

셔터를 누르지 못한 손가락은 점점 굳어졌다.

내 안에서 가장 예민하고 빠른 감각이 서서히 무뎌지는 걸 느꼈다.

그 무뎌짐은 내 무릎의 금속성과 닮아 있었다.

저녁 무렵, 창문에 기대어 산을 바라보면 늘 그림자가 따라왔다.

멀리 보이는 산의 능선은 아무 말도 하지 않았다.

그러나 그 침묵이 나를 괴롭혔다.

"너는 왜 오지 않느냐?"

산이 묻는 것 같았다.

나는 무릎을 만지며 대답했다.

"나는 아직 준비되지 않았다."

그러나 산은 대꾸하지 않았다.

사진기를 손에 쥐고 거울 앞에 서 보았다.

손 안에 무게가 느껴졌지만, 그것은 낯선 무게였다.

무릎은 내게 말했다. "그 무게를 견딜 수 있겠느냐."

나는 아무 대답도 하지 못했다.

밤마다 꿈에서 산이 나타났다.

나는 산을 오르고 있었지만, 카메라는 늘 손에서 미끄러졌다.

무릎은 그때마다 나를 붙잡았다.

붙잡힘과 추락 사이에서 나는 늘 깨어났다.

깨어나면 방 안에는 카메라 대신, 무릎의 메트로놈 소리만 남아 있었다.

톡— 톡— 톡—.

3년 만에, 나는 대둔산을 선택했다.

멀리 있지 않은, 그러나 늘 나를 바라보고 있던 산.

결심은 갑작스럽게 찾아왔다.

어느 날 아침, 레몬을 자르다 칼날이 과육을 가르는 소리를 들었을 때였다.

그 소리가 셔터 소리와 닮아 있었다.

찰칵 대신 칙—.

나는 그 순간 깨달았다.

아직도 나는 셔터를 갈망하고 있음을.

나는 무릎과 대화했다.

"올라갈 수 있겠니?"

무릎은 고통으로만 대답했다.

"내려올 수 있겠니?"

무릎은 다시 침묵으로만 대답했다.

그러나 나는 알았다.

대답은 필요 없었다.

결국 내가 가야 했다.

대둔산 입구에 섰을 때, 흙냄새가 진하게 올라왔다.

봄의 흙은 겨울의 잔해를 품고 있었고, 그 냄새는 내 폐 속 깊이 들어왔다.

나는 배낭을 조여 메고 첫발을 내디뎠다.

처음에는 가볍게 오를 수 있었다.

무릎은 잠잠했고, 바람은 내 땀을 식혀 주었다.

나는 카메라를 들어 몇 장의 사진을 찍었다.

사진은 선명하지 않았다. 손이 떨렸고, 빛은 과했다.

그러나 그조차도 내겐 눈부셨다.

오랜만에 셔터를 누른 손가락이 떨렸지만, 그 떨림은 살아 있다는 증거였다.

오르막이 길어질수록, 무릎은 나를 붙잡았다.

통증은 회색에서 초록색으로, 초록색에서 금속색으로 변해 갔다.

나는 호흡을 메트로놈에 맞추었다.

넷에 들이쉬고, 둘에 멈추고, 넷에 내쉬고.

내쉬는 순간마다 무릎은 불꽃을 튀겼다.

나는 그 불꽃을 붙잡았다. 불꽃이야말로 내가 찍어야 할 사진 같았다.

정상에 올랐을 때, 바람은 세차게 불었다.

능선 위에서 나는 셔터를 눌렀다.

사진은 선명하지 않았지만, 그 선명하지 않음 속에 진실이 있었다.

그러나 내려오는 순간, 고통은 폭발했다.

앞으로 내려오려 하자, 무릎의 방은 불꽃을 일으키며 문을 닫았다.

나는 몸을 돌려 뒤로 내려오기 시작했다.

손바닥으로 바위를 짚었다. 바위의 차가움과 거칢이 손끝에 전해졌다.

발바닥은 경사에 밀렸고, 어깨는 땀으로 젖었다.

호흡은 무너졌고, 무릎의 메트로놈은 불규칙하게 뛰었다.

톡―, 쉼―, 톡톡―.

등 뒤에서 바람이 불어왔다.

나는 바람을 거절하지 않았다.

대신 그 힘을 바닥으로 흘려보냈다.

몸은 스스로 버티는 법을 알고 있었다.

등산객이 물었다.

"괜찮으세요?"

나는 웃으며 대답했다.

"뒤로 내려오는 게 제일 괜찮습니다."

그 순간, 나는 깨달았다.

사진도, 삶도, 늘 앞으로 찍고 앞으로 가야 하는 건 아니라고.

때로는 뒤로 가며 찍는 것이 더 정직할 수 있다고.

산 아래에 다다랐을 때, 온몸은 젖은 옷처럼 무거웠다.

그러나 내 마음에는 이상한 안도감이 찾아왔다.

앞으로 내려오든, 뒤로 내려오든, 나는 결국 산을 내려온 것이었다.

집에 돌아와 냉장고에서 레몬을 꺼냈다.

칼날이 과육을 가를 때 칙— 하는 소리가 났다.

그 소리는 오늘 내 무릎이 낸 작은 외침과 닮아 있었다.

나는 레몬 물을 마시며 사진을 꺼냈다.

사진은 선명하지 않았다. 흔들렸고, 빛이 과했다.

그러나 그 흔들림과 과잉이야말로, 오늘의 진실이었다.

무릎의 방 안에도 사진이 남아 있었다.

어두운 금속색 방 안, 그곳에 작은 창이 열리고 있었다.

나는 속으로 말했다.

고통은 사라지지 않는다. 그러나 고통은 언젠가 언어가 된다.

그리고 언어는 결국 사진이 된다.

대둔산에서 돌아온 뒤, 나는 다시 재활의 시간을 보냈다.

몇 달 동안 무릎은 나를 쉽게 놓아주지 않았다.

통증은 잠시 가벼워졌다가도, 아침이면 다시 무겁게 찾아왔다.

대둔산에서 한번 창문을 열었던 무릎의 방은, 다시 문을 닫아 버린 것 같았다.

나는 또다시 물리치료실에 앉았다.

기계는 각도를 재고, 치료사는 숫자를 말했다.

"오늘은 105도. 내일은 110도."

나는 고개를 끄덕였지만, 마음은 무너져 있었다.

이미 정상에 올랐던 사람에게 105도는 패배처럼 느껴졌다.

사진에 대한 갈증은 점점 더 커졌다.

밤마다 사진집을 꺼내 들여다보았다.

젊은 시절 내가 찍었던 사진들은 낯설었다.

그때의 나는 무릎을 걱정하지 않고, 통증을 두려워하지 않았다.

빛을 잡아내는 일에만 집중했다.

그 시절의 사진이 지금 나를 조롱하는 것처럼 보였다.

그러나 나는 포기할 수 없었다.

사진은 나의 언어이자, 나의 기억이자, 나의 심장이었기 때문이다.

8월 중순.

공기는 여름의 열기를 품고 있었지만, 바람에는 이미 가을의 예고가 숨어 있었다.

나는 그 미묘한 경계에 서 있었다.

이번 목적지는 지리산 장터목 대피소였다.

2박 3일 동안 천왕봉 일대를 걸으며, 산오이풀의 군락을 찍을 생각이었다.

3년의 공백과, 대둔산에서의 짧은 귀환 이후, 내 마음은 여전히 결핍으로 가득했다.

사진을 찍는다는 것은 단순한 기록이 아니었다.

그것은 내 몸이 세상과 맺는 가장 진실한 관계였다.

그 관계가 끊어진 3년은, 내게 유배와도 같았다.

나는 배낭을 준비했다.

카메라 두 대, 렌즈 두 개, 삼각대, 물, 약간의 음식, 그리고 진통제.

배낭은 여전히 무거웠다.

무릎은 출발 전부터 작은 신호를 보냈다.

나는 그 신호를 무시했다.

무릎의 방은 언제나 삐걱거렸지만, 나는 그 삐걱거림을 넘어야
했다.

백무동에서 출발할 때, 나는 속으로 무릎에게 말했다.

"오늘은 내가 너를 데리고 가는 게 아니라, 네가 나를 데리고 가는
거다."

그러나 무릎은 대답하지 않았다.

대신, 첫발을 내딛는 순간부터 묵직한 고통으로 내 존재를 확인
시켰다.

백무동 입구는 고요했다.

그러나 그 고요는 오래가지 않았다.

곧 돌계단이 나타났고, 경사는 점점 가팔라졌다.

돌계단 하나를 오를 때마다, 내 무릎은 방 안에서 작은 비명을 질렀다.

삐걱—, 철컥—, 톡—.

그 소리가 뼈와 근육을 넘어 온몸에 울려 퍼졌다.

숲은 깊었다.

습한 바람이 땀을 따라 흘렀고, 새들의 울음은 일정한 리듬을 만들어 냈다.

나는 그 리듬에 몸을 맡기려 했지만, 무릎은 늘 다른 박자를 쳤다.

자연과 내 몸이 불협화음을 이루는 그 순간이 가장 견디기 어려웠다.

몇 번이나 멈춰 서서 숨을 고르며, 나는 무릎에게 말을 걸었다.

"조금만 더. 오늘만. 이번만."

무릎은 대답하지 않았다.

그러나 그 침묵 속에서 나는 이상한 결의를 느꼈다.

고통이 나를 막는 동시에, 나를 앞으로 밀어내는 것이었다.

어떤 구간에서는 손으로 바위를 짚어야 했다.

손끝에 닿는 바위의 차가움은 이상하게도 안도감을 주었다.

그 차가움은 내가 아직 살아 있다는 증거였다.

땀이 흘러내렸고, 어깨는 배낭 무게로 짓눌렸다.

나는 셔터를 누르고 싶었지만, 손은 떨려서 카메라를 제대로 잡을 수 없었다.

그러나 나는 알고 있었다.

이 모든 순간 자체가 이미 사진이 되고 있다는 것을.

눈과 무릎, 통증과 땀이, 하나의 필름에 새겨지고 있었다.

장터목 대피소에 도착했을 때, 해는 이미 서쪽으로 기울고 있었다.

붉은빛이 산 능선을 감싸며 길게 번졌다.

나는 배낭을 내려놓고 숨을 고르며, 그 빛을 오래 바라보았다.

밤이 되자, 대피소 안은 다양한 숨소리로 가득 찼다.

낯선 사람들의 숨결이 겹겹이 쌓여, 마치 또 다른 숲이 만들어지는 것 같았다.

누군가는 코를 골았고, 누군가는 얕은 숨을 쉬었고, 누군가는 몸을 뒤척이며 작은 신음을 흘렸다.

그 모든 소리가 얽혀, 나는 내 무릎의 소리를 더 선명하게 들을 수 있었다.

톡―, 삐걱―, 톡―.

무릎의 메트로놈은 여전히 불규칙했다.

그 불규칙 속에서 나는 내일의 빛을 상상했다.

산오이풀이 군락을 이루고 있다는 장면.

햇빛이 비추면, 수천 개의 작은 손바닥 같은 꽃들이 능선을 가득 메울 것이다.

그 장면을 찍기 위해서라면, 이 모든 고통은 견딜 수 있었다.

침낭 속에서 나는 무릎을 주무르며 눈을 감았다.

잠은 쉽게 오지 않았다.

그러나 눈꺼풀 너머로, 내일의 빛이 이미 스며드는 듯했다.

나는 속으로 말했다.

"빛은 고통을 투명하게 한다. 그리고 투명해진 고통은 사진이 된다."

새벽, 대피소 문을 열자 산의 공기가 나를 삼켰다.

차갑고 묵직한 공기가 폐 속으로 흘러들었다. 그 공기는 도시의 공기와 달랐다.

도시의 공기는 언제나 무언가의 부산물로 가득 차 있었지만, 산의 공기는 오래된 침묵 같았다.

나는 무겁게 몸을 일으켜 카메라를 목에 걸었다.

무릎은 이미 항의하듯 철컥거렸지만, 나는 그 소리를 무시했다.

고통은 나의 동반자였다. 나는 그 동반자를 거절할 수 없었다.

천왕봉으로 향하는 길은 가팔랐다.

돌길 위에 얇게 내려앉은 이슬이 햇빛을 받아 반짝였다.

그 반짝임은 셔터를 누르기 전에 이미 사진이었다.

나는 발걸음을 멈추고 셔터를 눌렀다.

찰칵.

그 순간 무릎은 비명을 질렀다.

무릎의 방

그러나 나는 알았다. 그 비명조차 사진의 일부라는 것을.

능선을 따라 오르자, 드디어 산오이풀이 나타났다.

수천 송이의 꽃들이 작은 손바닥처럼 펼쳐져 능선을 덮고 있었다.

바람이 불자, 그 손바닥들이 동시에 흔들렸다.

마치 무수한 존재들이 나를 향해 "왔구나" 하고 맞이하는 듯했다.

나는 무릎을 붙잡고 셔터를 눌렀다.

찰칵, 찰칵.

손이 떨려 사진은 흔들렸지만, 흔들림 속에 진실이 있었다.

나는 다시 눌렀다.

찰칵.

햇빛이 꽃잎 위로 번졌고, 그 빛은 내 눈을 찔렀다.

잠시 동안, 나는 고통을 잊었다.

빛이 고통을 투명하게 만들었다.

투명해진 고통은 사진으로 변했다.

나는 속으로 중얼거렸다.

"이 장면을 찍기 위해 나는 3년을 버텼다. 그리고 아마 앞으로도 수년을 더 버텨야 할 것이다."

사진은 완벽하지 않았다.

빛은 과했고, 구도는 어설펐고, 초점은 흔들렸다.

그러나 그것이야말로 오늘의 진실이었다.

고통 속에서 찍은 사진은 고통의 그림자를 벗어나지 못한다.

하지만 그 그림자가 바로 나의 기록이었다.

하산은 언제나 오름보다 잔혹하다.

정상에 올랐다는 성취는 잠시뿐, 내려가는 순간 무릎의 방은 불꽃으로 가득 찼다.

한 발 내딛을 때마다 금속성의 소리가 뼛속에서 울렸다.

삐걱―, 톡―, 철컥―.

그 소리는 산새의 울음과 겹쳐 이상한 화음을 이루었다.

나는 더 이상 앞으로 내려올 수 없었다.

몸을 돌려 뒤로 내려오기 시작했다.

손바닥이 바위에 닿았다.

바위의 차가움은 내 체온을 빼앗았지만, 그 빼앗김이 오히려 나를 살렸다.

발바닥은 불에 덴 듯했고, 허벅지는 타올랐다.

그러나 나는 내려왔다.

한 발, 또 한 발, 천천히.

등 뒤에서 바람이 불어왔다.

나는 바람을 막지 않았다.

그 힘을 그대로 흘려보내며, 내 몸이 스스로 버티도록 내버려두었다.

삶이란 때로 버티는 것이 아니라 흘려보내는 것임을, 나는 그 순간에 배웠다.

등산객 하나가 멈춰 서서 물었다.

"괜찮으세요?"

나는 웃으며 대답했다.

"뒤로 내려오는 게 제일 괜찮습니다."

그는 고개를 끄덕이고 지나갔다.

각자는 각자의 방식으로 산을 내려온다.

나에게는 뒤로 내려오는 방식이 유일한 길이었다.

산 아래에 이르렀을 때, 온몸은 묵직했다.

그러나 마음은 기묘하게 가벼웠다.

나는 사진기를 열어 오늘 찍은 사진들을 보았다.

흔들렸고, 과했고, 완벽하지 않았다.

그러나 분명히 거기 있었다.

내 눈과, 내 무릎과, 내 고통이 찍어 낸 사진이었다.

무릎의 방은 여전히 어둡고 금속성이었지만, 한쪽 벽에 아주 작은 창이 열려 있었다.

그 창을 통해 바람이 드나들고 있었다.

바람이 먼지를 흔들자, 통증에도 윤곽이 생겼다.

윤곽이 생긴 고통은 덜 무서웠다.

나는 속으로 말했다.

"고통은 사라지지 않는다. 그러나 고통은 빛과 합쳐진다. 빛과 합쳐진 고통은 사진이 된다."

밤이 깊어 갔다.

나는 방 안에 홀로 앉아 있었다.

무릎은 여전히 불규칙하게 삐걱거렸고, 메트로놈 같은 소리를 냈다.

그 소리는 마치 오래된 시계처럼 방 안의 시간을 세고 있었다.

대둔산에서, 그리고 지리산 장터목에서, 나는 고통과 빛을 동시에 보았다.

사진은 완벽하지 않았지만, 그 불완전함 속에 나의 모든 것이 담겨 있었다.

흔들린 초점, 과한 빛, 무릎의 삐걱거림, 뒤로 내려오던 순간의 굴욕과 해방.

그것들이 모여 지금의 나를 이루고 있었다.

나는 무릎을 가만히 만졌다.

그 안에는 여전히 작은 방이 있었다.

그 방은 처음엔 어둡고 축축했지만, 이제는 조금 달라져 있었다.

한쪽 벽에 아주 작은 창이 열려 있었고, 그 창으로 바람이 드나들었다.

바람은 방 안의 먼지를 흔들었고, 흔들린 먼지는 잠시 동안 빛을 품었다.

그 빛은 크지 않았다.

그러나 그 빛은 고통의 윤곽을 드러냈다.

윤곽이 생긴 고통은 더 이상 괴물이 아니었다.

그것은 방 안에 놓인 낡은 가구처럼, 익숙하고 관리할 수 있는 것이 되었다.

나는 속으로 말했다.

"무릎의 방은 내 감옥이 아니다.

그곳은 나의 암실이다."

사진이 태어나는 곳은 빛이 아니라 어둠이었다.

암실 속에서, 빛과 화학이 섞이며 이미지는 드러났다.

마찬가지로, 내 무릎의 방에서도 고통과 시간이 섞이며 새로운 이미지가 태어나고 있었다.

나는 셔터를 누르는 듯 손가락을 움직였다.

찰칵.

소리는 들리지 않았지만, 내 안에서는 분명히 울렸다.

그 소리는 내 무릎의 메트로놈과 겹쳤다.

고통은 여전히 남아 있었지만, 이제는 내 언어가 되어 있었다.

창밖에서는 바람이 지나갔다.

바람은 먼 곳에서 왔고, 다시 먼 곳으로 사라졌다.

그러나 잠시 동안 이 방 안을 지나가며, 내 무릎과 내 삶을 스쳐 갔다.

나는 천천히 눈을 감았다.

무릎의 방 안에서, 나는 더 이상 갇혀 있지 않았다.

나는 그곳에서 사진을 찍고 있었고, 빛과 고통은 하나의 프레임에 담겨 있었다.

그리고 나는 알았다.

이것이 끝이 아니라, 다시 시작이라는 것을.

그리고 사진은, 다시 나를 살게 한다는 것을.

나는 무릎을 만지며 속으로 말했다.

'무릎의 방은 나를 가둔 곳이 아니다.

그곳은 암실이다.

고통은 필름이고, 빛은 여전히 나를 기다린다.'

해피노래방

인터넷 등 언론은 며칠째 같은 단어를 반복했다. "극한 호우, 극한 가뭄."

어떤 날은 하늘이 가뭄처럼 갈라지고, 어떤 날은 쏟아지는 비에 도시 전체가 강물로 변했다. 인구 5만의 소도시 금천은 그 두 극단의 날씨의 중심에 서 있는 듯 보였다. 낮에는 산업단지의 기계음이 열기를 뿜어내며 공기를 바짝 말려 버렸고, 밤에는 갑작스레 몰려드는 검은 구름이 모든 것을 집어삼켰다.

여름의 공기는 눅눅하고 무거웠다. 콘크리트와 아스팔트 위에 낮 동안 축적된 열기가 밤에도 증발하지 못한 채 뿜어져 나왔다. 발밑에서 올라오는 열기가 사람의 뼛속까지 달구는 듯했다. 그 위로 쏟아지는 폭우는 마치 하늘이 분노라도 한 듯, 무자비하게 모든 것을 두드렸다.

좁은 시내 골목은 순식간에 흙탕물에 잠겼다.

담배꽁초, 종이컵, 플라스틱 조각이 물 위에 떠내려갔다. 인도와

차도의 경계는 사라졌고, 물은 어둑한 가로수 불빛을 받아 흰빛으로 일렁였다. 바람은 거의 없었지만, 빗방울들이 대신 도시를 흔들어 놓았다.

형준은 그 밤, 그 풍경 속을 걷고 있었다.

어디론가 가려는 목적은 없었다. 오히려 발길이 형준을 어디론가 데리고 가는 듯했다. 빗물은 형준의 구두 속으로 흘러들어 차가운 감촉을 남겼고, 양복은 이미 형체를 잃고 몸에 달라붙었다. 그럼에도 발걸음을 멈추고 싶지 않았다. 마치 그 빗속에서만 내가 조금은 자유로워질 수 있는 듯했으니까.

그날 저녁, 형준은 직원들과 함께 좁은 고깃집에 앉아 있었다.

은색 환풍기 아래로 연기가 빨려 들어가고, 삼겹살 기름은 지글지글 튀어 올랐다. 테이블 위에는 소주병이 빠르게 늘어 갔고, 초록빛 병들이 줄지어 서 있는 모습은 마치 전쟁터의 무기처럼 보였다.

"이사님, 한잔 받으셔야죠!"

직원이 나에게 잔을 권했다. 형준은 억지로 웃으며 술잔을 들었다.

웃음소리, 농담, 가벼운 불평 들.

모두들 자리에 몰입해 있었지만, 형준은 이상하게도 한 발짝 물러서서 그 장면을 바라보는 듯한 기분이었다.

입은 웃고 있었지만, 마음은 웃지 않았다.

유리벽 안에 혼자 앉아, 그 벽 너머에서 울려 퍼지는 소리를 듣고

무릎의 방

있는 듯했다.

소주가 목으로 넘어가며 뜨거움을 남겼지만, 곧바로 공허가 따라왔다.

웃음소리에 섞이지 못하는 형준의 목소리, 텅 빈 잔을 채우는 기계적인 동작. 그 속에서 그는 점점 더 투명해지고 있었다.

식당 문을 나섰을 때, 세상은 이미 전혀 다른 모습이었다.

폭우가 거리를 집어삼키고 있었다.

물이 무릎까지 차오른 골목을 건너려는 사람들, 소리 지르며 택시를 잡으려는 손짓, 우산을 뒤집어쓴 채 허둥대는 모습들이 어둠 속에 일렁였다.

형준은 그 장면 속에서도 묘하게 고립되어 있었다.

비가 내리니 모두가 한순간에 같아져야 하는데, 이상하게도 형준은 여전히 따로 떨어져 있는 기분이었다.

그때였다.

어둠과 폭우 사이로 커다란 노란 불빛이 떠올랐다.

거대한 풍선 간판이 빗속에서 흔들리고 있었다. 다섯 글자가 또렷하게 드러났다.

해피노래방.

이름은 유치하고 가벼워 보였지만, 그 순간에는 달랐다.

폭우 속에서도 꺼지지 않고 당당히 빛나는 간판은, 마치 황량한

거리를 지켜 내는 수호신처럼 느껴졌다.

형준은 그 불빛에 이끌리듯 발걸음을 옮겼다.

문을 열자, 차갑고 건조한 공기가 몸을 감쌌다.

에어컨의 바람은 폭우에 젖은 피부를 스쳐 지나가며 섬세한 전율을 남겼다.

레몬 향 방향제 냄새가 공기 속에 은근하게 깔려 있었고, 복도는 파란 LED 조명으로 차갑게 빛났다.

벽에 붙은 작은 거울들은 불빛을 반사하며 사람의 얼굴을 일그러뜨렸다.

바깥의 폭우와는 전혀 다른 세계.

그러나 이 낯섦이 오히려 형준을 붙잡았다.

카운터에는 그녀가 앉아 있었다.

검은 원피스를 입고 단정하게 머리를 묶은 여사장. 화려하지 않았지만, 담담하고 고요한 얼굴이었다.

그녀의 눈빛은 오래된 책의 활자처럼 깊고 단단했다.

"어서 오세요."

짧은 인사였지만, 묘하게 긴 울림을 남겼다.

그 순간 형준은 알았다.

'오늘의 폭우는 나를 이곳으로 데려오기 위해 내린 것일지도 모른다'고.

무릎의 방

방 안은 작은 무대 같았다.

노래방 특유의 장식 — 네온빛이 흐르는 벽지, 반짝이는 LED 조명, 오래된 가죽 소파….

이 좁은 공간을 둘러싸고 있었다. 동료들은 이미 취기가 올라 목청껏 노래를 불렀다. 누군가는 마이크를 쥔 채 손을 허공에 흔들었고, 누군가는 탬버린을 두드리며 박자를 맞췄다. 그러나 그 모든 소리와 웃음은 나와는 다른 층위에서 울리고 있었다.

형준은 소파 한쪽에 조용히 앉아 있었다.

손에 쥔 리모컨은 무겁기만 했다. 화면 속에 쏟아지는 곡 제목들은 낯설게만 보였다. 그 많은 노래 중 어느 하나도 지금 형준의 마음을 건드리지 못했다. 화면은 푸른 빛을 뿜으며 계속 변했지만, 형준의 눈은 그저 허공을 따라가고 있을 뿐이었다.

그 순간, 문이 열렸다.

그녀가 들어왔다.

트레이 위에는 소주와 안주가 놓여 있었다. 그녀는 익숙한 동작으로 테이블 위에 내려놓았다. 짧은 순간, 우리의 시선이 스쳤다.

"밖에 비가 장난 아니네요."

그녀가 말을 건넸다.

형준은 웃으며 대답했다.

"네, 거의 강이더군요. 떠내려갈 뻔했습니다." 그녀는 고개를 살짝 기울이며 짧게 웃었다.

그 미소는 오래 머물지 않았다. 그러나 형준의 눈에는 그 짧은 미소가 유난히 선명했다.

폭우 속에 잠깐 스치는 번개처럼, 순간적이지만 지워지지 않는 잔상.

밤이 깊어 집으로 돌아왔을 때도, 그 장면은 형준의 마음 안에서 사라지지 않았다.

아파트 복도는 조용했고, 이웃집 현관문 틈새에서는 작은 드라마 소리만 희미하게 새어 나왔다. 집 안 문을 열자 어둠과 정적이 형준을 맞이했다. 아무도 없는 집은 냉장고의 낮은 웅웅거림만이 살아 있었다.

형준은 불을 켜지 않은 채 소파에 앉았다.

양복은 비에 젖어 무겁게 축 늘어졌고, 구두 속에는 아직도 습기가 남아 있었다. 옷을 갈아입을 생각조차 들지 않았다. 몸은 지쳐 있었지만, 마음은 묘하게 깨어 있었다.

어둠 속에서 형준은 천장을 바라보았다.

낮은 천장, 희미하게 흔들리는 커튼, 창문 너머로 들려오는 빗소리. 그 모든 것 위에 그녀의 미소가 겹쳐 떠올랐다.

형준은 눈을 감았다. 그러나 그럴수록 더 뚜렷해졌다.

짧은 대화, "비가 장난 아니네요"라는 말, 그 말이 끝난 뒤의 미묘한 침묵.

그 순간의 공기까지 다시 느껴졌다.

형준은 스스로에게 물었다.

왜 나는 저 얼굴에 이렇게 오래 붙잡히는 걸까. 단순히 낯선 여인의 미소 때문일까, 아니면 그보다 더 깊은 무언가가 숨어 있는 걸까.

그 질문은 쉽게 답이 나오지 않았다.

오히려 질문은 질문을 불렀다.

나는 지금 무엇을 갈망하고 있는 걸까. 집에 돌아와도 이곳이 내 집 같지 않은 이유는 무엇일까. 왜 나는 그녀의 미소를 떠올리며 밤을 견디고 있는 걸까.

창밖에서 또 한차례 굵은 비가 쏟아졌다.

하늘이 무너져 내리는 듯한 소리에 잠시 숨이 멎는 것 같았다. 그러나 곧 비는 다시 일정한 리듬으로 돌아왔다.

쏟아지는 빗소리는 마치 반복되는 음악처럼 들려왔다.

형준은 그 소리를 들으며 생각했다.

아마도 그녀의 목소리도 이 빗소리처럼 내 안에서 반복될 것이다. 잠들기 전까지, 아니 내일 아침 눈을 뜰 때까지도.

형준은 눈을 감았다.

방 안은 고요했지만, 내 안은 고요하지 않았다.

잔잔한 물결이 아니라, 더 깊은 어둠 속에서 일렁이는 어떤 기류.

그녀의 짧은 미소가 형준의 오래된 서랍을 열어젖힌 듯, 묵혀 있던 기억과 감정이 흘러나오고 있었다.

며칠이 흘렀다.

형준은 여전히 그녀의 얼굴을 머릿속에 품고 있었다. 회사에서 보고를 받는 동안에도, 점심 식사 자리에서 웃음을 섞어 대화를 나누는 동안에도, 문득문득 그녀의 목소리가 귓가에 스쳤다. 짧은 인사 한마디, "밖에 비가 장난 아니네요"라는 말이 계속해서 떠올랐다. 그것은 단순한 인사가 아니라, 형준 마음 안의 어떤 오래된 문을 두드리는 음성처럼 느껴졌다.

형준은 스스로를 다그쳤다. 다시는 가지 말자. 괜한 마음을 품지 말자.

그러나 저녁이 되어 사무실 불을 끄고 나왔을 때, 발걸음은 이미 방향을 정하고 있었다. 집이 아닌, 노란 간판이 있는 곳.

노래방 문을 열자 차가운 공기가 한꺼번에 몸을 감쌌다.

낮 동안 몸에 달라붙었던 열기가 순간 씻겨 내려갔다. 레몬 향 방향제가 공기 속에 섞여 있었고, 복도에는 파란 조명이 길게 뻗어 있었다. 벽마다 붙은 작은 거울들이 지나가는 형준을 일그러뜨렸다. 넥타이는 느슨했고, 셔츠는 구겨져 있었다. 그 일그러진 얼굴은 분명 형준의 얼굴이었지만, 어디선가 낯설고 멀리 떨어진 사람처럼 느껴졌다. 형준은 작은 방에 들어갔다.

문이 닫히자 바깥의 소란스러운 음악은 희미해졌다. 방 안은 고요했고, 공기에는 오래된 가죽 소파의 냄새가 배어 있었다. 테이블 위에 잔이 놓이고, 얼음이 부딪히는 소리가 작게 울렸다.

잠시 후, 문이 열리고 그녀가 들어왔다.

쟁반 위에는 과일 접시와 따뜻한 차 한 잔이 놓여 있었다. 그녀는 조용히 그것을 내려놓고 내게 말했다.

"혼자 오면 심심하지 않으세요?"

형준은 잔을 굴리며 대답했다.

"심심해서 왔다고 하면… 설명이 될까요? 사실은, 심심하다는 말로는 설명할 수 없는 이유일 겁니다."

그녀는 살짝 웃었다.

"사람들은 다 그래요. 그냥 심심해서 왔다고 말하는 게 편하니까."

그 짧은 웃음은 오래 남았다.

방 안의 공기가 달라진 듯, 술맛조차 묘하게 변했다. 그날 밤 집으로 돌아온 뒤에도, 그녀의 말과 웃음은 형준의 안에서 물결처럼 번지고 있었다.

며칠 뒤, 또다시 그곳을 찾았다.

이번엔 이유조차 붙이지 않았다. 발걸음이 자연스레 그리로 향했을 뿐이다.

그날 방 안은 유난히 조용했다.

천장 구석 스피커에서 라디오가 흘러나오고 있었다. DJ의 낮은 목소리가 몇 마디를 건네더니, 곧 오래된 팝송이 시작됐다.

그 첫 소절이 흘러나오는 순간, 형준은 숨이 막히듯 멈췄다.

너무 익숙한 노래였다.

익숙함이란 단순히 '안다'라는 차원이 아니었다. 그것은 과거의 문을 열어젖히는 열쇠였다.

눈을 감자 오래전 여름밤이 떠올랐다.

좁은 원룸 방, 책상 위에 어지럽게 쌓인 교재와 소설책, 아직 덜 마른 빨래, 싸구려 모기향 냄새. 창문 너머로는 선풍기가 덜컥거리며 돌아갔다. 그 모든 것 속에서 스무 살의 형준이 앉아 있었다.

미래라는 단어는 두려움이자 설렘이었고, 그 불확실함 속에서 형준은 늘 갈피를 잡지 못했다.

그때도 형준은 이 노래를 들었다.

그리고 지금, 다시 이곳에서 같은 노래를 듣고 있었다.

형준은 무심히 물었다.

"좋아하세요, 이 노래?"

그녀는 고개를 들어 스피커 쪽을 바라보았다.

"예전엔 자주 들었죠. 지금은 잘 안 듣지만, 가끔 나오면… 멈추게 돼요."

그녀의 목소리는 담담했지만, 그 담담함 속에는 알 수 없는 슬픔이 묻어 있었다.

형준은 고개를 끄덕이며 말했다.

"저도 그래요. 이 노래를 들으면 스무 살 여름밤이 떠오릅니다. 좁은 방, 창문 너머 선풍기 소리, 희미한 전등 불빛…. 그때의 공기까지 그대로 느껴집니다."

그녀는 조용히 웃었지만, 그 웃음 속에는 작고 얇은 그림자가 드리워져 있었다.

"사람은 결국 지금이 아니라, 오래전 여름밤 같은 곳에서 사는 거예요."

그녀의 말은 형준의 가슴을 깊게 울렸다.

형준은 순간 말을 잃었다.

그녀의 눈빛은 방 안의 조명이 아닌, 어딘가 먼 곳을 바라보고 있었다.

방 안은 더 고요해졌다.

라디오의 멜로디, 얼음이 녹으며 부딪히는 소리, 그녀의 낮은 목소리.

그 작은 소리들이 하나하나 겹쳐져 형준의 안에 잔향을 남겼다.

형준은 깨달았다.

이곳에 오지 않았다면, 다시는 떠올리지 못했을 기억들과 지금 마주하고 있다는 것을.

그녀는 형준의 마음속 닫힌 서랍을 열고 있었다.

잊힌 줄 알았던 순간들, 묻어 둔 감정들이 서서히 깨어나고 있었다.

술을 한 모금 삼켰다.

그러나 술맛은 사라지고, 남은 건 오래전 여름밤의 공기였다.

그 공기 속에는 젊은 날의 불안, 설렘, 그리고 말하지 못한 감정이 뒤섞여 있었다.

그녀는 여전히 조용히 앉아 있었고, 형준은 과거와 현재가 한 겹으로 포개지는 순간을 느꼈다.

그리고 어쩌면, 그 순간이야말로 내가 진짜로 살아 있는 시간일지도 모른다고 생각했다.

그날 밤, 복도는 평소보다 더 소란스러웠다.

각 방마다 터져 나오는 음악은 서로 다른 리듬과 음색으로 뒤엉켜 좁은 복도에 가득 찼다.

트로트의 구슬픈 가락, 아이돌 노래의 빠른 비트, 누군가의 거친 고성, 그리고 박수와 웃음.

그것들은 한꺼번에 흘러나와 마치 낡은 라디오가 여러 주파수를 동시에 잡아내는 듯했다.

벽에 붙은 LED 등이 간헐적으로 깜빡였다.

빛은 차갑고 푸르스름했고, 그 속에서 사람들의 그림자는 길게 늘어졌다.

담배 냄새와 술 냄새, 레몬 방향제의 인공적인 향이 공기 속에서 서로 맞부딪히며 불협화음을 만들었다.

형준은 그 공기 속에 앉아 있었지만, 이상하게도 내 자리는 작은 투명한 방울 안에 격리된 것처럼 느껴졌다.

형준 앞의 잔 속에서는 얼음이 천천히 녹아내리고 있었다.

얼음이 부딪히며 내는 작은 소리가 내 귀에는 오히려 크게 들렸다.

그 소리를 듣는 동안, 복도의 모든 소란은 멀어지고 오직 잔 속의 작은 파동만이 내 세계를 지배하는 듯했다.

그때였다.

복도 끝에서 거친 목소리가 터져 나왔다.

"뭐야, 이게? 계산이 틀렸잖아!"

술에 취한 손님의 고성이었다.

목소리는 삐걱거리는 철문처럼 거칠고 불안정했다.

순간 복도의 공기가 달라졌다. 방마다 울리던 노래도 잠시 머뭇거리는 듯 흐트러졌다.

웃음소리도 줄어들고, 긴장감이 공기 속에 스며들었다.

형준은 반사적으로 몸을 일으켰다.

그러나 그녀는 이미 카운터에 앉아 있었다.

그녀의 얼굴에는 놀람도 두려움도 없었다.

묘하게 단단하고 고요한 표정이었다.

그 표정은 폭풍우 속의 바위 같았다. 흔들리지 않고, 그저 자리를 지키는 얼굴.

"여기 보세요. 맥주 세 병, 양주 한 병, 안주 두 접시. 맞습니다."

그녀는 장부를 내밀며 조용히 말했다.

그 목소리는 크지 않았다.

그러나 묘하게 또렷했다.

술 취한 남자의 고성보다 깊고 단단하게 공기를 흔들었다.

마치 파도 위에 홀로 서 있는 등대처럼, 그 목소리는 어둠 속에서도 중심을 잃지 않았다.

그 순간, 그녀가 형준을 바라보았다.

아주 짧고도 선명한 시선.

형준은 그 눈빛 속에서 무언가를 읽었다.

'괜찮습니다. 나서지 마세요.'

소리 없는 메시지가 내 발을 붙잡았다.

형준은 당장이라도 복도로 나가 그 손님의 멱살을 잡고 싶었다.

그러나 이상하게도 그녀의 고요한 눈빛은 형준의 분노를 가라앉히는 힘을 가지고 있었다.

그 눈빛은, 폭풍 한가운데서도 '아직 괜찮다'라고 말하는 사람의 눈빛이었다.

잠시 후, 직원이 술 취한 손님을 달래 방으로 돌려보냈다.

무릎의 방

복도의 소란은 조금씩 잦아들었다.

노래가 다시 흘러나오기 시작했고, 억눌려 있던 웃음소리도 조금씩 되살아났다.

그러나 형준 안의 파문은 여전히 진정되지 않았다.

형준은 깨달았다.

형준이 막으려 했던 것은 단순한 싸움이 아니었다.

그 순간 부딪히려 했던 것은, 그녀가 세워 놓은 세계와 형준이 가진 세계였다.

그리고 그녀는 그 부딪힘을 원하지 않았다.

그녀는 자신만의 방식으로, 자신의 자리를 지키고 있었다.

방 안으로 돌아왔을 때, 더 큰 공허가 몰려왔다.

창문 없는 좁은 방, 벽을 타고 흐르는 푸른 빛, 테이블 위에서 녹아내린 얼음.

모든 것이 무대 장치처럼 보였다.

형준은 배우였고, 그녀는 무대 바깥에서 그 무대를 지켜보는 관객 같았다.

아니, 어쩌면 반대일지도 몰랐다.

형준이 관객이고, 무대 위에서 흔들림 없이 자신의 역할을 수행하는 사람은 그녀였다.

형준은 잔을 들어 남은 술을 천천히 삼켰다.

목을 타고 내려가는 술은 아무 맛도 없었다.

그러나 형준의 손끝에는 아직도 그녀의 눈빛이 남겨 놓은 차가운 떨림이 스며 있었다.

'나는 왜 이렇게 자꾸만 경계를 넘으려 하는 걸까. 왜 그녀의 고요 속으로 들어가려 하는 걸까.'

그 질문은 형준의 몸 안에서 오래 맴돌았다.

그러나 답은 끝내 나오지 않았다.

대신 머릿속에서는 그녀의 눈빛만이 반복됐다.

놀라움도 두려움도 없는, 단단하게 버티는 눈빛.

그리고 그 눈빛이 형준에게 건네던 침묵의 말.

'당신이 아니어도 괜찮습니다. 나는 이곳에서 혼자 버틸 수 있어요.'

형준은 한동안 잔을 내려놓지 못했다.

잔 속의 얼음이 완전히 녹아 사라질 때까지, 형준은 손끝으로 그 차가운 감촉만을 느끼며 앉아 있었다.

그 차가움은 몸 안의 뜨거운 무언가와 부딪히며 묘한 긴장을 만들어 냈다.

그리고 형준은 알았다.

그 긴장이야말로, 지금 형준이 그녀에게 끌리고 있다는 증거라는 것을.

밤은 유난히 길어 보였다.

창밖에는 여전히 비가 내리고 있었고, 노래방 건물의 네온 불빛이 젖은 아스팔트 위에 번져 있었다. 그 빛은 흩어진 거울 조각처럼 물결 위에서 흔들렸다. 형준은 작은 방 안에 앉아, 녹아내린 얼음을 휘저으며 잔을 천천히 굴렸다. 얼음이 내는 소리가 방 안에 고요히 퍼져 나갔다.

그녀는 형준의 맞은편에 앉아 있었다.

짙은 화장은 아니었지만, 눈가에는 묘한 그늘이 드리워져 있었다. 그늘은 마치 오랫동안 말하지 못한 이야기가 모여 이룬 침묵 같았다. 그녀의 손끝은 잔을 스치며 잠시 떨렸고, 그 떨림이 형준의 안으로 그대로 옮겨 왔다.

형준은 한동안 아무 말도 하지 못했다.

마음속에서는 수많은 문장이 동시에 떠올랐지만, 입 밖으로는 쉽게 나오지 않았다. 술의 열기 때문인지, 아니면 이 방 안의 차가운 공기 때문인지 알 수 없었지만, 형준의 심장은 묘하게 빠르게 뛰고 있었다.

마침내 형준은 입을 열었다.

"집에 있으면 숨이 막힙니다. 이사라는 이름, 아버지라는 이름, 늘 다른 얼굴을 쓰고 살아야 하니까요. 그런데 이곳에 오면, 이상하게 그냥 저로 있을 수 있는 것 같습니다. 그래서… 자꾸 오게 됩니다."

목소리는 작았지만, 그 순간만큼은 방 안의 공기를 움직이는 힘이 있었다.

그는 말하며 스스로 놀랐다. 평소라면 절대 하지 않았을 고백이었다. 그러나 지금 이곳에서는 모든 것이 달랐다. 바깥의 폭우, 이 작은 방의 고요, 그녀의 눈빛이 내 마음의 잠긴 문을 열어젖히고 있었다.

그녀는 잔을 감싸 쥔 손끝을 내려다보았다.

그리고 잠시 후, 낮은 목소리로 말했다.

"…저는 오히려 반대예요. 노래가 제 전부였던 시절이 있었어요. 그때는 무대 위에서라면 어떤 불빛도 견딜 수 있었죠. 하지만 결국 남은 건 무너진 꿈과 그림자뿐이었어요. 그래서 이 일을 합니다. 매일 같은 불빛, 같은 노래, 같은 얼굴들. 변하지 않는 세계 속에서만 겨우 버틸 수 있거든요."

그녀의 고백은 내 마음에 잔잔히 스며들었다.

그는 그녀의 얼굴을 바라봤다. 그녀는 웃지 않았고, 눈물도 보이지 않았다. 그저 담담하게 말했을 뿐이었다. 하지만 그 담담함이야말로 가장 깊은 고백 같았다.

"결국 우리는 다른 길을 걸어왔지만, 같은 그림자를 지고 있는 것 같습니다."

나는 천천히 말했다.

그녀의 눈동자가 순간 흔들렸다.

그리고 아주 낮게, 거의 들리지 않을 정도의 목소리로 말했다.

　　　　　　　　　　　　　　　　　　무릎의 방

"…이사님은 위험해요. 제가 세워 놓은 선을 자꾸 흔드니까. 그런데 이상하게도… 싫지는 않아요."

그 순간 방 안의 모든 소리가 멈춘 듯했다.

라디오에서 흘러나오던 음악도, 복도에서 들려오던 소란도, 모두 멀리 사라진 것 같았다.

남은 건 오직 그녀의 목소리, 그리고 내 심장의 고동뿐이었다.

그는 잔을 내려놓고 손끝으로 테이블을 가만히 문질렀다.

차가운 유리 표면이 손끝에 닿았다. 그 감촉은 마치 현실을 붙잡는 마지막 끈 같았다.

'나는 지금, 어떤 선을 넘어가려 하고 있다.

그 선 너머에는 무엇이 있을까.

빛일까, 어둠일까.

아니면 그 두 가지가 겹쳐진, 설명할 수 없는 세계일까?'

그날 밤, 비는 끊임없이 내리고 있었다.

유리창이 없는 방이었음에도, 폭우는 분명히 느껴졌다.

벽 너머로 스며드는 습기, 공기 속에 배어드는 물비린내, 바깥에서 간헐적으로 들려오는 물이 도로를 두드리는 굉음.

노래방 복도는 여전히 떠들썩했지만, 그 소란조차도 비의 리듬에 눌려 어딘가 둔탁하게 들렸다.

그는 작은 방 안에 앉아 잔을 굴렸다.

얼음은 거의 다 녹아 있었고, 그 속에서 작은 기포가 솟구쳐 오르다 사라졌다.

그 순간, 이상한 기시감이 나를 덮쳤다.

마치 이 장면을 어딘가에서, 오래전 이미 겪은 것만 같았다.

익숙하면서도 낯선, 시간의 틈새 같은 감각이었다.

그녀는 맞은편에 앉아 조용히 잔을 돌리고 있었다.

눈길을 주지 않아도 알 수 있었다.

그녀의 손끝이 잔의 표면을 따라 천천히 움직이고 있었고, 그 미묘한 움직임이 공기 속에서 작은 파동을 만들었다.

그 파동은 형준 쪽으로, 더 멀리, 그리고 형준의 안쪽 깊은 곳까지 번져 들어왔다.

그때였다.

'툭' 하고 작은 소리가 나더니, 방 안의 불이 갑자기 꺼져 버렸다.

정전이었다.

순간 모든 소리가 멈춘 듯했다.

복도에서 흘러나오던 노래와 웃음, 기계음조차도 끊겼다.

남은 건 바깥 폭우가 벽을 두드리는 소리, 그리고 형준 심장의 고동뿐이었다.

형준은 숨을 멈추고 어둠 속을 응시했다.

그러나 아무것도 보이지 않았다.

단지 희미하게, 바깥 네온 간판의 빛이 물결처럼 새어 들어와 벽에 흔들리고 있을 뿐이었다.

그 빛은 마치 바다 밑에서 부서지는 빛살처럼, 실체 없는 환영 같았다.

어둠 속에서 그녀의 목소리가 들려왔다.

"이사님, 무섭지 않으세요?"

그 목소리는 낮고 담담했지만, 내 귀에는 이상하게 크게 울렸다.

그는 천천히 숨을 내쉬며 대답했다.

"무서운 건 어둠이 아니에요. 어둠 속에서 내 안에서 깨어나는 것들… 그게 더 무섭습니다."

말을 내뱉는 순간, 그는 스스로 놀랐다.

평소 같으면 절대 하지 않았을 고백이었다.

그러나 어둠은 사람의 마음을 바꾼다.

숨겨 두었던 것들을 조용히 끌어올리고, 말하지 않으려던 것들을 밀어 올린다.

순간, 무언가가 형준의 손등에 닿았다.

그녀의 손끝이었다.

아주 짧은 접촉, 그러나 명확한 접촉.

그것은 의도였을까, 아니면 단순한 우연이었을까.

형준은 알 수 없었다. 하지만 그 짧은 순간, 그의 안에서 어떤 오래된 문이 열리는 소리가 들렸다.

심장이 두세 배로 빨리 뛰기 시작했다.

그리고 그는 어둠 속에서 전혀 다른 세계를 본 듯한 착각에 빠졌다.

여기가 노래방인지, 방금 전까지 술을 마시던 작은 공간인지조차 분간할 수 없었다.

마치 현실이 얇은 막처럼 찢겨 나가고, 그 뒤에서 숨겨져 있던 또 다른 층위가 모습을 드러내는 것 같았다.

몇 분 뒤, 불빛이 갑자기 켜졌다.

방은 다시 익숙한 풍경으로 돌아왔다.

테이블 위에 반쯤 녹은 얼음, 소파의 낡은 가죽, 복도를 메우는 소란스러운 노래.

모든 게 제자리로 돌아온 듯 보였다.

그러나 형준의 안은 달랐다.

형준은 더 이상 이전의 그가 아니었다.

손등에 남은 감각이 여전히 선명하게 살아 있었고, 그 감각은 마치 그의 삶 전체를 바꿀지도 모른다는 예감을 주고 있었다.

그는 그녀를 바라봤다.

그녀는 아무 일도 없었다는 듯 잔을 들고 있었다.

눈빛은 고요했고, 얼굴은 변함없었다.

그러나 그는 안다. 방금의 순간은 실제였고, 그 짧은 접촉은 그 안에서 돌이킬 수 없는 균열을 만들어 냈다.

그녀가 미소를 지었다.

그러나 그 미소는 어쩐지, 그를 향한 것이 아니라 그녀 자신을 향한 것 같았다.

마치 '나는 여전히 내 세계를 지키고 있어요'라고 말하는 듯한, 담담하고 단단한 미소였다.

그 순간 그는 깨달았다.

'우리가 만난 건 단순한 우연이 아니었다. 이 도시는 거대한 미로였고, 그 미로 속에서 수많은 길이 교차하다가도 결국은 흩어져 사라졌다. 하지만 지금, 폭우와 정전, 그리고 짧은 접촉 속에서, 우리는 같은 지점에 도달해 있었다.'

그리고 그는 알았다.

'이 만남은 나를 파멸로 이끌 수도, 구원으로 이끌 수도 있다는 것을.'

그 어느 쪽일지는 아직 알 수 없었다. 하지만 이미, 되돌아갈 수는 없었다.

정전은 끝났지만, 그 안의 어둠은 쉽게 사라지지 않았다.

불빛은 제자리로 돌아왔고, 복도의 노래와 웃음도 다시 터져 나왔지만, 그는 여전히 그 짧은 순간에 붙잡혀 있었다.

그녀의 손끝이 남긴 감각은 그의 손등 위에서 사라지지 않았고, 마치 미세한 불씨처럼 그의 안 깊은 곳에서 계속 살아 움직이고 있었다.

집으로 돌아가는 길, 비는 여전히 거리를 두드리고 있었다.

아스팔트 위에는 불빛이 번져 흔들리고, 자동차 바퀴가 물을 가르며 지나갈 때마다 그는 자꾸만 노래방의 어둠 속을 떠올렸다.

빗속에서 길게 늘어진 그의 그림자는 낯설고 불안정했다.

그림자는 그와 똑같은 발걸음을 하고 있었지만, 그것이 진짜 그인지, 아니면 그가 외면해 온 또 다른 그인지 알 수 없었다.

집 안에 들어서자, 적막이 그를 맞이했다.

책상 위에 쌓여 있는 서류와 노트북 불빛이 방을 희미하게 비추고 있었지만, 그것들은 그를 위로하지 못했다.

그는 넥타이를 풀어 던지고, 셔츠 단추를 풀며 침대에 주저앉았다.

손등을 바라보았다.

겉으로는 아무것도 없었지만, 그 안에는 여전히 그녀의 손끝이 남겨 놓은 감촉이 선명했다.

그것은 단순한 접촉이 아니라, 그의 삶의 균열을 열어젖힌 하나의 열쇠 같았다.

잠을 청할 수 없어, 형준은 스마트폰을 켰다.

유튜브 화면이 어둠 속에서 밝게 빛났다.

알고리즘이 무심히 추천한 노래들이 목록을 메우고 있었다.

그는 무심코 손가락을 움직였고, 오래된 팝송 하나가 화면을 가득 채우며 흘러나왔다.

무릎의 방

낡은 멜로디가 방 안을 메웠다.

순간, 그는 다시 스무 살 여름으로 돌아갔다.

좁은 방, 모기향 냄새, 창문 너머로 들리던 선풍기 소리, 아직 채 정리되지 않은 책과 흘러내리던 밤의 공기.

그 모든 장면이 음악에 실려 밀려들어 왔다.

형준은 화면을 내려다보며 묘한 현기증을 느꼈다.

그가 지금 보고 있는 것은 단순한 영상이 아니라, 그의 안에서 아직 사라지지 않은 시간의 잔해였다.

음악은 그의 귓속에 흐르고 있었지만, 사실 그는 음악을 듣는 것이 아니라, 그 안의 어둠과 대화하고 있었다.

잠시 후, 그는 핸드폰을 내려놓고 불 꺼진 방 안을 가만히 바라보았다.

책상 위 시계의 초침 소리, 냉장고에서 흘러나오는 미약한 진동, 창밖 빗소리.

그 사소한 소리들이 갑자기 낯설게 느껴졌다.

마치 전혀 다른 세계에 들어온 듯, 모든 것이 이질적으로 다가왔다.

'나는 왜 이렇게까지 흔들리는 걸까. 단지 한 사람의 손끝 때문일까, 아니면 그 안에 숨어 있던 내 오랜 그림자 때문일까?'

며칠 뒤, 회의실에서 직원들의 보고를 들으며 그는 문득 모든 게 허상처럼 느껴졌다.

도표와 숫자, 매출과 계획들이 눈앞에 나열되어 있었지만, 그 속에 아무 의미도 찾지 못했다.

머릿속은 오직 그 방, 그 어둠, 그 손끝, 그리고 유튜브에서 흘러나오던 오래된 팝송으로 가득 차 있었다.

그녀가 물었던 말이 다시 귓가에 울렸다.

"이사님, 무섭지 않으세요?"

그 질문은 단순히 정전 속의 농담이 아니었다.

그건 형준의 삶 전체를 겨냥한 물음이었다.

그는 이미 그 질문에 맞았고, 그 화살은 그의 안에서 뽑히지 않은 채로 남아 있었다.

그는 알았다.

균열은 이미 시작되었다는 것을.

그 균열은 점점 깊어지고 있었고, 언젠가는 그를 완전히 무너뜨리거나, 전혀 새로운 길로 데려갈 것이다.

그 어느 쪽일지는 알 수 없었다.

다만 분명한 것은, 형준은 이미 되돌아갈 수 없는 선을 넘어섰다는 사실이었다.

사무실의 오후는 늘 같았다.

형광등 불빛은 지나치게 하   고, 에어컨 바람은 기계적인 규칙성으로 뺨을 스쳤다.

보고서를 넘기는 소리, 키보드를 두드리는 손가락들, 가끔씩 울리는 전화벨.

그 모든 소리가 층층이 쌓여 하나의 흐릿한 소음을 만들었다.

형준은 그 소음을 들으면서도 듣지 못했다.

눈앞의 그래프와 숫자들은 그와 무관한 언어처럼 보였다.

그는 그저 고개를 끄덕이고, 적당히 메모를 하고, 필요할 때 웃음을 지었다.

그러나 그 웃음조차 그의 것이 아니었다.

마치 잘 짜인 대본 속에서 자기 차례에 맞춰 움직이는 배우 같았다.

회의가 끝나자, 그는 복도 끝 창가에 섰다.

창밖에는 며칠째 이어진 비가 내리고 있었다.

하늘은 거대한 회색 천처럼 늘어져, 도시 전체를 짓누르고 있었다.

비는 가로등 불빛에 부딪혀 수없이 갈라졌고, 그 갈라진 빛 조각들이 아스팔트 위에서 반짝였다.

그때, 스마트폰이 진동했다.

화면 위로 유튜브 알림이 떠올랐다.

며칠 전 노래방에서 들었던 바로 그 팝송.

이번에는 라이브 영상이었다.

형준은 지우려 했지만, 손가락은 저항하지 않았다.

화면을 누르자 노래가 이어폰 속으로 흘러들었다.

순간, 복도의 풍경이 낯설게 변했다.

하얀 형광등 불빛은 좁은 노래방 안의 희미한 조명으로 바뀌었고, 차가운 회색 벽은 낡은 가죽 소파로 변해 갔다.

그는 다시 그곳에 있었다.

정전의 순간, 손등에 스쳤던 그녀의 손끝, 어둠 속에서 울리던 그 질문.

"김 이사님, 무섭지 않으세요?"

그 말은 단순한 호기심이 아니라, 내 삶 전체를 꿰뚫는 화살 같았다.

"이사님?"

누군가 형준을 불렀다.

그는 흠칫하며 이어폰을 뺐다.

직원 한 명이 그를 이상하게 쳐다보고 있었다.

"괜찮으세요?"

"아, 예… 괜찮습니다."

그는 대답했지만, 그 목소리는 그가 낸 것 같지 않았다.

그 안의 균열이, 목소리 틈새로 새어 나온 것 같았다.

저녁, 집으로 가는 대신 형준은 무작정 거리를 걸었다.

비는 여전히 도시를 잠식하고 있었다.

가로등 불빛은 아스팔트 위에서 길게 번졌고, 그 위를 지나는 자동차 바퀴는 물결 같은 흔적을 남겼다.

형준은 우산을 들고 있었지만, 빗물은 옷깃을 타고 스며들었다.

걸음을 멈출 때마다, 물웅덩이 속에 비친 그림자가 흔들렸다.

그림자는 그를 따라 움직였지만, 동시에 그와 다른 호흡을 하고 있었다.

그림자는 그의 몸에서 벗어나려는 듯, 혹은 오래전부터 그를 대신 살아온 존재처럼 보였다.

머릿속에서는 대화들이 파도처럼 겹겹이 밀려왔다.

'심심해서 왔다고 하면… 설명이 될까요?'

'사람은 결국 지금이 아니라, 오래전 여름밤 같은 곳에서 사는 거예요.'

'김 이사님, 무섭지 않으세요?'

그 문장들은 단순한 말이 아니라, 그의 균열의 맥박처럼 뛰고 있었다.

형준은 스마트폰을 꺼내 유튜브를 열었다.

화면에는 또다시 오래된 팝송의 추천 영상이 떠 있었다.

알고리즘이 그의 마음을 읽고 있는 것인지, 아니면 그의 마음이 이미 알고리즘에 길들여진 것인지 알 수 없었다.

비는 그날도 멈추지 않았다.

하루에도 몇 번씩 바뀌는 하늘, 그러나 결국 남는 것은 무거운 빗방울이었다.

도시는 물에 잠긴 듯 흐려졌고, 골목마다 은은한 불빛이 빗줄기에 부딪혀 갈라졌다.

형준은 우산을 든 채로, 그 빛과 빗소리 사이를 걸었다.

발밑의 물웅덩이는 그림자를 일그러뜨렸다.

그림자는 형준을 따라 움직였지만, 때로는 한 발 앞서가거나, 때로는 그의 발걸음을 늦추듯 흔들렸다.

그는 문득 생각했다.

'내가 그림자를 따라가는 것인지, 그림자가 나를 따라오는 것인지.'

그 순간의 그는 자신조차 확신할 수 없었다.

멀리서 노란 간판이 보였다.

'해피노래방'

폭우 속에서도 불빛은 꺼지지 않고 흔들리며 살아 있었다.

간판은 마치, 잊힌 약속을 끝내 지켜 내는 작은 등불 같았다.

그는 한참 동안 그 불빛을 바라보았다.

들어갈 수도 있었다.

그녀가 그 안에서 기다리고 있을지도 모른다.

담담한 얼굴, 그러나 담담함 속에서 모든 것을 뒤흔드는 눈빛으로.

그녀는 다시 "무섭지 않으세요?"라고 물을지도 모른다.

그리고 그는 또다시 대답을 망설일 것이다.

돌아서 갈 수도 있었다.

비에 젖은 거리를 따라 집으로 돌아가, 다시 회사 보고서를 들여다보고, 매출과 도표에 고개를 끄덕이며 또 하루를 버틸 수도 있었다.

아무 일도 없었던 것처럼, 균열 따위는 처음부터 없었던 것처럼.

그러나 그는 알고 있었다.

설령 돌아선다 해도, 균열은 이미 안에서 자라나고 있다는 것을.

형준은 우산을 접었다.

빗방울이 어깨와 머리칼 위로 쏟아졌다.

차갑고 무거운 감각, 그러나 그 감각은 이상하게도 그를 현실로 붙잡는 동시에 현실에서 밀어내고 있었다.

어쩌면 현실이란, 몸을 스치는 빗방울의 무게만큼 단순한 것일지도 몰랐다.

그 외의 것들은 모두 덧붙여진 장식일 뿐.

그녀의 목소리가 다시 떠올랐다.

'김 이사님, 무섭지 않으세요?'

그는 대답하지 않았다.

아니, 대답할 수 없었다.

대답은 이미 중요하지 않았다.

중요한 건, 그 질문이 여전히 그의 내면 안에서 살아 움직이고 있다는 사실이었다.

질문은 하나의 맥박처럼, 그의 균열 깊숙한 곳에서 박동하고 있었다.

그는 눈을 감았다.

눈을 감으니 빗소리는 더 선명하게 들려왔다.

차를 지나가는 바퀴 소리, 신호등에 반사된 빛이 물 위에서 흔들리는 모양, 젖은 옷의 무게.

모든 것이 하나의 풍경으로 겹쳐졌다.

그 풍경은 흐릿했지만, 동시에 낯설 만큼 선명했다.

과거의 여름밤, 노래방의 어둠, 회색 사무실, 빗속의 거리.

그 모든 것들이 하나의 장면처럼 겹쳐져 앞에 펼쳐졌다.

그는 아직도 걸음을 멈추지 못했다.

간판은 여전히 그 자리에 있었고, 빗방울은 끝없이 내리고 있었다.

그는 그 사이에서, 무한히 반복되는 선택의 문 앞에 서 있었다.

들어갈 수도, 돌아설 수도 있었다.

그러나 어쩌면 그 어느 쪽도 중요하지 않았다.

중요한 건, 그가 이미 그 질문 속에서 살고 있다는 사실이었다.

'김 이사님, 무섭지 않으세요?'

형준은 빗속에 서서, 그 질문을 내면 안에서 되뇌었다.

대답 없는 질문, 그러나 사라지지 않는 울림.

그리고 그 울림 속에서, 형준은 또 한 걸음을 내디뎠다.

빛을 찾아서

나는 사진가로서 지난 20년을 산과 함께 보냈다.

필름에서 디지털로, 어두운 현상실에서 밝은 모니터 앞으로 바뀌었어도, 산을 향한 발걸음만큼은 변하지 않았다.

산은 내 삶의 배경이자, 때로는 유일한 대화 상대였다.

사람들은 내 사진을 보며 "아름답다"고 말한다.

그러나 내가 본 산은 언제나 아름답지만은 않았다.

폭우와 눈사태, 길을 잃은 자의 두려움, 꽃을 꺾어 가는 손길, 도시의 불빛에 잠식당하는 어둠….

그 속에서 나는 사진을 찍었고, 동시에 묻고 있었다.

나는 무엇을 남기고 있는가?

자연의 진실인가, 아니면 내 고독의 그림자인가.

새벽 네 시, 소청봉에 올랐을 때 나는 이미 온몸이 젖어 있었다.

밤새 내린 비가 등산로의 돌을 매끄럽게 닦아 놓았고, 신발은 짧게 미끄러질 때마다 스스로의 무게를 의식하게 했다.

숨은 목구멍 깊은 곳에서 뜨겁게 달아올랐고, 이마의 땀방울은 비와 섞여 흘러내렸다.

정면에는 용아장성의 암봉들이 어둠 속에서 기다리고 있었다.

날카롭고 차가운 기운을 뿜으며, 마치 오래된 기억의 파편들이 줄지어 선 듯했다.

그 아래 봉정암의 불빛이 희미하게 깜빡였다.

사람의 것이 아니라, 돌과 바람이 내는 신호 같았다.

밤새 기도하던 이들의 호흡이 아직 그 불빛에 매달려 있는 듯했다.

나는 삼각대를 세우고 카메라를 올렸다.

셔터를 누르기 전, 잠시 뷰파인더 속을 바라보았다.

그러나 렌즈는 내가 본 것과는 전혀 다른 그림을 보여 주었다.

안개는 단정하게 선을 그어 화면을 잘라 버렸고, 봉우리들은 흐릿하게 부유하는 섬처럼 찍혔다.

현실은 폭력적이고 불규칙한데, 사진은 언제나 지나치게 차분했다.

안개는 계곡에서부터 밀려 올라와 기암 사이를 천천히 흘러내렸다.

바위와 바위 사이로 흰 파도가 밀려와 봉우리를 삼켰다가, 잠시 뒤 다시 내놓았다.

나는 그 변화를 따라 셔터를 눌렀다.

찰칵, 소리가 바람에 섞여 사라졌다.

렌즈에 맺힌 물방울을 닦아 내면서, 나는 묘한 두려움을 느꼈다.

무릎의 방

아무리 찍어도, 나는 이 광경을 완전히 붙잡을 수 없을 거라는 사실.

안개는 셔터보다 빠르게 흘렀고, 그 유연함은 어떤 기록도 끝내 가둘 수 없었다.

어쩌면 내 사진은 늘 실패였는지도 모른다.

그때 등 뒤에서 작은 기침 소리가 났다.

고개를 돌리니 낯선 등산객이 서 있었다.

이마에 맺힌 땀과 얼굴 가득한 불안.

"길을 놓쳤습니다. 봉정암 쪽으로 내려가려 했는데, 안개 때문에…."

나는 삼각대를 접었다.

사진보다 먼저 해야 할 일이 분명히 있었다.

가방 속에서 손전등을 꺼내 그의 손에 쥐여 주며 말했다.

"저기 불빛 보이시죠? 봉정암입니다. 그쪽으로 내려가면 길이 이어집니다."

그는 안도의 숨을 내쉬며 고개를 숙였다.

"고맙습니다. 사진은… 괜찮으세요?"

나는 웃었다.

"사진은 다시 오면 되죠. 길은 지금 찾아야 하고요."

그가 안개 속으로 사라진 뒤, 나는 다시 카메라를 들었다.

그러나 이미 풍경은 다른 얼굴로 변해 있었다.

조금 전까지 용아장성의 이빨처럼 솟아 있던 암봉은 안개에 잠겨 있었고, 봉정암의 불빛만이 조용히 바람 속에서 흔들리고 있었다.

나는 셔터를 누르지 않았다.

그 순간 깨달았다.

기록하지 않는 것이 오히려 더 오래 남을 수 있다는 사실을.

눈으로 본 것, 피부로 스친 것, 호흡 속에서 스며든 것들.

그것들이야말로 사진보다 더 깊게 남는다.

나는 카메라를 가방에 넣고 소청봉의 바람을 오래 들이마셨다.

용아장성의 바위들은 묵묵히 서 있었고, 안개는 그 사이를 흘러 내리며 내 몸을 스쳐 갔다.

나는 어쩐지 홀가분했다.

사진을 찍지 않았는데, 오히려 사진보다 더 선명한 이미지를 얻은 것 같았다.

밤새 빗소리는 끊임없이 이어졌다.

지리산으로 향하던 중 졸음이 쏟아져 인월지나 지방도로 한적한 곳에 차를 세우고 잠시 눈을 붙였다.

얇은 차량 천장을 뚫고 들어오는 빗방울의 리듬은 마치 수천 개의 작은 손가락이 지붕을 두드리는 듯했다.

나는 깊은 잠에 들지 못한 채 뒤척이다가, 새벽 네 시가 되자 결국 배낭을 둘러메고 밖으로 나왔다.

주변은 이미 젖어 있었고, 노란 가로등 불빛은 빗방울에 반사되어 은빛 실타래처럼 흘러내렸다.

서둘러 성삼재로 향했다.

차창 밖, 흘러내리는 빗물은 풍경을 모두 녹여 내고 있었다.

논과 밭, 산비탈의 나무들, 새벽 시장에 서성이는 사람들….

모든 것이 수채화처럼 번져 있었다.

나는 카메라 가방을 무릎 위에 올려놓고, 손끝으로 빗방울의 흔적을 따라가며 멍하니 바라봤다.

사진은 멈추기를 강요하지만, 세상은 늘 흘러간다.

유리창 너머의 흐릿한 풍경은 차라리 진실 같았다.

성삼재에 도착했을 때, 빗줄기는 더 거세졌다.

길은 질척한 진흙탕이 되었고, 안개는 낮게 깔려 있었다.

나는 우비를 걸치고 발걸음을 옮겼다.

첫발을 내딛자마자 흙탕물이 발목까지 튀어 올랐다.

비는 더 이상 날씨가 아니라 하나의 존재가 되어 나를 둘러싸고 있었다.

노고단으로 향하는 길은 끝없이 이어졌다.

바람은 비를 옆으로 날려 내 얼굴을 후려쳤고, 옷은 속까지 젖어 들었다.

나무 잎사귀에서 떨어진 물방울은 작은 폭포가 되어 발밑으로 쏟아졌다.

나는 삼각대를 꺼내 보았지만, 땅은 너무 질었다.

철제 다리가 푹 빠져 허망하게 기울자, 욕심을 버릴 수밖에 없었다.

나는 깨달았다.

사진은 의지로 찍는 것이지만, 풍경은 의지와 무관하게 흘러간다는 것을.

비 앞에서 내 욕망은 무력했다.

그때, 길가에 앉아 있는 한 청년을 발견했다.

등산복은 흠뻑 젖었고, 그의 손에는 구겨진 젖은 지도가 있었다.

얼굴에는 당황과 피곤이 묻어 있었다.

"괜찮습니까?" 내가 다가가 물었다.

그는 억지로 웃으며 말했다.

"길이 보이지 않네요. 지도가 다 젖어 버려서….."

나는 배낭을 내려놓고, 비닐에 싸 둔 작은 보조 지도와 손전등을 꺼내 건넸다.

"이쪽으로 가면 피아골로 내려갈 수 있습니다. 혼자 가시겠어요?"

그는 고개를 끄덕였다.

"정말 감사합니다. 사진 찍으러 오신 거죠?"

나는 어깨를 으쓱했다.

"비가 너무 많이 와서 오늘은 그냥 보는 날 같네요."

청년은 빗속으로 사라졌다.

나는 그가 떠난 자리에서 한동안 멈춰 서 있었다.

그리고 나무줄기를 따라 흘러내리는 빗방울을 찍었다.

사진에는 단순히 물이 흐르는 모습만 남았지만, 내 눈에는 '두려움과 안도, 다시 걷는 용기'가 찍혀 있었다.

저녁 무렵, 노고단 대피소에 도착했을 때 나는 이미 지쳐 있었다.

옷은 속까지 젖었고, 발목은 진흙에 푹 빠져 있었다.

대피소 안에서는 젖은 옷을 말리는 사람들이 모닥불처럼 모여 있었다.

모두가 말이 적었고, 각자의 침묵을 가지고 있었다.

나는 구석에 앉아 카메라를 꺼냈다.

모니터를 켜니 습기 때문에 화면이 흐려졌다.

그러나 몇 장의 사진은 살아 있었다.

비에 젖은 능선, 안개에 삼켜진 나무, 젖은 돌길.

나는 그 흐릿한 사진들을 한참 바라보았다.

완벽하지 않은 것, 흔들린 것, 빗물 자국이 남은 것.

그런 이미지들이 오히려 내 고독과 더 가까웠다.

완벽한 것은 늘 멀고, 불완전한 것이야말로 지금 내 마음과 닮아 있었다.

창밖에서는 여전히 빗소리가 산을 두드리고 있었다.

사람들의 낮은 웃음소리와 빗방울의 리듬이 겹치며 묘한 화음을 만들었다.

나는 생각했다.

"어쩌면 사진은 완벽한 순간을 남기는 게 아니라, 불완전함을 견디는 법을 가르쳐 주는 것인지도 몰라."

그날 지리산의 폭우는 내게 사진가로서의 또 다른 얼굴을 보여 주었다.

기록이 아니라, 체념과 수용.

그리고 그 속에서 피어나는 고독의 힘.

나는 배낭에 기대어 눈을 감았다.

빗소리는 여전히 산을 흔들고 있었지만, 내 안에서는 이상한 평온이 흘렀다.

비행기가 제주공항 활주로에 내려앉을 즈음, 창문 밖으로 보이는 바다는 묘하게 가라앉아 있었다.

푸른빛이 아니라, 회색에 가까운 어두운 청색.

바람이 수면 위를 긁고 지나가며 짧은 파문을 만들었고, 그 흔적이 잠시 남았다가 이내 사라졌다.

나는 그 바다 위를 내려다보며, 오늘 내가 찾으려는 산의 얼굴도 아마 비슷할 것이라 생각했다.

잠시 드러났다가는 이내 사라지는, 붙잡을 수 없는 얼굴 말이다.

성판악 입구에서부터 시작된 길은 생각보다 차분했다.

길 양옆에는 구상나무와 넓은 잎을 가진 나무들이 뒤엉켜 있었고, 그 가지 끝마다 밤새 머금은 물방울들이 매달려 있었다.

햇살은 아직 나오지 않았지만, 나무 사이로 스며드는 새벽빛은 회색과 녹색 사이에서 흔들리고 있었다.

내 발걸음은 그 빛을 밟는 듯했지만, 동시에 아무 자취도 남기지 않았다.

몇 시간 동안 묵묵히 걸었다.

숲은 깊었고, 나는 그 안에서 점점 내 호흡만을 의식하게 되었다.

숨을 들이마실 때마다 축축한 흙냄새가 폐를 가득 채웠고, 내쉴 때마다 그 냄새는 몸 밖으로 번져 나갔다.

나는 걷고 있었지만, 어쩌면 산이 내 호흡을 빌려 쉬고 있는 것 같기도 했다.

숲이 사라지자, 바람이 밀려왔다.

구름은 낮게 깔려 있었고, 능선 위로 햇빛은 아직 닿지 않았다.

바람은 단순히 스쳐 가는 공기가 아니라, 오래된 기억의 먼지를 뒤집어 꺼내는 손길 같았다.

나는 재킷 지퍼를 더 끌어올리며, 바람 속에서 어깨를 움츠렸다.

발밑의 현무암은 거칠고 무겁게 느껴졌다.

검은 돌 표면에는 미세한 틈들이 있었고, 그 사이로 물방울이 스며들어 반짝였다.

나는 잠시 카메라를 꺼내 돌의 질감을 찍었다.

사진에는 단순히 젖은 바위가 담겼지만, 내 눈에는 수천 년의 화산 폭발과 침묵이 동시에 새겨져 있었다.

백록담 분화구에 도착했을 때, 나는 숨을 멈췄다.

암벽은 둥근 원을 그리며 솟아 있었고, 그 안쪽에 물이 고여 있었다.

백록담.

물은 푸른빛도, 검은빛도 아닌, 설명하기 어려운 색깔이었다.

푸른 안경알을 통과해 본 듯한, 혹은 깊은 꿈속의 물감이 번진 듯한 색.

그 위로는 구름이 조용히 흘러가고 있었다.

나는 셔터를 누르려 했으나 손가락이 움직이지 않았다.

이 침묵을 자르는 소리를 내는 게 두려웠다.

오랜 시간 이곳을 지켜 온 산의 눈동자 앞에서, 카메라 셔터는 너무 경박하게 느껴졌다.

등 뒤에서는 사람들의 웃음소리가 들려왔다.

삼각대를 세우고, 셀카봉을 높이 들고, 환호성이 이어졌다.

그들의 소리가 구름 위에 반사되어 더 크게 울리는 듯 느껴졌다.

나는 그들과 같은 도구를 쥐고 있었지만, 같은 장소에 있으면서도 전혀 다른 세계에 있는 것 같았다.

나는 다시 뷰파인더를 들여다봤다.

무릎의 방

그러나 구도는 이상하게 어긋나 있었다.

분화구의 원은 화면에 담기지 않았고, 물의 색은 카메라 안에서 밋밋하게 바뀌어 있었다.

나는 카메라를 내렸다.

대신 그 풍경을 눈과 폐와 피부로 받아들였다.

그 순간, 산이 내게 말했다.

"너는 기록자가 아니라 목격자다. 기록은 언젠가 빛바래지만, 목격은 사라지지 않는다."

잠시 후, 바람이 방향을 바꿨다.

구름이 몰려와 분화구를 가렸다.

마치 거대한 손이 눈동자를 덮는 것처럼.

분화구는 흔적도 없이 사라졌다.

나는 허무함과 동시에 안도감을 느꼈다.

자연은 스스로를 보여 주기도 하고 숨기기도 한다.

사진가의 욕망과는 아무런 상관이 없다.

나는 앉아 빵 조각을 꺼내 씹으며, 구름 뒤에 숨어 버린 분화구를 떠올렸다.

멀리서 까마귀 한 마리가 원을 그리며 날고 있었고, 그 울음은 묘하게 인간의 목소리를 닮아 있었다.

쓸쓸하면서도 자유로웠다.

나는 그 순간 알았다.

내가 20년 동안 찍어 온 것은 산이 아니라, 산속에서 마주한 내 고독이라는 사실을.

풍경은 늘 변했고 계절은 흘렀지만, 사진 속에 남아 있던 것은 늘 나의 고독이었다.

산은 거대한 거울이었고, 나는 그 안에서 끊임없이 내 얼굴을 확인해 왔던 것이다.

내려오는 길, 산 아래에서는 아이들의 웃음소리가 들려왔다.

젊은 커플은 손을 잡고 사진을 찍으며 걸었고, 나는 그 모습을 바라보며 이상하게 부럽지도 외롭지도 않았다.

그저 다른 방식의 기록이 있을 뿐이라고 인정할 수 있었다.

바람이 등을 밀어 주었다.

나는 발걸음을 다시 옮겼다.

백록담은 구름 속에 숨었지만, 내 안에는 여전히 그 눈동자가 남아 있었다.

그리고 그 눈은 내게 말했다.

"너의 고독은 사라지지 않는다. 그러나 그 고독이 너를 살아 있게 한다."

나는 고개를 끄덕이며 속으로 대답했다.

"그래, 나는 오늘도 산에게서 고독을 빌려 간다."

무릎의 방

어둠은 산을 완전히 삼키고 있었다.

달빛은 구름 뒤에 숨어 있었고, 별빛조차 희미했다.

내 손에 든 헤드랜턴은 고작 몇 미터 앞만 밝혔고, 그 좁은 원 밖은 다시 짙은 암흑으로 가라앉았다.

나는 그 작은 빛 속에 스스로를 가두듯 걸었다.

발밑의 돌길은 이슬에 젖어 있었다.

돌이 눅눅한 소리를 냈고, 습기는 신발 밑창에 매달렸다.

한 걸음마다 가벼운 미끄러짐이 있었고, 그때마다 심장은 쓸데없이 크게 뛰었다.

바람은 나무 사이를 헤집으며 휘파람 같은 소리를 냈다.

그 소리는 마치 보이지 않는 누군가가 내 뒤를 따라오는 것 같았다.

나는 몇 번이나 뒤를 돌아봤지만, 거기에는 어둠뿐이었다.

숲은 끝이 보이지 않았다.

구상나무와 참나무들이 뒤엉켜 가지를 뻗고 있었고, 내 빛에 닿은 그 그림자는 사람의 얼굴처럼 일그러졌다.

나는 순간 움찔하며 발걸음을 멈추었다.

그리고 낮게 중얼거렸다.

"이건 단지 나무일 뿐이다. 아무것도 아니다."

하지만 '아무것도 아니다'라고 말할수록, 내 안의 공허가 더 크게 울렸다.

나는 지금 산속에서 완전히 혼자라는 사실.

그 고독은 불안을 데려왔지만, 동시에 묘한 안도감을 품고 있었다.

세상과 단절된 이 순간, 나는 오로지 나였다.

계곡에 닿자, 물소리가 웅웅 울려 퍼졌다.

그 위로 흰 안개가 천천히 피어올랐다.

안개는 연기처럼 흘러나오더니, 곧 숲과 능선을 삼켰다.

나는 발을 떼지 못하고 서서 바라봤다.

안개가 내 발목을 감쌌다.

무릎을 덮고, 가슴까지 차올랐다.

빛은 흐려지고, 앞뒤의 구분은 사라졌다.

나는 마치 안개 속에서 천천히 지워지는 인물 같았다.

사진가가 아니라, 흔적조차 남기지 못하는 유령처럼.

나는 삼각대를 꺼내 렌즈를 맞췄다.

그러나 안개는 초점을 허락하지 않았다.

화면은 흐릿한 흰색뿐이었다.

몇 장을 억지로 찍었지만, 결과는 모두 '흰 여백'이었다.

그 흰 여백 속에서 나는 묘한 심리를 느꼈다.

"나는 풍경을 찍는가, 아니면 내 그림자를 찍는가?"

안개는 내 안의 무언가를 끌어내어 렌즈 앞에 드리우는 듯했다.

나는 점점 안개에 삼켜지고 있었다.

무릎의 방

내가 찍는 것은 풍경이 아니라, 이 밤의 고독 그 자체였다.

시간은 멈춘 듯 흘러갔다.

시계의 초침은 보이지 않았고, 심장은 안개와 같은 박자로 뛰고 있었다.

나는 그 안에서 오래된 기억들을 떠올렸다.

설악산에서 길을 잃은 사람에게 손전등을 건네던 순간

지리산 폭우 속에서 젖은 지도를 쥔 청년을 만났던 일

한라산 분화구 앞에서 셔터를 누르지 못하던 내 모습.

모든 기억이 안개와 겹쳐졌다.

나는 그 속에서 하나의 공통점을 발견했다.

언제나 나는 고독했고, 그러나 그 고독이 나를 움직이게 했다는 사실.

안개는 마침내 봉우리 위로 흘러내렸다.

용 같은 형체로, 또 강물처럼 기암 사이를 메우며 흘러갔다.

나는 카메라를 내려놓았다.

셔터 소리는 이 풍경을 모독할 것만 같았다.

내 안에는 이상한 평온이 찾아왔다.

나는 길을 잃었지만, 동시에 길을 찾았다.

안개 속에서 나는 외롭지 않았다.

고독은 나를 삼킨 것이 아니라, 나를 감싸고 있었다.

나는 천천히 카메라를 가방에 넣었다.

숨을 들이쉴 때마다 안개가 폐 속으로 들어왔고, 내쉴 때마다 내 숨이 안개 속에 흩어졌다.

그 순간 나는 알았다.

나는 풍경을 찍는 것이 아니라, 풍경 속에 스스로를 녹여 내고 있 다는 것을.

밤은 여전히 깊었다.

산은 어두웠다.

그러나 내 안에는 안개의 빛이 희미하게 남아 있었다.

그 빛은 사진보다 오래 지속될 것이었다.

새벽 다섯 시, 무주 구천동 계곡을 따라 들어서자 공기는 아직 차 갑고 맑았다.

초여름의 산 공기는 늘 습기를 품고 있었는데, 그 냄새는 도시에 서 맡을 수 없는 것이었다.

흙냄새, 풀잎 냄새, 밤새 머금은 물방울이 이끼와 섞여 풍기는 묵 직한 냄새.

나는 그것을 들이마시며, 오늘 마주할 풍경이 단순히 '아름다움' 으로만 남지 않을 거라는 예감을 했다.

중봉으로 향하는 길은 고요했다.

숲을 벗어나자, 시야가 열리며 붉은 물결이 밀려왔다.

능선 전체가 철쭉이었다.

꽃들이 한꺼번에 피어올라 바람결에 흔들리며, 마치 산 전체가 불타오르는 듯했다.

햇빛이 비치자 꽃잎의 붉음은 더 짙어졌고, 바람은 그 붉음을 출렁이며 능선 위에 파도를 만들었다.

나는 삼각대를 세우고 카메라를 들었다.

렌즈 속 풍경은 완벽했다.

붉은 철쭉의 군락, 푸른 하늘, 희미하게 흘러가는 구름, 멀리 이어진 산 능선의 곡선.

그러나 그 완벽함 속에서 나는 묘한 불안을 느꼈다.

너무 완벽한 순간은 오히려 현실과 멀어지는 듯한 착각을 불러왔다.

잠시 후, 등 뒤에서 웃음소리가 들려왔다.

등산객 몇 명이 능선으로 올라와 꽃 사이에 들어섰다.

그들은 꽃을 꺾어 손에 쥐고 기념사진을 찍었다.

손에 한 움큼씩 모은 꽃잎은 마치 작은 부케처럼 보였다.

그러나 꽃이 뽑히는 순간, 능선의 붉은 물결에는 작은 균열이 생겼다.

나는 잠시 망설이다가 그들에게 다가가 말했다.

"사진은 꺾지 않아도 찍을 수 있습니다."

그들은 잠시 나를 바라보았지만, 곧 어색한 웃음을 지으며 고개를 끄덕였다.

그러고는 다른 쪽으로 이동했다.

그러나 그들이 떠난 자리에는 빈 공간이 남아 있었다.

붉음 속에 드러난 작은 구멍, 흙빛이 고스란히 드러난 자리.

나는 그 빈자리를 뷰파인더로 바라봤다.

셔터를 눌렀다.

사진은 여전히 아름다웠다.

그러나 내 눈은 그 구멍에서 떨어지지 않았다.

아름다움 속의 결핍, 풍경 속의 불편한 균열.

나는 묘한 죄책감을 느꼈다.

나는 그들에게 꽃을 꺾지 말라고 했지만, 사실 나 역시 산의 얼굴을 훔치고 있었다.

꽃은 여전히 그 자리에 있지만, 사진 속에서는 나의 욕망을 위해 소비되고 있었다.

나는 스스로에게 물었다.

"나는 자연을 지키는가, 아니면 훔치는가?"

대답은 쉽게 나오지 않았다.

아마 두 가지 모두일 것이다.

바람이 불어왔다.

능선 위의 철쭉은 거대한 파도처럼 출렁였다.

무릎의 방

나는 카메라 대신 눈으로 그 출렁임을 담았다.

렌즈 속에서는 정지된 이미지가 남지만, 내 눈 속의 철쭉은 살아 움직였다.

나는 차라리 그 살아 있는 쪽을 믿고 싶었다.

옆에서 아이 하나가 꽃잎을 손에 쥐고 있었다.

그 아이는 그것을 장난스럽게 흔들며 웃었다.

나는 말을 건네려다 멈췄다.

아이에게 꽃잎은 단지 놀이였을 뿐이고, 죄책감이란 단어는 그에게 필요 없는 것이었다.

나는 그 무구함을 부러워하면서도, 어른의 세계가 그 무구함을 언젠가 앗아 갈 것임을 알고 있었다.

능선 위에 앉아 숨을 고르며 나는 생각했다.

자연은 스스로를 내어 준다.

그러나 인간은 그것을 취하는 순간, 소유라고 착각한다.

사진도 마찬가지였다.

나는 늘 찍고 나서야 후회한다.

사진은 기억을 남기는가, 아니면 소유의 증거인가?

나는 카메라를 내려놓고 하늘을 올려다봤다.

구름은 천천히 흘렀고, 그 아래 붉은 철쭉은 흔들리고 있었다.

풍경은 너무나 선명했지만, 동시에 너무나 쉽게 사라질 것 같았다.

그 순간, 나는 알았다.

내가 찍는 것은 철쭉이 아니라, 철쭉 앞에서 느끼는 내 모순이라는 것을.

아름다움과 파괴, 지킴과 훔침, 기록과 망각.

그 사이 어딘가에 내가 있었다.

내려오는 길, 몇 장의 사진을 다시 확인했다.

사진은 여전히 아름다웠다.

그러나 아름다움은 언제나 불편함을 동반했다.

나는 그 불편함을 안고, 산 아래로 발걸음을 옮겼다.

능선 위의 철쭉은 바람에 흔들리며 계속 출렁이고 있었다.

그리고 저녁 무렵, 서울 북쪽 도봉구의 도로 위에서 북한산의 실루엣이 나타났다.

아파트 단지와 붉은 네온사인, 지하철역에서 흘러나오는 사람들의 물결 뒤로 솟은 산의 윤곽은 마치 또 다른 세계에서 잘못 끼워넣은 그림 같았다.

나는 버스 창가에 앉아, 산과 도시가 겹쳐지는 지점을 바라보았다.

어쩌면 그 경계가 내 삶과 닮아 있다고 생각했다.

나는 언제나 도시와 자연, 소음과 침묵, 고독과 욕망 사이에서 갈팡질팡 서 있었으니까.

불광동 입구에서 내려 산행을 시작했을 때, 도시는 서서히 뒤로

무릎의 방

물러났다.

그러나 완전히 사라지지는 않았다.

자동차 경적 소리, 골목 어귀에서 흘러나오는 노래방 소리, 치킨 집의 기름 냄새 같은 것들이 얇은 끈처럼 따라붙어 있었다.

한쪽 귀로는 산새 소리가 들렸고, 다른 쪽 귀로는 아직 꺼지지 않은 도시의 잔향이 들렸다.

나는 그 두 소리가 내 안에서 겹쳐지며 불협화음을 만드는 것을 느꼈다.

바위 계단은 생각보다 가팔랐다.

발을 옮길 때마다 허벅지가 뻐근했고, 등줄기를 타고 땀이 흘렀다.

주머니 속에서 휴대폰이 진동했지만, 꺼내 보지 않았다.

메시지를 확인하는 순간, 나는 다시 도시로 끌려 내려갈 것 같았다.

나는 산 위에서조차 도시와 단절하지 못하는 나 자신이 낯설게 느껴졌다.

숲이 짙어질수록, 하늘은 점점 좁아졌다.

그러나 나무 사이로 비치는 불빛은 여전히 도시에서 올라온 것이었다.

도시는 산을 침범하고 있었고, 산은 그 침범을 묵묵히 받아들이는 듯했다.

정상에 가까워지자, 서울의 불빛이 한눈에 들어왔다.

한강은 빛의 띠로 흐르고 있었고, 도로 위의 헤드라이트는 끊임없이 이어졌다.

나는 삼각대를 세우고 카메라를 겨눴다.

화면 속에는 검은 산의 실루엣과 끝없이 번져 가는 도시의 불빛이 동시에 들어왔다.

둘은 결코 하나로 섞이지 않았다.

나는 셔터를 누르려 했지만, 손가락이 움직이지 않았다.

"내가 찍으려는 것은 산인가, 도시인가?"

나는 늘 자연을 찍는다고 생각했지만, 정작 내 시선은 흔들리는 불빛에 더 끌리고 있었다.

변하지 않는 것보다, 끊임없이 흔들리는 것에 눈길이 간다는 사실.

그건 결국 내 안도 흔들리고 있다는 증거일 것이다.

바위 위에 앉아 있던 중년의 남자가 내게 물었다.

"사진 잘 나오나요?"

나는 웃으며 고개를 저었다.

"산을 찍으려 하면 도시가 끼어들고, 도시를 찍으려 하면 산이 막아섭니다."

그는 고개를 끄덕이며 담담하게 말했다.

"그래서 이곳이 유명한 거 아닐까요? 둘 다 보이니까."

그 단순한 말은 내 마음의 매듭을 풀어 버렸다.

무릎의 방

나는 카메라를 다시 들었지만, 이번에도 셔터를 누르지 않았다.

이 풍경은 기록보다 목격에 더 어울렸다.

나는 눈으로만 바라보았다.

밤이 깊어지자, 도시는 더 밝아졌다.

아파트의 불빛은 별처럼 반짝였고, 하늘의 별은 희미해졌다.

나는 묘한 슬픔을 느꼈다.

사람들이 만든 불빛이 하늘의 불빛을 몰아내고 있다는 사실.

그리고 그 불빛 속에서 나 역시 살고 있다는 사실.

그러나 동시에 안도도 있었다.

나는 도시의 소음 속에서도 산을 찾을 수 있었고, 산의 침묵 속에서도 도시의 온기를 떠올릴 수 있었다.

두 세계는 대립하는 것이 아니라, 내 삶의 두 얼굴이었다.

내려오는 길, 돌길은 젖어 있었고, 바람은 시원했다.

나는 혼잣말처럼 중얼거렸다.

"나는 결국 산을 찍은 게 아니라, 내 고독을 찍어 왔구나."

돌아보니 산은 여전히 묵묵히 서 있었다.

그 뒤로 도시의 불빛이 끝없이 반짝이고 있었다.

나는 카메라를 가방에 넣고, 마지막으로 눈으로만 풍경을 남겼다.

그 눈빛은 어쩌면 가장 솔직한 기록일지 몰랐다.

나는 그 출렁임 속에서 내 흔들림을 보았다.

나는 결국 산을 찍은 것이 아니었다.

나는 산속에서 내 고독을 찍어 왔다.

사진은 기억을 남겼고, 산은 침묵을 남겼다.

그리고 그 사이에서 나는 여전히 길을 헤매고 있었다.

그 헤맴이야말로 나를 살아 있게 했다.

무릎의 방

낯선 땅 기억 저편에서

비행기의 바퀴가 활주로에 닿는 순간, 창밖으로 퍼지는 열기가 기내까지 스며들었다. 베트남의 여름은 한국과는 달랐다. 바람은 무겁고, 공기 속에는 강가의 습기와 도시의 소음이 얽혀 있었다.

출장은 늘 그러하듯 일정표와 보고서 사이에서 흘러갔고, 사람들과의 만남도 의례적이었다. 낯선 언어와 이질적인 음식들, 바삐 스쳐 지나가는 오토바이 행렬 속에서, 민준은 어쩐지 더욱 고독해졌다. 여행이 아니라 업무라는 이름으로 다녀가는 길목은 늘 이렇게 공허했다.

마지막 날 저녁, 숙소로 돌아가는 길에 작은 간판이 눈에 들어왔다. 노란 전등불이 희미하게 번져 나오는 소박한 식당이었다. 허기를 달래려 무심코 문을 열었을 뿐인데, 그곳에서 민준의 인생의 한 장면이 시작될 줄은 미처 알지 못했다.

문을 열자 따뜻한 국물 냄새와 함께 레몬그라스 향이 은은히 퍼졌다. 소박한 나무 탁자들, 벽에 걸린 낡은 시계, 천장에 매달린 선풍기가 느릿하게 돌고 있었다. 식당 안은 시끌벅적했지만, 시선은 곧장 한 사람에게로 머물렀다.

검은 머리를 단정히 묶은 아가씨가 손님들의 주문을 받아 적고 있었다. 연보라색 아오자이가 그녀의 움직임마다 부드럽게 흘러내렸다. 순간, 그녀의 눈빛이 민준과 스쳤다. 잠깐의 미소가 오갔고, 그 짧은 순간이 마치 오래전부터 기다려 온 신호 같았다.

서툰 영어 몇 마디와 손짓으로 주문을 마치자, 그녀는 나지막한 목소리로 메뉴를 다시 확인했다. 목소리는 작았지만, 묘하게 마음을 울리는 울림이 있었다. 식사가 나오고, 민준은 혼자 숟가락을 들었지만, 자꾸만 눈길은 그녀에게 향했다. 그녀가 웃을 때마다 식당의 조명이 한층 더 환해지는 듯 보였다.

계산을 마치고 나가려던 순간, 민준은 용기를 내어 물었다.

"혹시… 내일 저녁, 차 한잔 괜찮을까요?"

그녀는 잠시 당황한 듯 눈을 크게 떴다가, 수줍은 웃음을 지으며 고개를 끄덕였다. 그 짧은 끄덕임이 민준의 마음에 오래도록 파문을 남겼다.

다음 날 저녁, 두 사람은 도시 외곽의 작은 찻집에서 다시 만났다. 그녀는 어제보다 더 단정한 모습으로 앉아 있었고, 창가에는 붉은 노을이 잔잔히 번지고 있었다. 민준은 서둘러 자리에 앉았다.

"오늘은… 일이 다 끝났어요?"

그녀가 조심스럽게 물었다.

"네, 이제 모든 일정이 끝났습니다. 오늘은… 자유예요."

민준은 웃으며 대답했지만, 손목을 무심코 주무르던 그의 동작을 그녀가 곧바로 알아차렸다.

"다쳤어요?"

그녀의 눈길이 민준의 손목에 머물렀다. 작은 상처가 붉게 남아 있었다.

"아, 어제 짐 옮기다 조금 긁혔어요. 별일 아니에요."

민준은 대수롭지 않게 말했지만, 그녀는 가방을 열어 손수건을 꺼내더니 조심스럽게 민준의 손목을 감싸 주었다. 그 순간, 차가운 찻집 공기 속에서 묘한 온기가 퍼졌다.

"작은 상처도 그냥 두면 안 돼요."

서툰 영어였지만, 진심은 분명했다.

민준은 미소 지으며 말했다.

"고마워요. 한국에서는 이런 배려 잘 못 받아요."

그녀는 얼굴을 붉히며 차를 내려놓았다. 그리고 잠시 침묵 끝에 민준에게 물었다.

"가족은… 한국에 있어요?"

그 질문에서 대화는 조금 더 깊어졌다. 민준은 이혼 후 아내와 아이들이 없는, 홀로 사는 이야기를 간단히 했고, 그녀는 부모님과 함께 살고 있다는 사실을 털어놓았다. 시골 마을에서 농사를 짓고, 닭과 소를 키우며, 강가에서 자란 추억들을 이야기했다. 그녀의 말은 서툴렀지만, 표정과 손짓이 그 빈틈을 채웠다.

시간은 빠르게 흘렀다. 두 사람은 찻집을 나와 근처 강변을 걸었다. 해가 완전히 저물자, 메콩강 지류 위로 불빛들이 반짝이며 떠올랐다. 노점에서는 석탄불에 굽는 옥수수 냄새가 풍겨 왔고, 아이들이 작은 연등을 강물에 띄우고 있었다.

그녀는 잠시 강물을 바라보다가 말했다.

"제가 어릴 때, 매년 이런 등불을 띄웠어요. 소원 빌면서…."

"어떤 소원?"

"가족이 건강하고, 마을이 평화롭기를."

그녀의 목소리는 조용했지만, 민준의 마음에는 이상한 울림을 남겼다.

잠시 후, 그녀는 망설이듯 말을 꺼냈다.

"오빠… 우리 집에 와 볼래요? 부모님… 아마 반가워할 거예요. 강 근처라, 멀지 않아요."

그 말은 자연스러웠다. 상처를 챙겨 주던 손길, 가족 이야기를 나누던 대화, 강변을 함께 걷던 시간 모두가 그 초대를 예비하고 있었던 것이다. 민준은 잠시 눈을 감았다가 고개를 끄덕였다.

"Yes. 가고 싶어요."

버스를 타고 도시를 벗어나자, 풍경은 달라졌다. 번잡하던 건물들은 사라지고, 들판과 야자수가 창밖으로 스쳐 갔다. 그녀는 창가에 앉아 마을 이야기를 이어 갔다. 비 오는 날 가족이 모여 앉아 밥을 먹던 기억, 강가에서 수영을 배웠던 어린 시절, 추석 같은 축제 때 온 마을이 모여 노래를 부르던 풍경.

버스에서 내려 다시 작은 오토바이에 올랐다. 좁은 흙길을 달리며 바람이 얼굴을 스쳤다. 개구리 울음소리와 풀벌레 소리가 사방에서 쏟아졌다. 그녀는 속도를 줄이며 말했다.

"길이 조금 험해요. 천천히 갈게요."

민준은 뒷좌석에서 그녀의 어깨를 가볍게 붙잡았다. 이상하게도, 그 순간 두려움보다는 안도감이 더 컸다. 어쩌면 민준이 찾던 평온이 이 길 끝에 있을지도 모른다는 생각이 스쳤다.

마침내 도착한 그녀의 집은 대나무 울타리로 둘러싸인 아담한 초가였다. 마당에는 닭들이 모이를 쪼고 있었고, 빨래가 바람에 나부꼈다. 그녀의 부모님은 뜻밖의 손님을 보고도 놀라지 않았다. 오히려 따뜻한 미소로 손짓하며 안으로 들어오라고 했다.

그 순간, 민준은 낯선 땅에서 처음으로 누군가의 가족 안으로 들어온 듯한 환한 환영을 느꼈다.

출장의 마지막 날 아침, 호텔 창문 너머로 희뿌연 안개가 깔려 있었다. 도시의 소음조차 잠시 눌린 듯, 세상은 어쩐지 고요했다. 짐을 정리하는 손길은 무겁고, 마음은 자꾸만 며칠 전의 시골 마당으로 되돌아갔다.

공항으로 향하는 길, 그녀는 민준을 배웅하러 나왔다. 작고 낡은 택시 안, 흔들리는 차창 밖으로 낯선 풍경들이 빠르게 스쳐 갔다. 민준은 창문을 열어 들어오는 바람에 얼굴을 내맡겼지만, 바람 속에도 아쉬움은 씻기지 않았다.

터미널 앞에서 택시가 멈췄을 때, 그녀는 말없이 민준의 곁에 섰다. 사람들의 발걸음은 분주했지만, 두 사람 사이에는 느린 시간이 흐르고 있었다.

"곧… 다시 올게요." 민준이 어렵게 말을 꺼냈다.

그녀는 잠시 고개를 끄덕이더니, 낮게 웃었다. 그러나 그 웃음 속에는 믿음과 불안이 동시에 섞여 있었다.

"Promise?" 그녀가 작은 목소리로 물었다.

민준은 고개를 크게 끄덕였다.

"Yes. I promise."

비행기 탑승을 알리는 안내방송이 흘러나왔다. 발걸음을 옮기려는데, 그녀가 불쑥 손을 내밀었다. 순간 주저하다가 민준은 그 손을 꼭 잡았다. 따뜻하면서도 떨리는 손길이었다. 말로 다 하지 못한 감정이 손끝에서 서로에게 전해졌다.

마지막으로 돌아본 그녀의 눈에는 눈물이 맺혀 있었다. 민준은

무릎의 방

애써 미소를 지으며 손을 흔들었지만, 가슴 한쪽이 저려 왔다.

비행기 창가에 앉아 활주로를 달릴 때, 창밖으로 보이는 도시의 불빛이 점점 멀어졌다. 그 불빛 사이 어딘가에서 아직도 그녀가 서 있을 것만 같았다.

한국으로 돌아온 민준은 다시 익숙한 풍경 속에 묻혔다. 회색 빌딩과 분주한 회의실, 서류 더미와 전화벨 소리…. 며칠 전의 초록빛 논과 강가의 바람은 마치 꿈처럼 아득해졌다. 그러나 책상 위 노트북 화면을 바라볼 때마다, 마음 한편에서는 여전히 그녀의 얼굴이 떠올랐다.

처음 몇 주는 자주 연락을 주고받았다. 서툰 영어 메시지와 짧은 인사, 때로는 사진 몇 장. 그녀가 보낸 시골집 마당의 닭, 부모님의 환한 미소, 그리고 강가에 물드는 석양은 민준의 하루의 작은 위안이었다.

그러나 바쁜 일상이 차츰 그 시간을 잠식해 갔다. 밤늦게까지 이어지는 회의, 잦은 출장, 끝없는 피로…. 어느새 답장을 미루고, 알림을 무심히 넘기는 날들이 늘어났다. 그럼에도 마음속에서는 여전히 '곧 다시 연락해야지'라는 다짐이 맴돌았다.

그러던 어느 겨울, 예기치 못한 사고가 찾아왔다. 출근길, 미끄러운 도로에서 차량이 미끄러지며 민준은 크게 다쳤다. 몇 주 동안 병원 침대에 누워 있어야 했고, 고통과 무력감 속에서 하루하루를 보냈다. 손에 쥔 휴대폰조차 무겁게 느껴졌다.

그녀에게 알리고 싶었지만, 그럴 기운조차 없었다. 메시지는 하나둘 읽지 않은 채 쌓였고, 결국 답장은 끊겼다. 병실 창밖으로 흰 눈이 내릴 때마다, 베트남의 뜨거운 햇살과 별빛 아래 웃던 그녀의 모습이 겹쳐졌다. 하지만 손을 뻗어도 닿지 않는 먼 풍경처럼, 그녀는 점점 민준의 삶에서 희미해졌다.

시간은 무심히 흘러, 계절은 몇 번이나 바뀌었다. 사고의 흔적은 몸에서 조금씩 사라졌지만, 마음속 공허는 쉽게 지워지지 않았다. 그녀와의 연락이 끊어진 뒤로 민준은 한동안 휴대폰을 열 때마다 무언가를 기다렸다. 그러나 아무 소식도 오지 않았다.

그러던 어느 봄날 저녁, 낯선 알림음이 울렸다. 오래전 대화방에 조용히 불이 켜졌다.

"오빠, 잘 지내요?"

짧은 문장. 그러나 그 순간, 멈춰 있던 시간이 한꺼번에 흘러들어 오는 듯했다. 심장이 불쑥 고동쳤고, 손끝은 떨렸다. 몇 번이나 메시지를 다시 읽고서야 겨우 답장을 보낼 수 있었다.

"정말 오랜만이에요. 잘 지냈나요?"

대화는 조심스레 이어졌다. 그녀는 여전히 소박한 삶을 살고 있었고, 부모님은 건강하시다고 했다. 민준은 병원에 입원했던 이야기와 다시 회복해 일하고 있다는 소식을 전했다. 언어는 여전히 서

틀렸지만, 그 사이 흐르는 정서는 예전처럼 따뜻했다.

며칠 뒤, 출장차 다시 베트남을 찾게 되었다. 마음속에는 설렘과 두려움이 뒤섞여 있었다. 공항 게이트를 나서자, 익숙한 열기와 습기가 다시 얼굴을 감쌌다. 약속 장소로 향하는 동안, 차창 밖 풍경은 지난 시간의 기억을 깨워 냈다.

그리고 그녀가 나타났다. 예전보다 조금 성숙해진 얼굴, 그러나 여전히 맑은 미소. 오랜 그리움이 단숨에 눈앞에서 현실이 되자, 민준은 순간 숨이 막히듯 말을 잃었다.

"오빠, 건강해 보여서 다행이에요."

그녀는 웃으며 말했다. 목소리는 예전보다 조금 더 차분해졌고, 그 눈빛 속에는 설명하기 어려운 깊이가 담겨 있었다.

우리는 작은 카페에 앉아 다시 이야기를 나누었다. 그동안의 세월, 각자의 삶, 놓쳐 버린 시간들…. 민준은 다시 시작할 수 있기를 바라는 마음으로 질문을 던졌지만, 그녀의 입술은 잠시 굳어졌다. 그리고 이윽고 조심스럽게 진실을 내놓았다.

"저… 결혼했어요. 우리 마을 사람과. 지금은… 같이 살고 있어요."

순간, 귓속에서 카페의 소음이 사라지는 듯했다. 말이 들리지 않고, 눈앞의 풍경만이 멍하니 흐려졌다. 그녀는 담담하려 애썼지만, 목소리 끝은 떨리고 있었다.

민준은 억지로 미소를 지었다.

"그래요… 잘했네요. 행복해야죠."

그러나 가슴 안쪽에서는 알 수 없는 쓰라림이 퍼져 나갔다. 오랜 기다림 끝에 다시 만난 그녀는 여전히 아름다웠지만, 더 이상 민준의 마음속 여인이 아니었다. 그 사실이 차갑게 다가왔다.

잠시 침묵이 흘렀다. 창밖에서는 메콩강 바람이 흔들린 듯 지나가고, 아이들의 웃음소리가 멀리서 들려왔다. 그녀는 조심스럽게 민준의 손 위에 손을 올렸다.

"그래도… 오빠와 다시 만나서 너무 기뻐요. 잊지 않았어요."

그 순간, 오래된 아픔과 그리움이 한꺼번에 쏟아져 나왔다. 그러나 민준은 끝내 그 손을 오래 붙잡지 못했다. 두 사람의 삶은 이미 다른 시간으로 흘러가고 있었다.

재회 후 며칠 뒤, 두 사람은 다시 만나 함께 강가를 걸었다. 저녁 무렵의 메콩은 은빛으로 물들어 있었고, 바람은 강 위에 작은 물결을 흩뿌리며 둘의 발걸음을 따라왔다. 강둑을 따라 늘어선 야자수 사이로 붉은 노을이 스며들었고, 길 위에는 긴 그림자가 나란히 드리워졌다.

두 사람은 많은 말을 하지 않았다. 가끔 그녀가 "여기 예쁘죠?" 하고 속삭이면, 민준은 고개를 끄덕였다. 그 말 속에는 단순한 풍경 이상의 의미가 담겨 있었다. 예쁘다, 그러나 함께 지켜볼 수 없는 세상. 아름답다, 그러나 그의 것이 될 수 없는 시간.

　　　　　　　　　　　　　　　　　무릎의 방

잠시 멈춰 선 그녀가 강물을 내려다보며 말했다.

"오빠, 가끔은… 다시 돌아와 줄 수 있어요?"

민준은 대답 대신 한참 동안 강을 바라보았다. 강물은 묻지도 않고 대답도 없이 그저 흘러가고 있었다.

"돌아올 수는 있겠지. 하지만… 예전처럼은 아니겠지."

민준의 목소리는 바람에 섞여 금세 흩어졌다. 그녀는 고개를 끄덕이며 억지로 미소를 지었다. 그 미소는 오히려 더 가슴 아프게 다가왔다.

돌아오는 길목, 그녀가 민준의 손을 꼭 잡았다. 따뜻하면서도 이별을 예감하는 손길. 민준은 그 손을 놓지 않으려 했지만, 언젠가는 놓아야 한다는 사실이 더 선명하게 다가왔다.

"행복하세요, 오빠."

그녀의 목소리는 조용했지만, 오래도록 메아리쳤다.

민준은 끝내 아무 말도 하지 못한 채 고개만 끄덕였다. 마음속에 수없이 많은 말들이 떠올랐지만, 그 어느 것도 입술 밖으로 나오지 못했다. 그렇게 두 사람은 서로의 마음을 남긴 채, 서로의 삶으로 돌아갔다.

비행기의 창문 너머, 도시의 불빛이 점점 멀어졌다. 활주로를 벗어난 비행기가 어둠 속을 가르며 솟아오르자, 아래로 길게 뻗은 메콩강이 은빛 띠처럼 펼쳐졌다. 그 강물은 낮에도, 밤에도, 그저 묵묵히 흘러 왔을 것이다. 두 사람의 만남과 이별이 그 흐름 속에 한 점 물결처럼 스쳐 간다는 생각에, 가슴이 먹먹해졌다.

민준은 눈을 감았다. 그녀와 처음 만났던 소박한 식당, 그녀의 부모님이 내어 주던 따뜻한 저녁상, 별빛 아래 나란히 앉았던 대나무 의자…. 그리고 마지막으로 강가에서 손을 맞잡았던 순간까지. 모든 장면이 파노라마처럼 흘러갔다.

인연은 강물과 같았다. 닿을 듯 다가왔다가도 다시 멀어지고, 또 다른 길로 흘러간다. 두 사람은 잠시 함께 걸었지만, 끝내 다른 물줄기였다.

설악을 담다

며칠째 나는 기상청 사이트를 들락거렸다.

노트북 화면에 떠 있는 숫자와 그래프들은 내게 단순한 정보가 아니었다. 그것들은 나의 겨울을 결정짓는 예언 같았다. 온도, 습도, 강수량, 바람의 방향. 그런 지표 하나하나에 내 눈과 심장이 매달렸다. 하지만 설악산은 좀처럼 내게 눈을 허락하지 않았다. 건조한 북풍만이 몰아칠 뿐, 상고대와 설경은 남의 이야기였다.

나는 그 답답함을 견디지 못하고 일본 사이트를 기웃거렸다. 서툰 일본어로 야후 재팬 기상청에 접속해, '강원도 설악산'을 검색했다. 한국 지명이 일본어로 변환된 화면을 바라보며, 단어 하나하나를 번역기에 집어넣고, 사전을 뒤적였다. 그래도 뚜렷한 것은 없었다. 그것은 어쩌면 허망한 집착에 불과했지만, 그 허망함 속에 매달려야만 했다. 사진을 찍는다는 건 결국 허무와 싸우는 일이니까.

윈드맵을 열었을 때, 나는 모니터 속 흐름을 뚫어져라 바라봤다. 붉은 기류와 푸른 기류가 강원도 일대에서 교차하고 있었다. 남쪽에서 불어오는 따뜻한 기운이 북쪽의 찬 공기와 부딪혀 소용돌이를 만들고 있었다. 그 선명한 색깔의 경계선 위에 '눈'이라는 단어가 떠오르는 듯했다. 설명할 수는 없지만, 내 몸의 어딘가 깊은 곳이 그렇게 말했다.

그해 겨울, 눈은 유난히 인색했다. 나는 카메라를 들고 전국의 산을 떠돌았지만, 겨울은 내게 단 한 번도 만족스러운 장면을 내어 주지 않았다. 상고대, 그 하얀 조각들이 관목마다 매달려 천국을 만든 듯한 풍경. 그것을 찍고 싶었다. 눈 덮인 공룡능선, 바위마다 얼어붙은 눈꽃이 흘러내리는 장면을 렌즈 속에 담고 싶었다. 하지만 산은 늘 묵묵히 등을 돌렸다.

이번이 마지막 기회였다. 2월의 끝자락, 며칠 뒤면 3월. 남쪽에서 불어올 바람이 점점 설악의 공기를 바꿔 놓을 것이다. 이번에도 놓치면 한 해를 더 기다려야 했다.

나는 배낭을 꺼내 놓고 장비를 챙겼다. 렌즈를 닦고, 카메라를 점검하고, 삼각대를 접었다 폈다. 예비 배터리를 하나하나 충전기에 꽂으며, 묘한 긴장감에 휩싸였다. 배낭 속에 장비를 넣을 때마다 어깨가 무거워졌다. 하지만 그 무게는 단순히 물리적인 것이 아니었다. 그것은 집착의 무게, 욕망의 무게였다. 나는 그 무게를 어깨에 얹어야만 비로소 내가 살아 있음을 실감했다.

밤, 창밖에는 겨울답지 않은 비가 내리고 있었다. 차창에 떨어진 빗방울이 번져 내려가는 모습을 보며, 나는 이상하게도 안도감을 느꼈다. 비가 눈으로 바뀌는 순간을 기다리며, 나는 얕은 잠에 빠졌다.

아침, 설악으로 향하는 도로는 이미 젖어 있었다. 차 안 라디오에서는 봄꽃 개화 시기를 전하며 희망적인 음악이 흘러나왔다. 그러나 내 안에는 전혀 다른 계절이 흘렀다. 나는 꽃을 보러 가는 게 아니었다. 나는 겨울의 끝에서 마지막 눈을 만나러 가고 있었다.

도로가 북쪽으로 뻗어 갈수록 빗방울은 굵어졌다. 산들은 점점 희미한 안개에 덮였다. 차창에 부딪히던 빗방울이 어느 순간 눈송이로 바뀌는 것을 보았을 때, 내 온몸이 전율했다.

'드디어 시작이구나.'

설악산은 내게 늘 두 얼굴이었다. 냉혹하고 차갑게 거부하는 얼굴. 그리고 내가 가장 사랑하는, 무심한 듯 품어 주는 얼굴. 나는 그 두 얼굴을 모두 사진 속에 담고 싶었다. 그러나 마음 한구석에서는 이미 알고 있었다. 산은 쉽게 허락하지 않을 것이라는 사실을.

설악동 입구에서부터 눈은 내리고 있었다. 처음엔 비와 섞인 진눈깨비였지만, 이내 떡눈으로 바뀌었다. 굵고 무겁게 떨어지는 눈송이들이 후드 위에 쌓이고, 어깨를 눌렀다. 표지판은 반쯤 눈에 가려 있었고, 길가의 작은 돌계단은 이미 희미한 하얀 빛 속에 잠겨 있었다. 나는 그 순간, 내가 다른 세계로 들어가고 있음을 직감했다.

발걸음은 금세 무거워졌다. 바닥에 쌓인 눈은 발목을 삼키며 걸음을 붙잡았다. 신발 속으로 축축한 냉기가 스며들었고, 무릎 위로 느껴지는 압력은 내 의지를 시험하는 것 같았다. 뒤를 돌아봤지만, 출발 지점은 눈발에 가려져 이미 흐릿했다. 되돌아갈 수 없는 길.

숨은 하얀 증기로 흩날렸다. 하지만 금세 사라졌다. 눈송이들이 내 호흡을 삼켜 버렸다. 바람은 방향을 잃은 듯 사방에서 몰려왔다. 왼쪽 뺨을 스쳤다가, 이내 오른쪽 귀를 때리고, 다시 뒤통수를 파고들었다. 나는 잠시 걸음을 멈추고 눈을 감았다. 바람과 눈, 그리고 내 몸의 체온이 하나로 엉켜 있었다.

능선은 아직 멀었지만, 이미 공룡의 그림자가 산 위를 따라 흐르는 듯했다. 거대한 바위들이 눈에 덮여 꿈틀거리는 모습은 마치 살아 있는 생명체 같았다. 바람이 불 때마다 흰 가루가 흘러내려, 산 전체가 숨을 쉬는 것 같았다.

나는 카메라를 꺼내려다 멈췄다. 손끝이 얼어붙은 탓도 있었지만, 무엇보다도 이 장면은 사진으로 남길 수 없을 것 같았다. 눈은 단순히 내리는 것이 아니었다. 나를 집어삼키듯, 내 몸과 마음 전체를 흔들고 있었다.

'나는 지금 눈을 찍으러 온 건가. 아니면 눈에게 찍히고 있는 건가.'
그런 생각이 스쳤다.

발걸음을 옮길 때마다 눈은 종아리까지 차올랐다. 숨은 더 거칠어졌다. 땀은 등줄기를 따라 흘러내렸고, 곧 차갑게 얼어붙었다. 그

무릎의 방

때마다 옷이 몸을 조여 왔다. 나는 배낭의 끈을 고쳐 메며 묘한 위안을 느꼈다. 무게는 고통이었지만, 동시에 내가 왜 이곳에 있는지를 증명해 주는 표식 같았다.

멀리서 까마귀 한 마리가 울었다. 그 소리는 눈발 속에서 길을 잃고, 이내 흩어졌다. 나는 다시 걷기 시작했다. 발 아래 눈이 뭉개지는 둔탁한 소리가 이어졌다. 그 소리는 마치 내 안에서 무언가 부서지고 있는 소리와 닮아 있었다.

공룡능선 초입이 눈앞에 다가왔다. 희미하게 솟아오른 바위의 실루엣이 눈발 속에서 흔들리고 있었다.

나는 알았다. 이곳에서부터가 진짜 이야기의 시작이라는 것을.

눈은 쉬지 않고 내렸다.

공룡능선으로 오르는 길은 이미 사라지고 있었다. 발밑의 흔적은 금세 덮였다. 방금 전까지 내가 밟아 놓은 발자국마저 흰 장막에 삼켜졌다. 마치 이 산이 인간의 흔적을 허락하지 않겠다고 선언하는 듯했다.

무릎 위까지 차오른 눈은 발자국마다 나를 붙잡았다. 발을 떼면 다시 삼켜지고, 떼면 또 묻혔다. 나는 눈과 발걸음을 두고 기묘한 밀고 당기기를 계속했다. 이대로라면 곧 허리까지 차올라 움직일 수 없을지도 모른다는 생각이 스쳤다. 그러나 멈출 수는 없었다. 돌아갈 수도, 앞으로 갈 수도 없는 이 능선 위에서 나는 단지 사진 한 장을 위해 버티고 있었다.

바람은 사방에서 몰려왔다. 휘몰아치는 소리는 마치 거대한 파도 같았다. 바람은 눈을 얼굴에 들이부었고, 눈송이는 차갑게 살을 찔렀다. 순간적으로 나는 설악산 전체가 하나의 거대한 생명체가 되어 나를 시험하는 것 같다는 생각을 했다. 공룡능선의 바위들이 눈 속에서 꿈틀거렸고, 그 위를 흘러내리는 눈송이는 뱀의 비늘처럼 빛났다.

나는 배낭을 내려놓고 숨을 고르며 주변을 둘러봤다. 시야는 불과 몇 미터 앞까지였다. 하얀 안개와 눈보라가 뒤섞여 모든 것을 지웠다. 바위와 나무조차 형체를 잃고 흐릿하게만 보였다.

"여기서 하룻밤을 버틸 수 있을까."

그 생각이 입술 사이에서 흘러나왔다. 목소리는 곧장 눈발 속에 흩어졌다.

나는 작은 바위 그늘 아래 텐트를 세우기로 했다. 손은 이미 얼어붙어 있었다. 장갑을 낀 채로는 버클이 잘 채워지지 않았고, 맨손으로는 감각이 사라져 갔다. 손끝은 빨갛게 부풀어 올랐고, 바람에 스칠 때마다 칼날처럼 아팠다. 텐트를 세우는 동안 눈은 끊임없이 쌓였다. 설치가 끝났을 땐, 텐트 천막 위에는 이미 두툼한 눈이 덮여 있었다.

안으로 들어왔을 때, 나는 비로소 고립의 시작을 실감했다. 텐트 속은 겨우 체온으로 데워져 있었다. 외부의 바람 소리는 얇은 천을

무릎의 방

통해 그대로 들어왔다. 텐트가 흔들릴 때마다, 나는 마치 작은 배를 타고 눈의 바다를 건너는 듯한 기분이 들었다.

나는 가만히 앉아 있었다. 헤드랜턴 불빛이 텐트 내부를 희미하게 밝혔다. 빛은 좁고 흔들렸으며, 그 안에서 나는 철저히 혼자였다.

외로움은 소리 없는 무게였다. 그것은 단순한 감정이 아니라, 공기를 채운 어떤 물질 같았다. 숨을 들이쉴 때마다 외로움이 폐 속으로 들어왔고, 내 심장을 압박했다.

나는 카메라를 꺼내 무릎 위에 올려놓았다. 셔터를 누를 수도 없고, 찍을 대상도 없었다. 그러나 그 차갑고 묵직한 감각이 내 손에 닿는 순간, 나는 이상한 안도감을 느꼈다. 사진이란 결국 부재의 예술이라는 말이 떠올랐다. 지금 이 순간 찍을 수는 없지만, 내 안에 남는 것들이 언젠가는 사진이 될지도 모른다.

눈보라는 계속 강해졌다. 텐트는 마치 바다 위의 조각배처럼 흔들렸다. 눈이 그칠 기미는 보이지 않았다. 나는 침낭 속으로 몸을 웅크리고 들어갔다. 고립은 이제 시작이었다.

밤은 산 위에서 너무 빨리 찾아왔다. 오후의 빛은 순식간에 잿빛으로 가라앉았고, 해가 능선 너머로 기울자마자 어둠은 대기 전체를 장악했다. 텐트 안의 공간은 작은 고립된 섬 같았다. 나는 그 안에 갇혀, 단지 얇은 천 한 장으로 산과 나를 가르고 있을 뿐이었다.

어둠은 무겁고 두꺼웠다. 눈보라 속에서 바람은 방향을 잃고 제멋대로 휘몰아쳤다. 그 소리는 처음엔 단순한 울림처럼 들렸으나, 점점 사람의 목소리와도, 짐승의 울음과도 비슷하게 변해 갔다. 나는 눈을 감았다. 하지만 눈꺼풀 너머로도 어둠은 스며들어 내 머릿속까지 침투했다. 마치 뇌 속에 검은 안개가 퍼져, 나 자신이 점점 사라지는 것 같은 기분이었다.

추위는 바람을 타고 끊임없이 침낭 속으로 파고들었다. 처음엔 발끝에서 시작해 종아리, 허벅지, 척추를 따라 올라왔다. 손가락은 이미 감각을 잃어 가고 있었고, 코끝은 바람에 얼어붙어 무겁게 내려앉았다. 나는 몸을 움츠려 보았지만, 차가움은 웅크린 몸을 뚫고 들어왔다. 추위는 단순한 온도의 문제가 아니었다. 그것은 살아 있는 생물처럼, 집요하고 교활하게 내 몸의 가장 약한 곳을 찾아 잠식했다.

외로움은 추위와 함께 더욱 짙어졌다. 산 위에는 오직 나 하나뿐이었다. 아무도 내 이름을 불러 주지 않았고, 내가 지금 여기에서 죽는다고 해도, 이 설악의 밤은 아무 일 없다는 듯 눈을 계속 내릴 것이다. 바람은 모든 소리를 삼켜 버렸고, 내 심장 박동마저 외부의 굉음에 묻혔다. 나는 나조차도 잊어 가는 것 같았다.

바람은 텐트를 세차게 흔들었다. 얇은 천이 휘청일 때마다, 마치 누군가 밖에서 텐트를 발로 차는 것 같았다. 천 위에 쌓인 눈이 바람에 흔들리며 우수수 떨어졌다. 그 소리는 짧은 순간 천장 위에서 무너져 내리는 작은 산사태 같았다. 나는 그 소리에 놀라 몸을 움찔거렸다. 그러나 곧 깨달았다. 이것은 단순한 자연의 소리일 뿐이라는 것을. 그럼에도 불구하고, 나는 그 단순함 속에서 알 수 없는 두려움을 느꼈다.

숨을 들이쉴 때마다 공기는 너무 차가워, 목 안쪽이 얼어붙는 듯했다. 호흡은 짧아졌고, 내 뇌는 산소보다 차가움으로 채워졌다. 나는 무릎 위에 올려 둔 카메라를 바라봤다. 셔터를 눌러도 어둠뿐이었지만, 그 어둠 속에는 모든 공포와 고독이 담겨 있었다. 사진은 부재의 기록이라고 했던 말이 떠올랐다. 나는 지금, 부재 그 자체였다.

어둠은 깊어지고, 바람은 더 차가워졌다. 때로는 갑자기 잠잠해졌다가, 곧장 다시 휘몰아쳤다. 그 간격마다 나는 심장이 덜컥 내려앉는 것을 느꼈다. 마치 누군가 보이지 않는 손으로 내 가슴을 움켜쥐었다가 풀어 주는 것 같았다. 자연은 단순히 적대적인 존재가 아니었다. 그것은 나를 시험하고, 나를 집어삼키려 하면서도 동시에 나를 꺼안고 있었다.

나는 그 모순 속에서 서서히 무너져 갔다. 그러나 동시에 알았다. 내가 지금 느끼는 이 고독과 추위, 이 무시무시한 바람과 어둠 — 그 모든 것이 내가 찍고 싶었던 사진의 본질이라는 것을. 산의 사랑은 늘 가혹하고, 사진의 진실은 늘 허무하다. 그 둘은 결국 같은 얼굴을 하고 있었다.

아침, 신선대에서 눈을 뜨자 세상은 이미 하얗게 묻혀 있었다. 텐트 천은 새벽 내내 울렁거렸고, 바람이 한차례 몰아칠 때마다 얇은 막 위로 눈이 흘러내렸다. 밖으로 고개를 내밀자, 동쪽 하늘은 희미한 회색빛이 번지고 있었다. 태양은 떠오르고 있었지만, 빛은 짙은 구름 뒤에 갇혀 있었고, 세상은 여전히 밤과 낮의 경계에 머물러 있었다.

신선대에서 바라본 공룡능선은 끝없이 이어지는 척추 같았다. 능선 위로 솟아오른 바위 봉우리들은 하나하나가 거대한 이빨처럼 보였다. 1275봉, 범봉, 그리고 이어지는 작은 봉우리들이 희뿌연 눈발에 잠겨 있었다. 바람이 불 때마다 봉우리들은 뿌연 장막 속에 나타났다 사라졌다. 그것은 살아 있는 생명체의 몸부림 같았다.

나는 배낭을 메고 신선대 바위에 서 있었다. 발밑은 이미 눈에 묻혀, 어디가 길이고 어디가 절벽인지 분간이 되지 않았다. 발을 한 발 내디딜 때마다 눈은 무릎 위로 솟구쳤다. 그 속에는 얼음처럼 날카로운 조각들이 숨어 있어, 피부를 스치면 찢어지는 듯한 통증을 남겼다.

앞으로 보이는 1275봉은 가까워 보였지만, 눈 속에서는 한없이 멀리 느껴졌다. 바람은 방향을 바꿔 가며 얼굴을 스쳤다. 왼쪽 귀를 얼렸다가, 곧 오른쪽 볼을 찌르고, 다시 뒤통수를 후려쳤다. 나는 모자를 깊숙이 눌러쓰고 몸을 웅크렸다. 그러나 바람은 단순한 기류가 아니었다. 그것은 산의 목소리였다.

"너는 왜 여기 있는가."

바람은 끊임없이 그렇게 묻고 있었다.

나는 대답하지 않았다. 대신 발을 앞으로 내디뎠다.

범봉에 가까워질수록 바람은 더 세졌다. 봉우리의 날카로운 윤곽은 눈보라 속에서 흘러내리며 부드럽게 변했다가, 다시 바람이 걷히면 암벽의 칼날 같은 본모습을 드러냈다. 나는 그 앞에 서서 잠시 숨을 골랐다.

눈은 허리까지 차올라 있었다. 발걸음 하나마다 허벅지 근육이 찢어질 듯 당겨 왔다. 장비는 더 무거워졌다. 카메라와 삼각대, 렌즈와 배터리는 집착의 무게이자 생존의 짐이었다. 그 무게 속에서 나는 묘한 안도감을 느꼈다. 살아 있다는 증거처럼, 견뎌야 할 이유처럼.

범봉을 넘어서자, 능선은 더 날카로워졌다. 좌우로는 깊은 절벽이 이어졌다. 눈은 절벽을 따라 흘러내렸고, 바람은 그 눈을 집어 올려 공중에 흩뿌렸다. 나는 순간적으로 현기증을 느꼈다. 발밑은 보이지 않았고, 세상은 흰 장막뿐이었다. 마치 공중에 떠 있는 듯한 감각.

나는 카메라를 꺼내 렌즈를 들이댔다. 그러나 뷰파인더 속에는 아무것도 담기지 않았다. 눈송이들이 렌즈 위에 붙어, 세상을 흐릿하게 가렸다. 나는 셔터를 눌렀다. 찰칵. 찍힌 것은 없었다. 그러나 나는 알았다. 그 부재가 곧 사진이라는 것을.

둘째 날 오후, 바람은 더 거세졌다. 능선 위에서 나는 몸을 가누기조차 힘들었다. 눈보라가 온몸을 후려쳤고, 그 속에서 나는 점점 작아졌다. 고독은 이제 단순한 감정이 아니었다. 그것은 물질처럼 폐 속으로 들어와 심장을 눌렀다.

나는 바위 뒤에 몸을 숨기고, 눈 속에 웅크렸다. 주위는 침묵이었다. 바람이 사라진 순간, 세상은 너무 고요해 귀가 아팠다. 그 고요 속에서 나는 스스로에게 물었다.

나는 왜 이곳에 있는가. 무엇을 찍으려 하는가.

대답은 나오지 않았다.

대신 기억들이 밀려왔다. 도시의 불빛, 잊힌 얼굴들, 어린 시절 방 한구석. 그것들은 눈보라처럼 흩날렸고, 나는 그 속에서 더 깊이 고립되었다.

저녁 무렵, 신선대로 돌아왔다. 해는 보이지 않았지만, 하늘은 어둡게 가라앉았다. 바람은 여전히 매서웠고, 눈은 멈출 기미가 없었다. 텐트 안은 축축했고, 몸은 떨리고 있었다. 그러나 그 모든 절망 속에서도 나는 카메라를 꺼내 무릎 위에 올려놓았다.

나는 속으로 중얼거렸다.

"사진은 남겠지만, 가장 중요한 것은 남지 않는다."

그리고 셔터를 눌렀다.

찰칵. 어둠 속의 허무가 담겼다.

셋째 날 아침, 텐트는 이미 무덤 같았다.

밤새 쏟아져 내린 눈은 천막을 완전히 눌러 버렸고, 안쪽 공간은 서서히 좁아졌다. 얇은 천이 머리 위로 처지며 내 얼굴 가까이 닿았다. 나는 본능적으로 두 손을 뻗어 천을 밀어 올렸지만, 무게는 사라지지 않았다. 눈은 꾸준히, 집요하게, 무심하게 내려앉고 있었다.

숨을 들이쉴 때마다 공기는 차갑고 뻣뻣했다. 폐 안으로 들어오는 건 산소라기보다는 얼음의 파편 같았다. 목구멍은 갈라졌고, 숨을 내쉴 때마다 흰 증기가 나왔다가 순식간에 사라졌다. 산은 내 호흡조차 허락하지 않는 것 같았다.

나는 몸을 일으켜 텐트 지퍼를 열었다. 순간 눈이 한꺼번에 쏟아져 들어왔다. 차갑고 묵직한 덩어리가 얼굴을 덮쳤다. 숨이 막혔고, 눈알에 얼음이 스며드는 듯한 통증이 느껴졌다. 나는 본능적으로 뒤로 물러섰다. 그러나 뒤도 더 이상 안전하지 않았다. 침낭은 축축했고, 내 체온은 이미 빠져나가고 있었다.

밖으로 나와 보니 세상은 완벽히 지워져 있었다.

바위도, 나무도, 능선도 보이지 않았다. 사방은 흰 장막뿐이었다. 고요와 소음이 동시에 존재했다. 바람은 귀청을 찢을 듯 울부짖었지만, 동시에 그 소리조차 내 고독을 메우지 못했다. 나는 설산의 한가운데서, 하나의 작은 얼음 조각에 불과했다.

손발의 감각은 이미 사라져 있었다. 발끝은 내 몸의 일부가 아니라 다른 사물처럼 느껴졌다. 손가락은 마치 금속처럼 딱딱했고, 무릎은 굳어졌다. 나는 두 팔을 흔들어 피를 돌리려 했지만, 그것은 불안한 저항에 불과했다.

여기서 끝일지도 모른다는 생각이 스쳤다. 이상하게도 공포는 단순했다. 죽음이 가까워질수록 두려움보다는 낯선 고요가 찾아왔다. 그러나 동시에, 설명할 수 없는 집착이 내 안에서 꿈틀거렸다. 아직 찍지 못한 장면이 있다.

나는 카메라를 꺼내 무릎 위에 올려놓았다. 렌즈는 이미 성에로 덮여 있었고, 손가락은 셔터에 닿기조차 힘들었다. 그러나 나는 억지로 셔터를 눌렀다. 찍히지 않아도 상관없었다. 중요한 건 이 순간에, 끝까지 사진가로서의 나를 놓지 않는 것이었다.

나는 눈 속에 무릎을 꿇은 채, 가만히 귀를 기울였다.

바람은 여전히 쉼 없이 능선을 가르며 울부짖고 있었다. 처음엔 단순한 바람 소리인 줄 알았다. 그러나 그 소리 사이로 묘하게 다른 진동이 끼어들었다. 둔탁하고, 반복적이며, 규칙적인 울림. 바람은 불규칙하게 방향을 바꾸지만, 그 소리는 일정한 간격으로 심장을 두드렸다.

'이건… 기계음이다.'

처음엔 환청이라고 생각했다.

무릎의 방

몸이 지쳐 있으니, 뇌가 만들어 낸 착각일지도 몰랐다. 하지만 귀를 막았다가 다시 열자, 그 소리는 더 또렷하게 들려왔다. 마치 대지가 깊은 속울음을 내듯, 회전하는 날개의 저음이 진동을 타고 뼛속으로 스며들었다.

내 가슴은 무겁게 뛰었다. 그러나 동시에 두려움이 밀려왔다. 혹시 내가 있는 이 작은 공간을 찾지 못하고 그냥 지나쳐 버리면? 눈보라 속에서 텐트 하나, 사람 하나를 발견하기란 기적에 가까운 일일 것이다. 그 생각에 숨이 막혔다.

나는 배낭을 뒤져 붉은 천을 꺼냈다. 손가락은 굳어 잘 펴지지도 않았다. 바람은 천을 무참히 휘날려 내 얼굴을 때렸지만, 나는 멈추지 않고 흔들었다. 눈에 발목이 잡혀 휘청거릴 때마다 눈송이가 입안으로 밀려들어 왔다. 짠맛과 얼얼함이 동시에 퍼졌다.

머리 위에서 굉음이 점점 커졌다. 눈보라가 프로펠러 바람에 휩쓸려 폭발하듯 흩날렸다. 흰 파편들이 사방에서 반짝이며 공중에 떠올랐다. 그 광경은 두려움과 동시에 초현실적인 아름다움이었다. 나는 그 순간조차도 카메라를 들고 싶었다.

눈 위에 검은 실루엣이 나타났다. 구름을 뚫고 내려온 헬리콥터였다. 거대한 회전날개가 하얀 바다를 뒤흔들며, 산 전체를 흔들었다. 바람이 몰아치는 소리에 귀가 먹먹해졌고, 몸은 마치 거대한 파도에 휩쓸리듯 밀려났다.

나는 눈 위에 쓰러졌다. 그러나 다시 일어나 천을 흔들었다. 손은 이미 감각이 없었지만, 움직임만은 남아 있었다. 구조대가 나를 볼 수 있도록, 내 존재가 사라지지 않도록.

그 순간, 나는 깨달았다.

살아남고 싶다는 단순한 욕망보다 더 강한 것이 내 안에서 꿈틀거리고 있었다.

이 장면을 찍어야 한다.

나는 눈에 젖은 카메라를 꺼내 들었다. 렌즈는 흐려졌고, 뷰파인더는 눈으로 가려져 있었지만, 셔터를 눌렀다.

찰칵.

소리는 눈보라와 굉음 속에서 사라졌지만, 내 손가락은 분명히 그 버튼을 누르고 있었다.

헬리콥터의 문이 열렸다.

안쪽에서 구조대원의 형체가 보였다. 얼굴은 헬멧과 고글로 가려져 있었지만, 거친 바람 속에서도 그 눈빛은 이상할 정도로 명료하게 빛났다. 나는 그 눈빛만으로도 메시지를 읽을 수 있었다. 살아 있구나. 기다려라.

굵은 로프가 눈 속으로 내려왔다. 바람에 휘날리며 이리저리 흔들렸지만, 그것은 분명히 생명의 끈이었다. 그러나 동시에 두려움의 끈이기도 했다. 잡지 못하면 끝이고, 잡아도 떨어지면 끝이었다.

무릎의 방

나는 눈 속을 허우적거리며 그쪽으로 다가갔다. 눈은 허리까지 차올라 발걸음을 붙잡았다. 한 발 한 발 옮길 때마다 다리가 무겁게 가라앉았다. 마치 산이 마지막으로 나를 붙잡으려는 듯했다.

드디어 로프가 내 손에 닿았다.

순간, 감각을 잃었던 손끝에서 뜨겁고 날카로운 통증이 번졌다. 마치 얼어붙은 신경이 비명을 지르는 것 같았다. 나는 로프를 붙잡은 채 숨을 몰아쉬었다. 온몸은 떨렸지만, 그 떨림이 오히려 살아있다는 증거처럼 느껴졌다.

구조대원이 제스처를 보냈다. 하네스를 걸라는 신호였다. 나는 떨리는 손으로 허리에 하네스를 걸었다. 버클은 잘 잠기지 않았고, 손가락은 말을 듣지 않았다. 몇 번이나 놓쳤다. 그러나 구조대원은 아래를 보며 손짓으로 나를 격려했다. 그 짧은 움직임이 이상하게도 커다란 힘이 되었다.

로프가 팽팽해졌다.

내 몸이 천천히 눈 위에서 떠오르기 시작했다. 처음에는 발끝이, 그다음에는 무릎이, 결국은 몸 전체가 공중으로 매달렸다. 바람이 다시 몰아쳤고, 눈보라가 내 얼굴을 때렸다. 공포와 해방이 동시에 밀려왔다.

나는 아래를 내려다보았다.

설악산은 끝없는 흰 바다였다.

내가 사흘 동안 버텼던 텐트는 이미 눈 속에 파묻혀 흔적조차 없었다. 내가 남긴 발자국도 모두 지워져 있었다. 그 광경은 허무하면서도 장엄했다. 나는 그 순간, 이 산이 단지 배경이 아니라 거대한 생명체라는 사실을 온몸으로 느꼈다. 산은 나를 시험했고, 나는 그 시험 끝에서 겨우 살아남았다.

몸이 점점 헬리콥터 쪽으로 끌려 올라갔다. 바람이 더 거세졌지만, 이제는 두렵지 않았다. 나는 여전히 카메라를 손에 쥐고 있었다. 구조대원의 손길이 내 팔을 잡아당기는 순간, 나는 마지막으로 셔터를 눌렀다.

찰칵.

사진은 아마도 흰 혼란 속에 묻혀 있을 것이다. 그러나 그 한 번의 셔터가 내게는 살아 있다는 증명처럼 느껴졌다.

헬리콥터 안으로 끌려들어 온 순간, 따뜻한 공기가 폐를 채웠다. 담요가 내 어깨를 덮고 있었지만, 나는 여전히 떨고 있었다. 구조대원의 손길은 거칠었지만, 그 속에는 묘한 부드러움이 있었다.

눈물이 솟았다. 눈 때문인지, 감정 때문인지는 알 수 없었다.

그러나 귓속에서는 여전히 바람의 목소리가 울리고 있었다.

'너는 왜 여기 있었는가.'

나는 대답하지 못했다.

단지 카메라를 품에 안은 채, 눈을 감았다.

하지만 눈꺼풀 뒤에는 여전히 흰 눈이 흩날리고 있었다.

구조대원 중 한 명이 내 상태를 확인하며 물었다.

"괜찮으십니까?"

나는 대답하지 못했다. 입술은 굳어 있었고, 목구멍은 얼어붙은 듯 소리를 내지 않았다. 다만 고개를 천천히 끄덕였다.

헬리콥터는 설악산 능선을 따라 돌며 서서히 고도를 낮췄다. 나는 창문 너머로 바깥을 바라보았다.

하얀 바다는 멀어지고 있었다. 내가 갇혀 있던 작은 텐트는 이미 보이지 않았다. 모든 흔적이 사라져 있었다. 눈은 나를 지우고, 내가 있던 자리마저 삼켜 버렸다. 그 공허는 허무했지만, 동시에 이상한 충만감을 주었다.

나는 생각했다.

사진은 남지만, 가장 중요한 것은 남지 않는다.

이 문장은 단순한 깨달음이 아니라, 지난 사흘 동안 내 몸과 마음을 할퀴고 간 진실이었다. 사진은 언제나 현실의 일부만을 담는다. 나를 흔든 바람의 목소리, 차가움이 뼛속까지 스며드는 감각, 어둠 속에서의 고독, 그리고 구조대원의 손길. 그 모든 것은 사진 속에 존재하지 않았다. 그러나 그것들은 내 안에 남아 있었다.

병원으로 이송되었을 때, 나는 의사의 목소리를 들었다. 저체온증, 탈수, 경미한 동상. 생명에는 지장이 없다고 했다. 그러나 내 귀에는 여전히 바람 소리가 울렸다. 눈을 감으면 설악의 능선이 떠올랐고, 그 위를 덮는 눈보라가 다시 찾아왔다.

나는 며칠간 거의 말을 하지 않았다. 구조되었다는 안도감보다, 오히려 산이 내게 남겨 준 질문이 더 무거웠다.

'너는 왜 거기에 있었는가.'

사람들은 사진 때문이라고 말했지만, 나는 알고 있었다. 그것은 구실일 뿐이었다. 산은 나를 불러냈고, 나는 그 부름을 따랐다.

며칠 뒤, 나는 카메라를 확인했다.

사진 속에는 거의 아무것도 남아 있지 않았다. 하얀 혼란, 흔들린 선, 초점 없는 프레임. 그러나 나는 그 사진을 오래 바라보았다. 아무것도 담기지 않았기 때문에, 오히려 모든 것이 담겨 있는 것 같았다. 눈의 무게, 바람의 소리, 어둠의 고독. 그것들은 필름 밖에 있었지만, 동시에 그 빈 프레임 속에서 울려 퍼지고 있었다.

나는 그 사진을 인화하지 않았다. 그대로 두었다. 그 사진은 완결되지 않은 채로 있어야 한다는 생각이 들었다.

시간이 지나며 사람들은 내게 물었다. 왜 그 위험한 날에 산에 올랐냐고. 죽을 뻔한 공포를 겪고도 다시 산에 오를 것이냐고. 나는 대답하지 않았다. 아니, 대답할 수 없었다. 언어로 설명할 수 없는 것이었다.

나는 단지 산을 바라보았다. 창문 너머로 멀리 보이는 산줄기. 거

무릎의 방

기에는 늘 침묵이 있었다. 그러나 그 침묵 속에는 수많은 목소리가 숨어 있었다. 나는 그 목소리를 들으려 산에 갔고, 결국 그 목소리에 삼켜졌다.

결국 나는 이렇게 정리하게 되었다.

사진의 진실은 허무이고, 산의 사랑은 가혹하다. 그러나 그 둘은 같은 얼굴을 하고 있다. 나는 그 얼굴을 잠시나마 바라보았고, 그것이 내 삶을 바꿔 놓았다.

나는 다시 카메라를 들었다.

그러나 이번에는 셔터를 쉽게 누르지 않았다.

세상에는 담을 수 없는 것들이 있다는 걸 알았기 때문이다.

그러나 그럼에도 불구하고, 언젠가 나는 또다시 셔터를 누를 것이다. 그것이 허무라 할지라도, 나는 그 허무 속에서 의미를 찾는다. 그것이 내가 사진가로 살아가는 이유이고, 산이 내게 남긴 숙제였다.

헬리콥터의 굉음은 이미 멀어졌다.

그러나 내 귓속에는 여전히 설악의 바람이 울리고 있었다.

B 선배의 파크골프 고군분투기

B 선배를 처음 만난 건, 20여 년 전 어느 겨울 설악산에서였다.

대청봉 아래 작은 바위턱에 앉아 그는 묵직한 카메라를 무릎 위에 올려놓고 있었다.

눈이 내리는 새벽의 어둠 속에서 아직 푸르스름하게 빛나고 있었고, 바람은 능선을 넘어 날카롭게 불어왔다.

나는 두 손을 호호 불며 서터를 누르던 참이었다.

그때 옆에서 들려온 목소리, 낮고 단단한 울림은 지금도 내 귓가에 생생하다.

"이 빛은 금방 사라집니다. 지금 찍지 않으면, 다시는 못 볼지도 몰라요."

그가 바라보던 건 능선 위에 잠깐 스쳐 지나가는 분홍빛이었다.

눈과 바람과 빛이 겹쳐 만들어 낸 찰나.

나는 허겁지겁 서터를 눌렀지만 이미 빛은 흩어지고 있었다.

옆에서 그는 침착하게 카메라를 들어 한 장을 남겼다.

손끝은 미세하게 떨렸으나 눈빛은 오히려 고요했다.

그날 이후, 우리는 산에서 자주 마주쳤다.

오대산의 깊은 숲, 지리산의 구름 낀 봉우리, 덕유산의 눈 덮인 능선.

산은 늘 우리를 불러냈고, 우리는 카메라를 매개로 가까워졌다.

그는 말이 많지 않았다. 그러나 그가 남긴 짧은 문장들은 내 안에 오래 남았다.

"산은, 찍히려고 존재하는 게 아닙니다. 다만 가끔, 우리에게 찍도록 허락할 뿐이죠."

그의 사진에는 억지로 쫓지 않고, 있는 그대로 기다리며 받아들이는 태도가 있었다.

나는 그에게서 사진뿐 아니라 삶을 대하는 방식까지 배우고 있었다.

그러나 세월은 흘렀고, 그의 발걸음도 예전 같지 않았다.

언제부턴가 그는 더 이상 높은 산을 찾지 않았다.

그리고 그가 새로운 리듬을 이야기하기 시작한 건, 바로 그 봄이었다.

벚꽃잎이 골목을 눈송이처럼 뒤덮던 어느 날, 우리는 산행을 마치고 읍내의 허름한 막걸릿집에 들어갔다.

낡은 간판은 바람에 덜컹거렸고, 안으로 들어서자 삐걱대는 문이 불협화음을 냈다.

벽에는 색 바랜 광고 달력이 삐뚤게 걸려 있었고, 형광등은 몇 초마다 깜빡이며 술잔 위에 불안한 그림자를 떨구었다.

우리는 구석 자리에 앉았다.

테이블 위엔 이미 수많은 얼룩이 남아 있었고, 막걸리 주전자의 금속 뚜껑은 여러 번 찌그러진 흔적이 있었다.

사장은 두툼한 앞치마를 두르고 "산에서 오셨어요?" 하고 물었다.

B 선배는 미소만 짓고 고개를 끄덕였다.

곧 따뜻한 파전 한 장과 막걸리 주전자가 우리 앞에 놓였다.

나는 술잔을 들며 물었다.

"오늘 사진은 어떠셨어요? 마음에 드셨습니까?"

B 선배는 술잔을 들어 빛을 비춰 보더니, 오래 망설이다가 답했다.

"사진도 좋지. 하지만 요즘은 뭔가 다른 리듬이 필요하단 생각이 들어."

나는 순간 잔을 내려놓았다.

"다른 리듬이요?"

그는 창밖을 바라보았다.

가로등 불빛 아래 벚꽃잎이 흩날리고 있었다.

몇 장의 꽃잎이 바람에 실려 문틈으로 들어오더니 내 술잔 위에 가만히 떠올랐다.

그는 그 광경을 오래 바라보다가 낮게 말했다.

"산에서의 시간은 붙잡히지 않더군. 사진은 잠깐의 빛을 남기지

무릎의 방

만, 내 안에선 그게 점점 희미해져. 이제는 다른 리듬을 찾아야 할 때 같아."

그의 목소리에는 오랜 세월 쌓인 체념과, 동시에 새로운 문을 열려는 다짐이 뒤섞여 있었다.

나는 무슨 말로 이어야 할지 몰랐다.

그저 술잔 속 꽃잎이 천천히 가라앉는 걸 바라보며, 그의 말이 내 마음속에 파문처럼 번져 가는 걸 느꼈다.

막걸릿집을 나섰을 때, 밤공기는 봄비 뒤의 차가움을 품고 있었다.

골목은 벚꽃잎으로 가득 덮여 있었다.

가로등 불빛 아래서 꽃잎들은 바람에 휩쓸려 소용돌이쳤다.

술에 취한 사람들이 휘청이며 지나갔고, 어떤 이는 벽에 기대어 중얼거렸다.

B 선배는 걸음을 멈추더니 하늘을 올려다보았다.

꽃잎이 그의 어깨와 머리 위에 내려앉았다.

그는 털어 내지 않았다.

나는 그 모습이 묘하게 인상 깊었다.

마치 자신을 풍경의 일부로 받아들이려는 사람 같았다.

"사진 찍을 땐 늘 이런 순간이 아쉽지 않습니까?"

내가 묻자, 그는 잠시 웃으며 답했다.

"이건 찍는 게 아니야. 그냥 살아 내는 거지."

며칠 뒤, 우리는 마을 입구의 작은 공터를 지났다.

낡은 철책은 녹슬어 있었고, 잡초가 발목 높이까지 자라 있었다.

그곳에서 노인 몇 명이 기다란 채를 휘두르고 있었다.

작은 흰 공은 잔디 위를 부드럽게 굴러갔다.

공이 굴러가는 동안, 그들의 표정은 묘하게 편안했다.

B 선배는 걸음을 멈추고 오래 그 장면을 바라보았다.

나는 그의 옆얼굴을 곁눈질했다.

그 눈빛은 완전히 사로잡혀 있었다.

그는 혼잣말처럼 중얼거렸다.

"공이 그냥 굴러가는 것뿐인데… 그런데도 뭔가 있네. 저 사람들, 땀도 별로 흘리지 않는데, 저 얼굴 좀 봐. 산에서 찍은 얼굴이랑 닮았어."

나는 대답하지 못했다.

그저 그의 말이 내 가슴에 묘한 울림으로 남았다.

그 순간, 나는 직감했다.

그에게 새로운 계절이 시작되고 있다는 것을.

장마는 끝내 오지 않았다.

개천의 물길은 가늘게 말라붙었고, 수초는 바람에 바스락거렸다.

나는 그곳을 지날 때마다, 임시로 만든 파크골프장에서 공을 굴리는 B 선배의 뒷모습을 보곤 했다.

무릎의 방

햇볕은 잔혹하게 내리꽂히고 있었지만, 그는 아랑곳하지 않았다.

이마와 셔츠는 이미 땀으로 젖어 있었고, 그의 그림자는 잔디 위에 짧게 드리워져 있었다.

나는 가끔 멀리서 그를 지켜보다가, 그가 혼잣말하듯 중얼거리는 것을 들었다.

"산에서 얼어 죽을 뻔한 날도 있었지. 이 더위는… 그보다 낫네."

그의 말은 누구에게 하는 것도 아니었고, 그렇다고 나를 의식한 것도 아니었다.

그저 스스로를 다독이듯 흘러나온 말이었다.

저녁이면 개천변은 모기 떼의 영역이 되었다.

나는 두어 번 그 곁에 서 있다가, 견디지 못하고 물러나곤 했다.

그러나 그는 그 자리에 남아 있었다.

모기에 물리며 팔과 다리에 붉은 자국이 늘어 갔지만, 그는 손으로 쫓지 않았다.

그가 낮게 중얼거리는 소리가 들렸다.

"불편함이 없다면, 사진도 없었겠지. 이것도 기록의 일부야."

그 순간 나는 알았다.

그가 모기와 싸우는 게 아니라, 그 시간 자체를 받아들이고 있다는 걸.

어느 날 작은 사고가 났다.

노인 한 명이 친 공이 엉뚱하게 튀어 옆 사람의 발목을 세게 때렸다.

순간 공터엔 고성이 오갔다.

나는 멀찍이서 그 장면을 지켜보았다.

그때 B 선배가 앞으로 나와 손수건을 꺼내 발목에 감아 주며 말했다.

"산에서 돌에 맞아도, 바람이 상처를 말려 주곤 했습니다. 오늘은 제가 그 바람이 되겠습니다."

그 말에 사람들의 얼굴이 풀리는 것을 나는 똑똑히 보았다.

그리고 그 순간, 이상하게도 내 가슴에도 서늘한 바람이 스쳐 지나갔다.

가끔 불청객도 있었다.

술에 취한 젊은이들이 몰려와 공을 밟거나 잔디 위에 캔을 던졌다.

나는 그럴 때면 괜히 긴장해 주먹을 움켜쥐곤 했다.

그러나 B 선배는 언제나 먼저 나섰다.

"여름밤 풀벌레 소리 들어 본 적 있습니까? 아무 의미 없는 소리 같지만, 그걸 듣는 순간 세상이 달라집니다. 우리가 하는 건 그 소리와 같습니다."

나는 멀리서 그 말을 들었다.

그의 목소리는 낮았지만, 그곳에 있던 누구보다 또렷했다.

불청객들은 씩 웃으며 발길을 돌렸고, 남은 캔들을 그는 묵묵히 주워 쓰레기통에 넣었다.

7월 말, 폭염이 절정에 이르렀다.

낮 기온은 37도를 넘겼고, 개천변 잔디는 누렇게 말라 갔다.

그러나 그는 여전히 그곳에 있었다.

채를 휘두르는 그의 동작은 느려졌지만, 표정은 이상하게도 평온
했다.

나는 그 곁을 스쳐 지나가며 그의 말을 엿들었다.

"힘듭니다. 하지만 힘들다는 건 살아 있다는 증거 아닐까요. 산에
는 정상이라는 끝이 있었지만, 여긴 끝이 없어요. 공이 굴러가면 또
다른 시작이 생기니까."

그의 말은 흙먼지처럼 공기 중에 흩어졌지만, 내 귀에는 오래 남
았다.

해 질 무렵, 붉은 노을이 개천 위에 번졌다.

나는 둑길에서 그의 뒷모습을 보았다.

그는 멈춰 서서 하늘을 올려다보고 있었다.

어깨 위로 바람이 스쳐 갔다.

그가 무엇을 보고 있었는지, 어떤 생각을 했는지는 알 수 없었다.

다만 분명한 건, 그 순간 그의 뒷모습이 내가 아는 어느 산 정상보
다도 고요하고 단단해 보였다는 것이다.

가을이 시작되자, 개천변의 공기는 달라져 있었다. 여름의 무더

위와 모기 떼가 사라지고, 바람은 서늘했으며, 잔디는 누렇게 타들었던 흔적 위로 연둣빛 새싹을 조금씩 드러내고 있었다. 나는 종종 그곳을 지날 때마다, 공을 굴리고 있는 B 선배의 뒷모습을 보곤 했다. 그의 걸음은 한결 가벼워졌고, 땀으로 젖어 있던 셔츠는 이제 바람에 흔들렸으며, 얼굴엔 묘한 여유가 깃들어 있었다.

어느 날은 사람들이 모여 작은 대회를 열고 있었고, 그사이에 B 선배의 이름이 불렸다. 그는 크게 대꾸하지 않았지만, 채를 들고 자리를 지켰다. 첫 홀에서 그의 공은 매끄럽게 굴러 홀컵 옆에 멈췄다. 사람들은 작은 탄성을 내뱉었고, 나는 그 순간 오래전 산 정상에서 본 그의 눈빛을 떠올렸다. 그러나 세 번째 홀에서 공은 둑 위로 튀어 OB가 선언되었고, 옆에서 누군가는 규칙을 들먹이며 목소리를 높였다. 나는 순간 긴장했지만, 그는 낮게 말했다.

"돌이 길을 막으면 돌아가야지요. 멀지만, 또 다른 풍경이 있습니다."

그 말에 공터의 공기는 조금씩 풀려나갔고, 나 또한 그 순간 내 삶이 겹쳐져 묘한 울림을 느꼈다.

그런가 하면, 다른 대회에서는 그의 공이 바람에 밀려 연거푸 빗나가는 장면도 보았다. 나는 속으로 '오늘은 잘 안 풀리는구나'라고 중얼거렸지만, 그는 옆에서 웃으며 말했다.

"바람이 잘못한 게 아니에요. 내가 바람을 읽지 못한 거지."

그 말은 단순한 농담처럼 흘렀지만, 내 귀에는 오래 맴돌았다. 바람을 탓하는 대신, 자신이 읽지 못한 것을 받아들이는 태도. 그건 경기보다 더 깊은 배움으로 다가왔다.

경기도 가평에서 열린 대회에서는 붉게 물든 단풍 사이로 공이 굴러갔다. 초반 그의 얼굴은 굳어 있었지만, 후반부로 갈수록 공은 점점 더 부드럽게 움직였다. 마지막 홀에서 공이 홀컵 옆에 닿자 사람들은 박수를 쳤고, 그는 모자를 눌러쓰며 고개를 숙였다. 환호 속에서 나는 그의 얼굴에 스치는 묘한 표정을 읽었다. 마치 오래 잊고 있던 어떤 전율을 되찾은 듯한 표정이었다.

또 다른 날, 강원도 화천의 강가에서 열린 경기에서는 공이 하천 가까이 굴러가 멈췄다. 나는 긴장으로 손에 땀이 배어 나왔는데, 그는 강물을 바라보며 중얼거렸다.

"물고기들이 보고 있네. 실수하면 놀라 달아나겠지."

그리고 채를 휘둘러 공을 다시 홀컵 옆에 세워 냈다. 사람들은 박수를 보냈고, 나는 그 박수 소리 사이에서 이상하게도 울컥했다. 그의 여유는 단순한 실력에서 온 게 아니었다. 그것은 삶을 오래 걸어온 사람만이 품을 수 있는 태도였다.

그렇게 가을 내내 그는 대회에 나갔고, 나는 멀찍이서 그 과정을 지켜보았다. 성적은 대단하지 않았지만, 그는 늘 한결같이 그 자리에 서 있었고, 작은 승부와 실수, 갈등과 화해 속에서도 흔들림 없는 어조로 말을 남겼다.

"결과가 중요한 게 아니에요. 대회에 나간다는 것 자체가 나를 조금 더 멀리 데려다줍니다."

그 말은 단순한 경기 소감이 아니라, 세월을 살아 내는 방식처럼 들렸다.

단풍이 모두 지고, 갈대밭이 바람에 쓰러질 즈음에도 그는 개천변에 있었다. 사람들의 발길은 줄었지만, 그는 혼자 채를 휘두르며 공을 굴렸다. 나는 멀리서 그 모습을 바라보았다. 환호가 사라진 자리에 남은 그의 뒷모습은 고독했지만, 그 고독은 비어 있지 않았다. 오히려 충만해 보였다.

나는 속으로 중얼거렸다.

'그는 여전히 산을 걷고 있다. 다만 지금은, 잔디와 바람과 사람들 사이에서.'

계절은 다시 겨울 문턱에 다다랐다.

봄의 꽃잎은 오래전에 흩어졌고, 여름의 무더위와 모기 떼는 기억 속 먼 풍경처럼 사라졌다. 가을의 단풍빛 환호도 이미 바람에 흩날려, 낯선 잿빛 공기만이 개천변을 감싸고 있었다. 그러나 그 모든 변화를 뚫고 여전히 그곳에 서 있는 한 사람이 있었다.

B 선배였다.

나는 그를 늘 곁에서 지켜본 건 아니었다. 다만 때때로, 스치듯 그곳을 지나며 그가 공을 굴리는 뒷모습을 눈에 담았을 뿐이다. 하지만 그 단편적인 순간들이 쌓여, 내 안에서는 하나의 긴 이야기로 변해 있었다.

그의 지난 1년은 단순한 운동의 기록이 아니었다. 그것은 삶의 어느 지점에서 다시 길을 고르려는 한 사람의 분투였고, 잔디 위에서 자신을 새롭게 발견하려는 몸부림이었다. 때로는 실수와 패배, 때로는 작은 환호와 승리 속에서 그는 한 걸음씩 앞으로 나아갔다. 그리고 나는 그 모든 과정을 지켜보며, 그가 단순히 파크골프를 하는 것이 아니라, 삶의 다른 산을 오르고 있다는 것을 알게 되었다.

겨울바람은 뼈마디를 파고들었다. 개천 옆 갈대는 거의 쓰러져 있었고, 그의 호흡은 흰 김으로 흩날렸다. 그러나 그는 여전히 채를 쥐고 있었다. 손끝은 얼어 있었지만, 눈빛은 이상하리만큼 맑았다.

그가 공을 휘두르면 작은 흰 공은 바람을 가르고 굴러갔다. 잔디 위를 구르다 멈춘 공은 홀컵 가까이에서 조용히 빛났다. 그 순간 아무도 박수 치지 않았고, 환호도 없었다. 하지만 나는 알았다. 바로 그 고요함이, 그의 삶에서 가장 크고 가장 깊은 환호라는 것을.

나는 멀리서 그의 뒷모습을 오래 바라보았다. 그의 어깨는 세월의 무게로 약간 굽어 있었지만, 동시에 그 위로는 묘한 빛이 드리워져 있었다. 그것은 단순한 햇빛도, 단순한 환상도 아니었다. 어쩌면 끝까지 자신만의 길을 걸어가는 사람만이 지닐 수 있는, 묵묵한 존엄 같은 것이었다.

그는 더 이상 높은 산을 오르지 않았다. 그러나 나는 알았다. 그가 잔디 위를 걸으며, 매번 굴러가는 공을 따라가며, 여전히 자기만의 산을 오르고 있다는 것을. 그 산은 이제 눈앞에 보이지 않았지만, 그의 안에, 그리고 내 안에 깊이 자리하고 있었다.

나는 속으로 조용히 중얼거렸다.

'사람은 누구나 나이를 먹으며 언젠가는 길을 잃는다. 그러나 어떤 이는, 길을 잃은 자리에서 또 다른 길을 발견한다. B 선배의 길은 지금 잔디 위에 있다. 공이 굴러가는 방향으로, 계절이 바뀌는 흐름 속으로, 여전히 이어지고 있다.'

개천변 흙길에 남은 그의 발자국은 바람에 금세 지워져 갔지만, 내 마음속에서는 오히려 더욱 선명해졌다. 나는 그 발자국을 오래 바라보며 깨달았다. 그의 고군분투기는 아직 끝나지 않았다. 아니, 어쩌면 이제 막 시작된 것일지도 모른다.

그는 내일도, 또 그다음 날도, 공을 굴리며 계절을 걸어갈 것이다. 그리고 나는 그 뒷모습을 멀리서 지켜보며, 언젠가 나 자신에게도 물을 것이다.

'나는 지금, 어떤 길 위에 서 있는가.'

무릎의 방

그녀를 만났다

그녀를 처음 만난 것은 인천공항에서였다.

이른 아침, 거대한 공항은 이미 깨어 있었다. 수십 미터 높이의 유리 천장 위로 햇살이 들어와 바닥을 은빛으로 채웠다. 광활한 공간은 마치 투명한 바다 밑처럼 반짝였고, 에스컬레이터를 타고 오르내리는 사람들의 발걸음은 물속에서 헤엄치는 물고기 떼처럼 흩어졌다 모였다. 안내방송은 귓가에 매끄럽게 흘러들어 왔다. 출발 게이트, 시간, 항공편. 같은 단어가 여러 번 반복되지만, 듣는 사람마다 그 의미는 달랐다. 어떤 이는 긴 여행의 설렘으로, 어떤 이는 이별의 무게로, 어떤 이는 그저 출장을 앞둔 피로로.

그날 아침, 내게 인천공항은 단순한 환승의 거대한 장치일 뿐이었다. 그러나 그 장치가 내 삶의 톱니바퀴 하나를 바꿔 놓을 줄은 알지 못했다. 원래는 로스앤젤레스로 바로 향하는 비행 편을 타려 했다. 하지만 마일리지로 비즈니스석으로 승급하면서 직항은 놓쳤고, 샌프란시스코를 경유해야 했다. 작은 계획의 수정, 하찮은 듯 보이는 우연. 하지만 그 우연이 내 인생의 문장을 바꿔 놓았다.

게이트 앞 의자에 앉아 아내와 커피를 나누어 마셨다. 유리창 밖으로는 비행기들이 줄지어 서 있었고, 꼬리에 달린 푸른 로고들이 아침 햇빛을 받아 번뜩였다. 아내는 여행이 주는 기대와 귀찮음을 동시에 얼굴에 묻히고 있었다. "LA 직항이 없어서 귀찮게 됐네." 그녀가 말했다. 나는 대수롭지 않다는 듯 고개를 끄덕였다. 그때는 이 우회가 우리에게 어떤 의미가 될지 알지 못했으니까.

탑승이 시작되었고, 우리는 비즈니스석으로 향했다. 좁은 통로를 지나 자리에 들어서자, 그녀가 거기에 서 있었다.

민트빛 유니폼은 객실 안의 단조로운 색감 속에서 유일하게 생기를 가진 빛이었다. 머리는 정수리 뒤로 매끄럽게 틀어 올려져 있었고, 작은 얼굴은 조명에 닿아 도자기처럼 은은한 빛을 발했다. 가까워지자 세탁된 옷감과 아주 옅은 파우더 향이 공기 속에 스며들었다. 그녀가 말했다.

"어서 오십시오."

훈련된 인사였다. 그러나 그 끝에는 설명할 수 없는 온기가 남아 있었다. 그 온기가 내 마음을 스쳤다. 순간 나는 시선을 피했지만, 이미 늦었다.

비행기는 활주로를 달려 하늘로 솟구쳤다. 기체가 흔들릴 때 사람들의 어깨는 단단해졌고, 안전벨트는 몸을 조였다. 그러나 내 시

무릎의 방

선은 그녀의 손끝에 머물러 있었다. 안전벨트를 확인하는 순간, 그녀의 손등에 얇게 드러난 핏줄, 손목의 각도, 손가락의 정확한 움직임. 그 작은 동작 안에서 인간적인 따뜻함이 묻어 나왔다.

시간이 흐르며 와인과 식사가 지나갔고, 객실의 조명은 한 톤 낮아졌다. 엔진 소음은 일정한 리듬으로 가라앉았다. 아내는 잡지를 펼치다 그대로 잠이 들었다. 나는 창밖의 어둠을 보는 척했지만, 시선은 계속 그녀의 발걸음을 따라가고 있었다. 힐이 카펫 위를 누르는 소리는 거의 들리지 않았지만, 규칙적인 그림자가 객실 안에 번졌다.

그녀가 우리 자리 앞에 멈추었다.

"필요하신 것 없으세요?" 낮은 목소리였다.

나는 잠시 망설이다가, 도저히 감추기 힘든 마음을 내비쳤다.

"실례가 될지 모르겠습니다만… 애인이 있으신가요?"

그녀는 놀라지 않았다. 미소를 잃지 않은 채, 눈빛에 잠깐의 파동만 스쳤다. "고객님, 근무 중에는 그런 개인적인 대답은 드릴 수 없어요." 목소리는 단호했지만, 말끝은 물결처럼 부드럽게 흘렀다.

내가 "그렇겠지요, 죄송합니다" 하고 고개를 숙였을 때, 옆자리에서 아내가 눈을 반쯤 뜨며 중얼거렸다.

"여보, 괜히 그런 걸 묻고 그래요. 차라리 아들 녀석이나 소개해 주든가."

농담처럼 던진 말이었지만, 순간 공기 속에 작은 균열이 생겼다. 나는 웃으며 휴대폰을 열어 아들 사진을 보여 주었다. 양복 차림, 어색한 웃음, 아직 다 벗지 못한 소년의 눈매.

"우리 아들입니다. LA에서 일하고 있어요."

그녀는 사진을 잠시 들여다보더니 고개를 기울이며 말했다.

"참 성실해 보이네요. 잘생기셨습니다."

나는 괜히 목소리를 낮췄다.

"아내 말대로, 이런 자리에서 아들을 소개해 드리는 게 우습죠. 하지만… 왠지 말씀을 드리고 싶어졌습니다."

그녀는 그 순간, 나를 바라보았다. 준비된 서비스의 시선이 아니라, 사람 대 사람으로. 그리고 아주 천천히 말을 이었다.

"고객님, 제 연락처를 드릴 수는 없어요. 규정 때문에요. 하지만…" 그녀는 숨을 고르고 말을 이었다. "…혹시 괜찮으시다면 아드님의 연락처를 알려 주실 수 있을까요? 제가 LA 비행을 가게 되면… 전해 드릴 수 있을지도 모르니까요."

그 말은 규정과 예의의 틀 안에서 허락된 가장 얇은 다리 같았다. 나는 잠시 아내를 바라봤다. 아내는 어깨를 으쓱하며 웃었다.

"좋지 뭐. 인연이라는 게 어디서 어떻게 이어질지 누가 알아요?"

나는 펜을 꺼내 메모 카드에 아들의 이름과 전화번호를 적었다. 마지막 숫자를 쓰고 잠시 멈추자, 그녀가 조용히 말했다.

무릎의 방

"이니셜만 써 주셔도 돼요. 제가 기억해 둘게요."

나는 메모를 접어 그녀에게 건넸다. 그녀는 그것을 유니폼 안쪽 포켓에 조심스럽게 넣었다. 동작은 느렸고, 그래서 더 확실했다.

"억지로는 아닙니다. 다만… 기회가 된다면, 전해 드릴게요."

그 말이 끝나자, 객실의 공기가 묘하게 바뀌었다. 마치 작은 창문이 열리며 바람이 들어온 것처럼. 나는 고개를 숙여 감사 인사를 했다.

아내는 다시 눈을 감고 담요를 끌어당겼다. 나는 창밖의 어둠을 바라봤지만, 머릿속에는 방금 전 그녀의 말이 파문처럼 번지고 있었다. 아들의 전화번호를 받아 간 누군가. 규정과 예의의 틀 사이에서 허락된 가장 가느다란 약속.

비행기가 태평양을 건너는 동안, 그녀의 발걸음은 몇 번이고 통로를 스쳤다. 물컵을 맞추고, 쓰레기를 수거하고, 담요의 모서리를 정리하는 동작마다 짧은 시선이 건너왔다. 말은 없었지만, 말보다 분명한 교감이었다.

착륙 안내방송이 흐를 때까지, 나는 그 교감을 잊을 수 없었다. 그리고 훗날, 그 작은 약속이 진짜 인연이 될 줄은, 그때는 알지 못했다.

샌프란시스코에서의 짧은 환승을 마치고 비행기가 LA 공항 활주로에 내려앉았을 때, 창밖의 햇살은 뜨겁고 건조했다. 활주로 위로는 아지랑이 같은 열기가 일렁였고, 먼 하늘은 파랗게 텅 빈 것처럼 보였다. 피곤했지만, 내 마음속에는 여전히 기내에서의 파문이 잔잔히 흔들리고 있었다.

입국 수속을 마치고 도착 게이트로 나오자, 두 남매가 함께 서 있었다.

아들은 짙은 선글라스를 벗으며 환하게 웃었고, 딸은 작은 손을 흔들며 먼저 달려왔다.

"엄마! 아빠!"

그녀의 목소리는 공항의 소음 속에서도 선명하게 울렸다.

순간, 긴 여행길의 무게가 어깨에서 조금은 내려앉았다. 아내도 미소를 지으며 팔을 벌려 딸을 안았다.

아들은 우리 짐을 받아들며 말했다.

"공항 근처에 우리 집이 있어요. 차로 10분 거리예요. 가서 쉬셔야죠."

그 목소리는 한층 성숙해져 있었고, 그 안에 생활의 단단한 결이 묻어 있었다.

아들이 모는 차는 고속도로를 빠져나와 금세 조용한 아파트 단지로 들어섰다. 공항의 활주로가 멀리 보였고, 비행기가 오르내릴 때마다 낮게 울리는 소리가 창문을 흔들었다.

남매가 함께 살고 있는 아파트는 깔끔했지만 생활의 흔적이 묻어 있었다. 현관에 놓인 운동화, 식탁 위에 흩어진 잡지와 노트북, 부

무릎의 방

엌 선반 위의 인스턴트 라면 봉지들. 창문 너머로는 활주로 불빛이 희미하게 번쩍였다.

"엄마, 여기 앉으세요."

딸이 부엌에서 물컵을 가져다주며 말했다.

아내는 물을 한 모금 마시며 집안을 둘러보았다. "생각보다 아늑하네. 둘이서 잘 지내고 있구나."

딸은 웃으며 대답했다. "응, 가끔 싸우기도 하지만 그래도 잘 지내. 같이 사니까 든든해."

그 말을 듣는 순간, 나는 묘한 안도감을 느꼈다. 멀리 떨어진 낯선 도시에서도, 남매가 서로 의지하며 살아가고 있다는 사실이 마음을 편안하게 했다.

며칠 동안 우리는 그 아파트에서 함께 지냈다. 아침이면 딸이 커피를 내렸고, 아들은 바쁘게 출근 준비를 하다가도 잠시 우리와 식탁에 앉았다. 밤이 되면 네 식구가 둘러앉아 간단한 요리를 해 먹고, 한국에서 가져온 김치를 곁들였다.

그러던 어느 저녁, 네 식구가 함께 거실에 모여 앉아 와인을 나눴다. 창밖으로는 LA의 불빛이 별처럼 흩어져 있었다. 나는 그제야 기내에서 있었던 이야기를 꺼냈다.

"사실은 오는 길에⋯ 조금 특별한 만남이 있었단다."

아들이 내 얼굴을 바라보았다. 딸도 흥미로운 듯 잔을 내려놓았다.

아내가 웃으며 덧붙였다.

"승무원 아가씨였는데, 단정하고 참 예뻤어. 네 아버지가 괜히 네 얘기를 꺼내더라니까."

아들은 어이없다는 듯 웃음을 지었다.

"아버지, 비행기에서 제 얘기를요?"

나는 고개를 끄덕였다.

"왠지 네 얘기를 하고 싶어졌다. 그녀는 규정 때문에 자기 연락처는 못 준다고 했어. 대신 네 전화번호를 가져갔다. 언젠가 LA로 비행을 오게 되면… 전해 줄지도 모른다고 했지."

잠시 정적이 흘렀다. 아들은 잔을 내려놓고 창밖을 바라봤다.

"…만약 연락이 온다면, 한 번쯤은 만나 보겠습니다."

딸이 곧장 거들었다.

"오빠, 그럼 만나야지. 세상에 무슨 일이 일어날지 몰라. 우연이 인생을 바꿀 때도 있잖아."

아내는 고개를 끄덕이며 말했다.

"그래, 인연이라는 건 억지로 만드는 게 아니야. 그냥 다가오는 걸 받아들이면 돼."

나는 그 순간, 다시 기내의 장면을 떠올렸다. 그녀의 목소리, 손끝, 마지막 미소. 그것은 단순한 해프닝이 아니라, 우리 가족의 삶에 미묘한 흔적을 남긴 순간처럼 느껴졌다.

무릎의 방

그 며칠 동안 우리는 여러 곳을 함께 다녔다. 아들이 우리를 차에 태우고 할리우드 거리를 지나며 화려한 간판들을 보여 주었고, 산타모니카 해변에선 붉은 노을을 함께 바라보았다. 딸은 우리를 작은 한식당으로 데려가 따뜻한 국밥을 대접했다.

그러나 그 모든 풍경 속에서도, 대화는 종종 그녀에게로 흘렀다. 아들은 담담하게 받아들였지만, 나는 그의 눈빛 속에서 묘한 긴장과 설렘을 동시에 보았다.

며칠 후, 우리는 다시 귀국 비행기에 올랐다. 공항에서 아들과 딸은 함께 배웅을 나왔다. 딸은 "엄마, 아빠, 조심히 가!" 하며 손을 흔들었고, 아들은 차분하게 "잘 들어가세요"라고 말했다.

나는 그 순간, 마음속에서 작은 울림을 느꼈다. 설령 그녀가 연락을 하지 않는다 해도, 우리의 삶은 이미 변해 있었다. 단 한 번의 만남이 남긴 파문이 이렇게 오래 이어지고 있었으니까.

비행기가 활주로를 달려 하늘로 솟구칠 때, 나는 창밖의 구름을 바라보며 속으로 중얼거렸다.

"이 모든 게 단순한 우연일까. 아니면 이미 예정된 인연일까."

답은 알 수 없었다. 하지만 분명한 건, 그 만남이 우리 가족 안에 새로운 가능성의 문을 열어 두었다는 사실이었다.

한국으로 돌아온 뒤의 삶은 언제나 그렇듯 반복과 습관으로 흘러갔다.

아침이면 창밖의 햇빛을 확인하고, 정해진 시간에 출근해 사람들을 만나고, 저녁에는 카메라를 메고 근처 산책로를 걸었다. 봄을 지나 초여름으로 이어졌고, 그 속에서 나는 어느새 기내의 장면을 거의 잊고 살았다. 그녀의 목소리, 하얀 피부, 마지막 미소 같은 것들은 일상의 무게 속에서 자연스럽게 희미해졌다.

그러던 어느 날 저녁, 아들과 영상통화를 하게 되었다.

휴대폰 화면 속에는 LA의 공기가 담겨 있었다. 배경은 낯선데 묘하게 익숙했다. 흰 조명이 비추는 아파트 거실, 책과 노트북이 흩어진 탁자, 부엌 쪽에서는 딸이 뭔가를 끓이고 있었다. 그녀는 화면 밖에서 활기차게 손을 흔들며 "엄마, 아빠, 잘 지내!"라고 외쳤다. 그 소리에 방 안 공기가 조금 더 환해졌다.

나는 잠시 화면을 바라보다가, 그 집에 스며 있는 냄새와 온기를 상상했다. 컵라면의 스프 냄새, 전자레인지가 돌아가는 소리, 창문 너머로 들려오는 비행기 이륙음. 멀리 떨어져 있어도 남매가 함께 산다는 사실은 이상하게도 나를 안심시켰다.

처음의 대화는 늘 그렇듯 소소했다.

"아버지, 요즘 건강은 어떠세요?"

"엄마, 한국은 요즘 날씨가 어때요?"

아들은 차분히 묻고, 나는 산에서 찍은 사진을 보여 주며 대답했다. 화면 속에서 아들은 천천히 고개를 끄덕였다.

그러나 대화가 끝나 갈 즈음, 그는 잠시 말을 멈추더니, 어딘가 결심한 듯 화면을 바라보며 입을 열었다.

"아버지, 어머니… 혹시 기억하시죠? 그때 비행기에서 만났던 승무원 아가씨."

나는 순간 멈칫했다.

마치 오랫동안 잠들어 있던 돌이 깊은 물속에서 불쑥 떠오르는 듯했다.

"…그래, 기억난다."

내 목소리는 조금 낮게 깔려 나왔다.

아들은 담담하게 설명했다.

며칠 전, 카톡으로 낯선 메시지가 도착했다고 한다. 등록되지 않은 번호. 처음에는 스팸일 거라 생각했다. 그러나 화면에 적힌 짧은 문장을 읽는 순간, 그는 심장이 미묘하게 두근거렸다고 했다.

'안녕하세요. ○○○ 씨 맞으시죠? 저는 대한항공 승무원
입니다. 예전에 부모님으로부터 연락처를 받았습니다.'

그 순간, 나는 숨을 내쉬었다.

그녀는 여전히 그 약속을 기억하고 있었던 것이다.

아들은 이어서 말했다.

"마침 LA 스케줄이 있다고 하더군요. 그래서⋯ 약속을 지키고 싶다고 연락을 한 거예요."

나는 화면 속 아들의 얼굴을 오래 바라봤다.

그는 일부러 차분하게 말했지만, 눈빛 속에서는 억누른 설렘이 은은히 빛나고 있었다.

"그래서⋯ 만나서 식사를 했습니다."

아들은 그렇게 말했다.

식당 이름이나 음식이 무엇이었는지는 말하지 않았다. 다만, 그 자리의 공기와 웃음이 오래 남았다고 했다.

"처음엔 조금 어색했어요. 하지만 금세 자연스러워졌습니다. 그냥⋯ 오래전부터 알고 있던 사람 같았어요."

나는 아무 말도 하지 못했다. 손끝이 미묘하게 떨렸다.

그날 비행기 안에서 건네던 잔, 작은 메모지 위의 숫자, 그녀의 단정한 미소. 그것이 이제 이렇게 이어지고 있다는 사실이 나를 어지럽게 만들었다.

아내가 옆에서 화면을 바라보다가 웃음을 지었다.

"그래? 정말로? 엄마는 그 아가씨 참 마음에 들었어. 단정하고 따뜻해 보였거든."

아들은 고개를 끄덕였다.

"네, 아직 뭐라고 할 수는 없지만⋯ 만나서 대화하는 게 즐겁습니다. 부담스럽지 않고요."

아내는 고개를 끄덕이며 조용히 중얼거렸다.

"그래, 인연이라는 건 억지로 찾는 게 아니라, 이렇게 자연스럽게 오는 거야."

나는 그 말을 들으며 속으로 곱씹었다.

인연은 늘 우리가 예상치 못한 순간에 문을 두드린다.

그 문을 열고 들어가는 건 언제나 우리 몫이지만, 어떤 경우엔 그 선택조차도 이미 오래전에 정해져 있었던 것처럼 느껴진다.

통화는 곧 끝이 났다.

아들은 웃으며 "걱정 마세요, 잘 지내고 있습니다"라고 말했고, 딸은 화면 뒤에서 "엄마, 아빠 사랑해!" 하고 손을 흔들었다.

화면이 꺼지고, 방 안에는 다시 정적이 내려앉았다.

나는 한동안 휴대폰을 내려놓지 못했다.

그날의 대화가, 그 안에 담긴 작은 떨림이, 오래도록 손끝에 남아 있었다.

나는 창밖의 어둠을 바라보았다.

도시의 불빛은 반짝였고, 창문을 스치는 바람은 낮은 울음을 내고 있었다. 그 순간, 오래전 기내의 장면이 다시금 선명하게 되살아났다. 그녀의 손끝, 작은 미소, 차분한 목소리.

그때는 단순한 스침이라고 여겼다. 그러나 이제는 알 수 있었다.

그것은 스침이 아니라, 하나의 문이 열리는 소리였다.

그리고 지금, 아들은 그 문 안으로 발을 들이고 있었다.

나는 생각했다.

부모인 나는 다만 그 과정을 멀리서 지켜보는 목격자일 뿐이라고. 그러나 그것만으로도 충분히 벅차고, 충분히 아름답다고.

영상통화 이후, 아들은 그녀의 스케줄이 맞을 때마다 그녀를 몇 차례 다시 만났다.

그 만남들은 일정표처럼 뚜렷하게 기록될 수 있는 것이 아니었다. 오히려 시간의 흐름 속에서 불규칙하게 흩어졌다가 다시 이어지는 파도 같았다. 어떤 날은 두 달이 넘도록 소식이 없었고, 또 어떤 날은 갑작스레 연락이 와 짧게 얼굴을 볼 수 있었다.

그 만남들에 대해 아들은 자세히 말하지 않았다.

다만 목소리의 결이 조금씩 달라졌다. 통화 속에서 스쳐 가는 표정, 잠시 머뭇거리는 눈빛, 문득 튀어나오는 웃음소리. 아버지로서 나는 그 작은 조각들을 이어 붙이며, 그가 어떤 계절을 지나고 있는지 짐작할 수밖에 없었다.

그는 종종 말했다.

"이상하게… 그 사람과 있으면 시간이 다르게 흘러갑니다. 짧은데도 오래 머문 것처럼 느껴져요."

그 말에는 설명할 수 없는 울림이 있었다.

무릎의 방

어쩌면 그것은 진심 어린 마음이 차곡차곡 쌓여 가는 소리였을 것이다.

나는 상상했다.

긴 비행을 마치고 피곤한 얼굴로 공항에 서 있는 그녀의 모습,

낯선 도시의 카페에서 커피잔을 사이에 두고 주고받는 짧은 대화,

혹은 해가 저문 거리에서 나란히 걸으면서도 말없이 서로의 기척만으로 안도하는 순간들.

아들은 그 모든 장면을 구체적으로 설명하지 않았다. 하지만 나는 알았다. 설명을 하지 않아도, 그의 마음이 이미 멀리 가 있다는 것을.

나는 그의 말을 들으며 늘 두 가지 감정을 동시에 느꼈다.

하나는 기쁨이었다.

아들의 얼굴이 예전보다 밝아지고, 목소리에 여유가 깃드는 것을 보는 건 부모에게 무엇보다 큰 안도였다.

그러나 다른 하나는 걱정이었다.

이 만남이 정말 그의 삶을 단단히 지켜 줄 수 있을까?

혹은 단지 우연한 비행 스케줄 속에서 생겨난, 한때의 환상 같은 것일까?

나는 그 사이에서 흔들렸다.

아내는 늘 나보다 담대했다.

"어차피 우리 인생이 아닌데, 아이가 행복해 보이는 게 중요하지 않아요? 그게 다야."

나는 고개를 끄덕였지만, 마음속의 물음표는 쉽게 지워지지 않았다.

그렇게 몇 달이 흘렀다.

아들은 여전히 LA에 있었고, 그녀는 가끔씩 그 도시를 지나쳤다. 그 만남들은 명확히 셀 수 없었지만, 각각의 순간들이 아들의 삶에 색을 입히고 있었다.

나는 한국에서 그 소식을 전해 들으며, 마치 멀리 떨어진 무대의 희미한 조명을 바라보듯 그들의 관계를 지켜봤다.

그리고 어느 날, 아들의 목소리가 조금 더 단단해진 것을 들을 수 있었다.

"곧 한국에 들어갑니다. 그때… 함께 뵈면 좋겠습니다."

그 말은, 이미 시작된 인연이 이제 우리 앞에 다가온다는 예고였다.

나는 창밖을 오래 바라보았다.

하늘은 잔잔했지만, 내 마음은 또 다른 파문을 맞을 준비를 하고 있었다.

아들은 늦가을, 서울 하늘이 유난히 낮게 깔린 날 귀국했다. 공항에서 본 그의 얼굴은 익숙했지만, 동시에 낯설었다. 오랜 해외 생활이 남긴 피로가 여전히 눈가에 얇게 드리워져 있었지만, 눈빛은 예전보다 맑았다. 긴 여정을 거쳐 돌아왔다는 표정보다는, 오히려 새

무릎의 방

로운 계절의 문을 막 열어젖힌 사람의 표정에 가까웠다.

아파트 복도를 따라 걸어 들어오는 발걸음은 단단했지만 어딘가 조심스러웠다. 긴 형광등 불빛이 벽면을 따라 늘어져 있었고, 이웃집 앞에는 온라인 주문한 택배 박스가 어지럽게 놓여 있었다. 엘리베이터 문이 닫히는 소리가 뒤에서 메아리처럼 번졌다. 현관문을 열고 들어오는 순간, 외부의 공기는 차단되고, 집 안 고유의 냄새가 아들을 감쌌다. 끓는 된장국의 짭조름한 향, 베란다 빨래에서 풍기는 섬유유연제 냄새, 전기밥솥의 따뜻한 김 냄새까지. 그것은 명백히 '집'의 냄새였다.

겉으로 보기엔 우리의 일상은 전과 다르지 않았다.

나는 여전히 아침이면 신문을 펼쳐 들고, 따뜻한 물을 컵에 채워 천천히 마셨다. 아내는 부엌 창턱의 허브 화분에 물을 주며 스마트폰으로 보사노바를 틀었다. 위층에서 아이들이 뛰는 소리, 옆집에서 들려오는 TV 드라마의 웃음소리, 복도에서 이웃이 문을 여닫는 소리까지 — 아파트라는 공간 특유의 소리들이 낮고 넓게 깔려 있었다. 그러나 그 속에 아들의 새로운 리듬이 끼어들었다. 현관문이 닫히는 소리, 저녁마다 울리는 그의 전화 벨소리, 웃음이 살짝 새어 나오는 방 안의 정적. 작은 소리들이 전체 풍경을 서서히 바꿔 갔다.

아들은 전보다 말이 많아졌다. 그러나 그 말은 장황하지 않았다.

"오늘은 저녁 약속이 있습니다."

"가까운 공원을 걸었어요. 그냥… 좋더군요."

짧은 문장들이었다. 하지만 그 문장들이 아파트의 벽에 부딪혀 잔잔히 번져 나갔다.

나는 그의 목소리에서 풍경을 그렸다.

늦가을의 가로등 아래, 손에 종이컵 커피를 든 채 나란히 걷는 두 사람의 모습. 대화를 길게 나누지 않아도, 묵묵히 함께 걷는 그 침묵이 오히려 더 많은 이야기를 대신하고 있으리라.

현관문이 닫히는 순간, 복도의 공기가 살짝 흔들렸다가 곧 고요해졌다. 그 흔들림 하나에도 그의 마음은 이미 다른 사람에게 가 있었다는 사실을 느낄 수 있었다. 돌아오는 발걸음은 이전과 달랐다. 늦은 저녁, 엘리베이터에서 내린 그가 현관 불빛에 들어설 때, 얼굴에는 설명할 수 없는 기운이 묻어 있었다.

나는 여전히 내 리듬을 살았다. 새벽이면 아파트 단지를 걸었다. 경비실 앞에는 늘 새벽 배송 택배 차량이 서 있었고, 관리사무소 전광판에는 오늘의 미세먼지 수치가 깜빡거렸다. 산책길에 마주친 이웃과 짧은 인사를 나누며, 나는 늘 같은 골목을 돌았다. 그러나 걸음을 옮길 때마다 아들의 얼굴이 떠올랐다.

걱정은 쉽게 떠나지 않았다.

'이 만남이 과연 옳은 걸까? 우리가 무심코 건넨 말 하나가 아이의 삶을 바꿔 버린 건 아닐까?'

걱정은 아파트 벽처럼 늘 나를 둘러쌌다.

그러나 베란다 창 너머 맞은편 동의 불빛들을 바라보면 생각이 달라졌다. 저마다의 집에도 수많은 관계가 숨 쉬고 있었다. 그 불빛 사이에 이제 아들의 이야기도 들어 있다는 사실이 묘하게 안도감을 주었다.

아내는 늘 담담히 말했다.

"아이가 웃고 있잖아요. 그게 다야."

나는 대답 대신 창밖의 불빛을 오래 바라봤다. 베란다 창가에 서 있는 낯선 그림자가 문득 아들과 그녀의 모습으로 겹쳐 보였다.

아들은 구체적으로 말하지 않았다. 그러나 변화를 감출 수는 없었다.

현관 신발장 위에 놓인 낯선 쇼핑백, 냉장고 한쪽에 들어온 요거트, 설거지통에 가끔 섞여 있는 얇은 립 자국이 남은 와인잔. 아파트라는 공간은 작은 변화를 그대로 드러냈다.

주말이면 그의 발걸음은 조금 더 늦게 집을 나섰다. 복도에서 엘리베이터 문이 닫히는 소리가 들리고, 그 뒤로는 이웃집 아이의 웃음소리가 메아리처럼 이어졌다. 돌아올 때 그의 어깨에는 저녁 바람이 묻어 있었고, 코트 자락에는 겨울의 냄새가 실려 있었다.

늦은 밤, 식탁에 앉아 컵라면을 후루룩 먹으면서도 그는 웃었다.

"좋구나?" 내가 물으면, 그는 짧게 대답했다.

"네."

아내가 곁에서 덧붙였다.

"그럼 됐지."

세 문장으로 충분한 밤이 있었다.

어느 날, 그는 휴대폰을 내밀었다. 사진 속 그녀는 웃고 있었다. 꾸미지 않은 모습, 단정한 미소. 배경에는 반쯤 비워진 물컵과 접힌 냅킨, 창밖으로 번지는 도시의 불빛이 희미하게 담겨 있었다. 특별할 것 없는 풍경이지만, 사진 자체가 이미 하나의 이야기였다.

아내는 짧게 말했다.

"맑네. 괜찮다."

나는 대답 대신 오래 바라봤다. 사진 속의 빛과 표정이 오랫동안 눈에 남았다.

밤이 깊어 아파트 단지 불빛들이 하나둘 꺼질 때, 나는 베란다에서 맞은편 동을 바라보았다. 불 꺼진 창과 여전히 켜진 창들이 어둠 속에 점점이 박혀 있었다. 그 불빛 하나하나가 누군가의 삶과 관계를 증명하는 듯했다.

나는 생각했다. 인생은 결국 누군가를 만나고, 함께 시간을 겹겹이 쌓아가는 일이라는 것을. 아들의 삶 속에 그녀가 들어온 순간, 이미 새로운 계절은 시작된 것이었다.

걱정은 여전히 그림자처럼 남아 있었다. 그러나 그림자는 빛이

무릎의 방

있어야만 생긴다. 나는 그 단순한 사실에서 묘한 안도감을 느꼈다.

'이제 곧 우리 앞에 그녀가 서겠구나.'

그 생각은 어쩐지 무겁지 않았다. 오히려 내 마음을 조금 가볍게 해 주었다.

연회장은 크지 않았지만, 아늑했다. 아파트 단지 근처의 작은 연회장, 유리창 너머로 가을 햇살이 들어오고 있었다. 은은한 노란빛이 커튼 사이로 번져 테이블 위 꽃 장식을 감싸고, 사람들의 얼굴을 부드럽게 비추었다. 테이블마다 하얀 접시와 반짝이는 잔이 가지런히 놓였고, 아이보리색 커버가 씌워진 의자에 분홍빛 리본이 묶여 있었다. 전반적으로 따뜻하고 정갈한 풍경. 그러나 무엇보다도, 그 안에 흐르는 공기의 결이 특별했다.

잔치의 시작을 알리는 사회자의 목소리가 울려 퍼졌다. 마이크를 잡은 그의 목소리는 조금 떨렸지만, 오히려 그 떨림이 사람들을 더 집중하게 했다. 친척들과 지인들이 자리를 채우며 박수를 쳤고, 아이의 이름이 불리는 순간, 모두의 시선이 한곳으로 쏠렸다.

그녀였다. 이제는 '며느리'라 불러야 하는 사람.

옅은 분홍빛의 한복을 곱게 차려입고 아이를 품에 안은 채 걸어 나왔다. 단정하게 올려 묶은 머리, 작은 귀걸이, 맑은 얼굴빛. 그 모든 것이 한 장의 오래된 한국화처럼 은근한 품위를 풍기고 있었다. 아이가 그녀의 품에서 옹알이를 하자, 그녀는 조심스레 아이의 볼을 쓰다듬으며 웃었다. 그 웃음은 내 기억 속 깊이 남아 있던, 비행기 안에서의 첫 미소와 겹쳐졌다. 하지만 그때와 달리, 이제는 더 깊고 따뜻한 무게가 실려 있었다.

아들은 그녀 곁에서 아이를 지켜보고 있었다. 검은 정장을 입은 그의 어깨는 예전보다 넓어졌고, 시선에는 단단한 책임감이 묻어 있었다. 아이가 손을 뻗자, 아들은 손가락을 내밀어 아이의 작은 손을 감쌌다. 그 순간, 나는 젊은 날의 내 모습이 겹쳐 보였다. 나 역시 언젠가 저렇게 작은 손을 붙잡았을 것이다. 그리고 그 시간이 다시 흘러 손자의 모습으로 되돌아온 것이다.

연회장 안은 활기로 가득했다. 누군가는 사진을 찍었고, 또 다른 누군가는 아이의 이름을 불러 주며 웃음을 터뜨렸다. 연회장 구석에선 조카들의 어린아이들이 뛰어다녔고, 누군가는 숟가락으로 잔을 두드리며 분위기를 돋웠다. 음식이 담긴 접시에서 김이 올라왔고, 고소한 냄새가 공기 속에 섞여 들어왔다.

그러나 내 귀에는 오직 아이의 웃음소리만이 뚜렷하게 남았다. 그것은 아직 언어가 되지 못한 옹알이였지만, 분명히 새로운 시작의 리듬이었다. 나는 그 리듬 속에서 가족의 미래가 서서히 쓰이고 있음을 느꼈다.

아내는 내 옆에서 조용히 눈가를 훔쳤다. 그녀의 손끝이 내 손등을 스치며 내려앉았다. 그 작은 떨림 속에서 나는 아내의 감정을 읽었다. 기쁨, 안도, 그리고 긴 세월이 남긴 잔잔한 피로까지. 우리는 말없이 서로를 바라봤다. 말이 필요 없었다.

돌잡이가 시작되었다. 작은 테이블 위에 책, 붓, 돈, 실타래 같은 물건들이 놓였다. 아이는 잠시 망설이다가, 붓을 움켜쥐었다. 박수와 웃음소리가 터져 나왔다. 사람들은 아이가 학자가 되리라, 지혜로운 길을 걷게 되리라 말하며 흥겨워했다. 그러나 내게 중요한 것은 무엇을 잡았는지가 아니었다. 중요한 건, 이 순간에 아이가 우리 앞에 있다는 사실. 그리고 그 아이를 둘러싼 모두의 웃음.

나는 잔을 들었다. 그 잔 속에 담긴 투명한 물빛이 천장의 불빛과 부딪혀 작은 파문을 만들었다. 그 파문 속에서 나는 오래전의 장면들을 떠올렸다. 인천공항에서, 비행기 속에서 무심히 오가던 대화. 그 작은 인연이 이렇게까지 이어질 줄은 누구도 알지 못했다. 인생은 예측할 수 없는 방향으로 흐르지만, 그 흐름이 결국 우리를 여기까지 데려왔다.

아이가 다시 웃었다. 그 웃음소리는 연회장의 소란을 잠시 가라앉히며, 모두를 한 방향으로 묶어 주었다. 나는 속으로 중얼거렸다.

"그래, 이것이면 충분하다."

그녀의 미소, 아들의 눈빛, 아기의 작은 몸짓. 그리고 그 모든 것을 지켜보는 나와 아내의 눈빛.

그것은 단순한 장면이 아니었다. 하나의 이야기, 한 세대와 또 다른 세대가 맞물려 이어지는 긴 이야기의 새로운 장이었다.

나는 그 순간, 오래도록 이어질 미래를 상상했다. 아이가 성장하고, 또다시 누군가를 만나고, 새로운 계절을 열어 갈 것이다. 그리고 우리는 그 시작을 함께 지켜본 셈이다.

연회장 분위기가 점점 잦아들고, 사람들의 웃음소리가 희미해질 때까지, 나는 그 풍경을 오래 눈에 담았다. 그것은 단순한 돌잔치가 아니었다. 인생이 이어지고 있다는, 아주 단순하면서도 압도적인 진실의 증거였다.

장터목 대피소

백무동 매표소 앞에서 잠시 서 있었다. 이른 아침인데도 공기는 이미 눅눅하게 젖어 있었고, 솔잎 끝마다 밤새 맺힌 물방울이 아직 떨어지지 않은 채 달려 있었다. 매표소 옆 매점에서는 종이컵에 담긴 옥수수수염차에서 하얀 김이 피어올랐다. 바람이 살짝 불 때마다 김이 방향을 잃고 흩어졌다.

'장터목 대피소 8.1km'

첫 이정표의 숫자가 나를 똑바로 응시하고 있었다. 종이에 적힌 숫자와 달리, 이곳에서의 8km는 단순한 길이가 아니었다. 내 호흡, 발목의 피로, 심장의 박동, 그리고 도중에 만날 낯선 얼굴들이 모두 그 안에 압축되어 있었다. 나는 그 사실을 잘 알고 있었다.

배낭은 예상보다 무거웠다. 카메라 두 대와 삼각대, 매크로 렌즈, 얇은 침낭까지. 허리에 걸쳐지는 무게가 등을 눌렀다. 출발 전 신발 끈을 다시 조이며 나는 묘하게 들떠 있었다. '오늘은 어떤 사진이 찍힐까.' 늘 똑같은 질문, 늘 모르는 답.

첫 구간은 돌계단과 흙길이 번갈아 이어졌다. 돌은 밤새 머금은 수분으로 반짝였고, 흙길은 뿌리에 얽혀 발목을 잡듯 잡아끌었다. 신발 밑창이 바스락거리며 미세한 소리를 냈다. 나는 일부러 발걸음을 느리게 했다. 산에서는 서두르는 마음이 언제나 가장 위험했다.

주변 숲은 아직 깊고 진했다. 나무줄기 사이사이로 빛은 거의 들어오지 못했고, 공기 속에는 송진 냄새가 묵직하게 깔려 있었다. 숨을 들이마시면 마치 오래된 책장을 넘기는 듯한 향이 목 안으로 스며들었다. 그 향은 과거의 어느 여름과 겹쳐져 이상한 기시감을 일으켰다. 위에서 새 한 마리가 짧게 울음소리를 냈다. 그 울음소리는 금세 숲에 삼켜졌고, 다시 고요가 찾아왔다. 그 순간, 나는 내 존재가 산의 일부가 아닌, 잠시 스쳐 지나가는 외부인이라는 걸 더 강하게 느꼈다.

한참을 오르자 샘터가 나왔다. 낡은 파이프 끝에서 물이 똑똑 떨어졌다. 맑고 차가운 물방울은 작은 종소리처럼 규칙적인 박자를 만들었다. 몇몇 등산객들이 고개를 숙여 손바닥에 물을 받아 마셨다. 얼굴은 모르는 사람들이었지만, 목마름이라는 공통의 사실이 우리를 같은 세계에 묶어 주었다.

"시원하죠?"

낯선 이가 내게 말을 걸었다.

나는 대답 대신 물을 한 모금 삼켰다. 그 차가움이 곧장 내 심장까지 내려와, 어떤 말보다 빨리 나를 위로했다.

그 순간의 공감은 오래가지 않았다. 그는 곧 다시 배낭을 짊어지고 앞서 나갔다. 남겨진 건 여전히 똑똑 떨어지는 물소리와, 물에 젖은 바위의 차가움뿐이었다.

길은 점점 가팔라졌다. 바위와 흙이 교대로 나타났고, 땀은 쉬지 않고 등을 타고 흘러내렸다.

중간마다 세워진 이정표에는 '장터목 대피소 ○km'라는 문구가 적혀 있었다. 숫자는 조금씩 줄어들었지만, 그만큼 내 숨은 점점 짧아졌다. 흥미로운 건, 숫자가 줄어들수록 오히려 거리는 더 멀게 느껴진다는 사실이었다. 마치 산이 장난을 치듯, 거리를 늘였다 줄였다 하며 나를 시험하는 것 같았다.

나무 사이가 열리며 백무동 골짜기가 아래로 펼쳐졌다. 물줄기는 보이지 않았지만, 바위에 부딪히는 물소리가 아득하게 울려 올라왔다. 그 소리는 내 땀방울이 떨어지는 소리와 묘하게 겹쳐졌다.

고도가 높아질수록 숲은 점점 낮아지고, 하늘은 가까워졌다. 바람은 방향을 잃은 듯 사방에서 불어왔다. 앞으로, 옆으로, 뒤에서. 바람 속에는 흙냄새, 풀냄새, 그리고 오래된 비의 잔향이 섞여 있었다. 그 공기 속을 걷는 것은 마치 거대한 폐 속을 걷는 것 같았다. 산이 숨을 들이쉬고 내쉬는 리듬에 내가 맞춰지는 느낌이었다.

철쭉 군락지를 지날 때, 바람에 휘말린 마른 가지들이 발목을 스쳤다. 여름 끝자락에도 여전히 살아 있음을 주장하듯, 그 단단함이 피부를 찔렀다. 나는 발걸음을 멈추고 숨을 고르며 하늘을 올려다봤다. 구름은 빠른 속도로 모였다 흩어졌다. 그것은 마치 시간의 축이 눈앞에서 흔들리는 듯한 광경이었다.

마지막 구간은 돌길이 지그재그로 길게 이어졌다. 무릎은 무거워지고 호흡은 얕아졌다. 그 순간, 시야가 갑자기 열리며 회색 지붕이 나타났다. 장터목 대피소였다.

지붕 위에서 태극기가 거세게 펄럭이고 있었다. 바람이 깃발을 때릴 때마다 억눌린 울음 같은 소리가 났다. 해발 1,650미터, 나무와 흙이 사라지고 바람과 돌만 남은 자리에서, 그 건물은 인간이 잠시 머물 수 있는 경계선처럼 서 있었다.

대피소 앞 공터에는 배낭들이 줄지어 눕혀 있었다. 철제 난간 너머로 남쪽 계곡이 깊게 열려 있었고, 구름은 계곡 바닥을 은빛으로 메우고 있었다. 난간은 바람에 흔들리며 낮은 금속음을 냈다. 그 소리는 도시에서 결코 들을 수 없는 낯선 음악처럼 들렸다.

문을 열고 들어서자 공기는 완전히 달라졌다. 라면 스프의 자극적인 향, 젖은 양말의 습기, 버너 가스 냄새, 소독약의 알싸함이 한꺼번에 몰려왔다. 작은 건물 속에서 사람들의 삶과 피로, 배고픔이 한데 압축된 공기였다.

취사장에는 긴 줄이 늘어서 있었다. 코펠마다 다른 국물이 끓고

무릎의 방

있었고, 증기가 작은 섬처럼 부서졌다. 바닥에는 흘린 국물이 굳어 추상화 같은 얼룩을 남기고 있었다.

누군가는 컵라면을 기다리며 허리를 숙였고, 누군가는 커피믹스를 흔들며 피곤을 달래고 있었다.

2층 취침칸은 합판 구조였다. 사람들은 침낭을 서로의 어깨와 닿을 만큼 가까이 펼쳤다. 작은 말다툼이 이어졌다.

"여기 한 사람 더 누우면 어떡합니까."

"아이랑 같이 왔습니다."

목소리는 억제되어 있었지만, 단단했다. 관리인이 올라와 손을 내밀며 정리했다. 누구도 완전히 이기지 않았고, 누구도 완전히 지지 않았다. 산에서 흔히 보는 무승부의 풍경이었다.

밤이 되자 창마다 노란 불빛이 켜졌다. 멀리서 본다면 산 위의 등대처럼 보일 것이다. 하지만 가까이 서면, 단지 사람들의 숨결과 땀이 스며 있는 방 한 칸일 뿐이었다. 밖에서는 발전기의 규칙적인 진동음이 들려왔다. 그 단조로운 리듬은 오히려 사람들을 안심시켰다. 불규칙한 마음이 그 일정한 소음 속에 잠시 놓이는 것 같았다.

나는 창가에 서서 어둠 너머 능선을 바라봤다. 구름이 휘몰려 가며 천왕봉의 방향을 잠깐 열어 주었다가 이내 닫아 버렸다. 내일 새벽, 저 능선 위로 수많은 헤드랜턴 불빛이 줄지어 오르겠지.

오늘은 여기까지. 이곳이 오늘의 끝이자, 내일의 시작이었다.

대피소 안은 이미 사람들로 가득 차 있었다. 모두들 저녁을 간단히 마치고 침낭을 펴려는 순간이었다. 창문 너머로 어스름한 빛이 사라지고, 산허리를 감싸던 구름이 점점 낮게 깔리기 시작했다. 원래 예보에는 비 소식이 없었지만, 고산지대의 하늘은 예보와 무관하게 변덕스러웠다.

처음에는 안개처럼 부드럽게 내리던 빗방울이 금세 굵어졌다. 소나기였다. 산에서 쏟아지는 비는 도시의 소나기와는 달랐다. 순간적으로 강을 만들고, 능선을 따라 흘러내리며 돌들을 굴려 떨어뜨렸다. 대피소 지붕을 두드리는 빗소리가 삽시간에 커졌다. 사람들은 고개를 들어 서로를 바라봤다.

그때, 문이 열리며 한 무리가 들어왔다. 흠뻑 젖은 네 명이었다. 그들은 백무동에서 올라오다 소나기를 만난 모양이었다. 옷은 진흙으로 얼룩져 있었고, 그중 한 사람은 손에 쥔 스틱을 부러뜨린 채 절뚝거렸다.

"계곡에서 갑자기 물이 불어나서… 하마터면 못 올라올 뻔했습니다."

젊은 등산객이 거친 숨을 몰아쉬며 말했다. 그의 눈동자에는 여전히 공포가 남아 있었다.

사람들은 자리를 조금씩 옮겨 젖은 옷을 널 공간을 만들어주었다. 누군가는 급히 휴지를 꺼내 이들의 얼굴을 닦아 주었고, 또 누군가는 따뜻한 물을 건네주었다. 그러나 대피소 안에는 보이지 않는 긴장이 스며들었다. 누구나 알았다. 같은 길을 택했더라면 자신도 저들의 처지에 놓였을 거라는 것을.

잠시 뒤, 또 다른 문 두드림이 들렸다. 이번엔 천왕봉 쪽에서 홀로 내려오는 등산객이었다. 나이가 지긋한 그는 작은 헤드랜턴 불빛에 의지한 채 헐떡이며 들어왔다.

"능선에서 길을 잘못 들었어… 이 소나기에… 죽을 뻔했지."

그의 바짓단은 무릎까지 흙탕물에 젖어 있었고, 손에는 작은 상처들이 나 있었다. 산에서 오래 다닌 사람들에게는 흔한 일이었지만, 대피소 안에 있던 이들에겐 생생한 경고처럼 다가왔다. 산은 한순간에 사람의 자만을 꺾어 버리는 존재였다.

비는 여전히 거세게 내리고 있었다. 천둥은 없었지만, 그 꾸준한 빗줄기가 사람들의 마음을 조여 왔다. 대피소 내부의 습기는 무겁게 내려앉았고, 어둠 속에서 사람들은 낮은 목소리로 이야기를 주고받았다.

"저분들, 아까 그 계곡에서 물이 불어나면 빠져나오기 힘들었을 텐데…."

"그러게요. 이 산은 항상 예측이 안 되잖아요."

그렇게 장터목 대피소는 비를 피해 모여든 사람들의 긴장과 안도의 한숨으로 가득 찼다. 대피소는 거대한 산의 품속에 놓인 작은 방

주처럼, 폭우 속에서 서로 다른 삶과 사연을 지닌 사람들을 간신히 떠받치고 있었다.

밤은 깊어 갔다. 대피소 안은 이미 사람들로 꽉 차 있었다. 여름 산은 낮에는 뜨겁고 숨이 막히지만, 밤에는 또다시 차갑고 습기가 몰려온다. 바깥에서는 예상치 못한 폭우가 쏟아져 지붕과 벽을 때리고 있었다.

누군가가 작게 중얼거렸다.

"이 많은 인원이 대피소에서 어떻게 다 자라는 거야….."

누구도 직접적으로 대놓고 말하지는 않았지만, 서로의 시선이 불편하게 부딪혔다. 먼저 자리를 차지한 사람들과 늦게 도착한 사람들 사이, 피로와 불안이 겹쳐 작은 갈등이 자꾸만 생겨났다.

밖에서는 여전히 비가 내리고 있었다. 천둥은 없었지만, 쏟아지는 빗줄기 소리가 사람들의 말보다 더 크게 방 안을 울렸다. 좁은 공간 안, 눅눅한 공기와 젖은 옷, 그리고 피로가 켜켜이 쌓여 대피소를 하나의 작은 용광로처럼 달궜다.

누군가는 조용히 성경책을 꺼내 읽기 시작했고, 또 다른 이는 억지로 농담을 던져 보았다. 그러나 웃음은 오래가지 못했다. 결국 남은 건 빗소리와, 서로를 의식한 채 이어지는 긴 침묵뿐이었다.

긴 침묵이 이어졌다. 방 안은 눅눅했고, 사람들의 눈빛은 여전히 불편했다. 서로 피곤하고 예민한 상태였으니, 작은 말 한마디에도

무릎의 방

불씨가 붙을 듯했다. 하지만 어느 순간, 밖에서 거세게 쏟아지는 빗줄기가 모든 소리를 삼켜 버리자, 오히려 사람들이 조금씩 마음을 내려놓기 시작했다.

백무동에서 올라온 젊은이가 작은 비닐봉지를 꺼냈다. 안에는 빵과 초콜릿이 몇 개 들어 있었다. 그는 잠시 망설이다가 옆에 누운 사람들에게 내밀었다.

"저희가 내려오면서 편의점에서 챙겨 온 건데… 조금 드시겠어요?"

처음에는 아무도 손을 내밀지 않았다. 하지만 이내 한 아주머니가 빵을 받아 들며 미소를 지었다.

"고마워요. 이런 게 산속에서는 보약이지."

그 말에 사람들 사이에 작은 웃음이 흘렀다. 그리고 다른 등산객이 자기 배낭에서 따뜻한 보리차가 담긴 물통을 꺼내 와 함께 나눴다. 한 모금씩 돌려 마시는 동안, 방 안을 감싸던 긴장이 조금씩 누그러졌다.

천왕봉에서 내려온 노인은 상처 난 팔을 부여잡고 있었는데, 중년 남자가 일어나 자신의 구급낭을 건넸다.

"여기 소독약 있으니 쓰세요."

노인은 놀란 듯 그의 얼굴을 바라보다가 고개를 깊이 숙였다.

"덕분에 살았소. 산에서는 결국 서로 도와야지요."

그 말에 몇몇 사람들은 고개를 끄덕였다. 순간, 방 안 공기가 달라졌다. 처음엔 불편하고 각박했던 공간이, 점차 서로의 체온과 나눔으로 채워졌다.

밖에서는 여전히 비가 그치지 않고 쏟아지고 있었지만, 대피소 안은 조금씩 따뜻해졌다. 작은 농담이 오갔고, 누군가는 등산 중 겪었던 해프닝을 이야기하며 웃음을 자아냈다.

젖은 옷과 좁은 자리, 예기치 못한 소나기로 시작된 갈등은, 결국 사람들을 더 단단하게 엮어 주는 실마리가 되었다. 장터목 대피소는 그날 밤 거대한 산의 심장 속에서, 작은 공동체처럼 살아 움직이고 있었다.

밤새 이어지던 비는 새벽녘이 되자 서서히 잦아들었다. 대피소의 지붕을 두드리던 소리도 어느 순간 희미해졌다. 문을 열자, 차갑고 축축한 바람이 얼굴을 스쳤다. 그것은 긴 밤을 버텨 낸 대가처럼, 신선하면서도 묘하게 비현실적인 냄새를 풍기고 있었다. 젖은 흙냄새, 풀잎의 숨결, 그리고 먼 계곡에서 불어오는 물안개의 냄새. 그 모든 것이 뒤섞여 가슴속 깊은 곳을 천천히 흔들었다.

사람들은 동시에 몸을 일으켰다. 대피소 안은 분주했다. 침낭을 말아 넣는 소리, 지퍼를 올리는 소리, 배낭끈을 조이는 소리가 교차하며 작은 합주곡처럼 울렸다. 누군가는 물통을 흔들며 남은 양을 확인했고, 누군가는 헤드랜턴을 이마에 고정한 뒤 건전지가 약하지 않은지 시험 삼아 켜 보았다.

"오늘은 무조건 봐야지."

"이 정도 날씨면 운해는 확실히 생겼을 거야."

작은 목소리들이 오갔다.

창밖에는 하늘이 아직 어둑했지만, 능선 위로 붉은 기운이 얇게 번져 가고 있었다. 동쪽 하늘은 비구름이 물러난 자리마다 불빛 같은 선명한 색을 드러냈고, 서쪽 계곡에는 여전히 묵직한 구름이 깔려 있었다. 그 구름 사이로 솟은 봉우리들은 섬처럼 떠 있었고, 그 아래는 끝없는 흰 물결이 일렁였다. 운해(雲海).

나는 배낭을 메고 대피소를 나섰다. 장터목에서 천왕봉까지는 불과 1.8km. 그러나 짧은 길이 결코 가볍지 않았다. 돌계단은 밤새 내린 비로 반질반질하게 젖어 있었고, 신발 밑창은 자꾸만 미끄러졌다. 발걸음을 옮길 때마다 흙은 물기를 머금은 채 진득하게 달라붙었다. 내 호흡은 빠르게 차올랐지만, 가슴은 오히려 기대감으로 가볍게 뛰었다.

이 산행의 목적은 분명했다. 산오이풀. 해마다 8월 중순, 천왕봉 일대는 산오이풀의 보랏빛으로 물든다. 긴 꽃대 끝에 작은 꽃송이가 수십 개 달리고, 보랏빛이 능선을 따라 흐르는 순간은 사진가에게는 일생일대의 선물 같은 장면이었다. 나는 그 순간을 기록하기 위해 수개월을 준비했고, 이번 산행도 오로지 그 꽃을 위해 기획된 것이었다.

천왕봉이 가까워질수록 하늘은 점점 밝아졌다. 선명하지는 않지만, 먼 동쪽의 붉은빛이 구름을 비추며 불길처럼 퍼져 갔다. 능선 위에서 바람이 불어와 땀 젖은 옷을 식혀 주었다. 그 바람 속에서 나는 마음속으로 이미 사진을 그리고 있었다. 어둠이 물러가고, 운해 위로 햇살이 쏟아지고, 그 빛을 받아 산오이풀이 보랏빛으로 빛나는 장면. 그 완벽한 한 컷이 기다리고 있을 거라 믿었다.

그러나 재석과 천왕봉 사이의 능선에 다다른 순간, 나는 발걸음을 멈췄다.

거기 있어야 할 풍경은 없었다. 보랏빛의 향연은 자취를 감췄다. 대신, 땅은 여기저기 뒤집혀 있었다. 흙은 덩어리째 파헤쳐져 있었고, 산오이풀의 줄기는 뿌리째 뽑혀 있었다. 꽃대는 꺾여 진흙 속에 처박혀 있었고, 몇 남은 잔해마저도 짓밟혀 형태를 알아볼 수 없었다.

나는 잠시 호흡을 멈추었다. 눈앞의 광경이 현실인지 믿기 어려웠다. 그곳은 꽃밭이 아니라 전쟁터 같았다. 누군가 폭격을 퍼부은 것처럼 땅은 초토화돼 있었고, 흙 위에는 아직도 선명한 발자국들이 남아 있었다. 멧돼지 떼. 밤사이 몰려와 이곳을 휩쓸고 간 것이다.

뒤따라오던 등산객들이 하나둘 멈춰 섰다.

"아이고, 이게 뭐야⋯."

"올해는 다 망했네. 멧돼지들이 싹 쓸어버렸구먼."

사람들의 탄식이 바람을 타고 흩어졌다. 누군가는 스마트폰을 꺼

무릎의 방

내 사진을 찍었고, 또 다른 이는 고개를 저으며 발길을 돌렸다. 하지만 나는 그 자리에 얼어붙은 듯 서 있었다. 카메라를 꺼낼 수도, 다시 발걸음을 옮길 수도 없었다.

가슴 한쪽이 무너져 내리는 소리가 들리는 듯했다. 몇 달을 기다린 인내, 수많은 기대와 준비가 한순간에 무너져 버렸다. 꽃 대신, 내 눈앞에 남아 있는 것은 땅을 파헤쳐 놓은 흔적과 흙에 묻힌 꽃대, 그리고 진흙 위의 멧돼지 발자국뿐이었다.

뒤따라 올라온 사람들 사이에서 대피소 관리인이 조용히 입을 열었다.

"지난봄, 산청이랑 함양 쪽에 큰 산불이 난 거 아시죠? 숲이 다 타면서 멧돼지들이 터전을 잃었습니다. 먹을 게 줄어들자 체력이 남은 놈들이 지리산 쪽으로 몰려들었어요. 이젠 천왕봉 근처까지 올라와 먹이를 찾는 겁니다. 산오이풀 뿌리가 워낙 영양가가 많다 보니… 이렇게 싹 쓸어버린 거죠."

그의 목소리는 담담했지만, 그 말이 내 귓가에 오래 남았다. 불길에 내쫓긴 짐승들이 굶주림을 버티지 못하고 이곳까지 몰려들었다는 사실. 그것은 단순히 꽃이 사라졌다는 문제가 아니었다. 산 전체의 균형이 흔들리고 있다는 신호였다.

나는 카메라를 꺼내 들었지만, 선뜻 셔터를 누를 수가 없었다. 기록하고자 했던 건 보랏빛으로 물든 능선이었지, 이렇게 무너진 잔해가 아니었다. 그러나 동시에 생각했다. 이 파괴된 풍경마저 기록하지 않는다면, 산이 겪는 현실은 그저 잊힐 뿐이라는 것을.

그때 동쪽 하늘이 붉게 타올랐다. 운해 위로 첫 햇살이 쏟아져 내려왔다. 사람들은 일제히 "와—" 하고 탄성을 내질렀다. 천왕봉의 윤곽이 황금빛으로 빛나며 서서히 모습을 드러냈다. 구름 바다 위로 솟아난 봉우리들은 그 자체로 신비한 풍경이었다.

그러나 나는 그 빛을 바라볼 수 없었다. 일출의 장엄함이 눈앞에 있었지만, 내 마음은 산오이풀이 사라진 자리에서 벗어나지 못했다. 보랏빛 꽃밭 대신, 진흙 속에 반쯤 묻힌 꺾인 줄기들이 일출에 반짝이고 있었다. 그것은 찬란하기보다 잔혹했고, 아름답기보다 허망했다.

하지만 나는 천천히 카메라 셔터를 누르며 스스로에게 물었다.

"이 장면을 기록하는 게 무슨 의미가 있을까?"

그러나 동시에 나는 알았다. 기록하지 않는다면, 이 절망은 단순히 사라져 버릴 뿐이라는 것을. 산은 언제나 아름다움과 파괴, 희망과 좌절을 동시에 보여 준다. 그리고 사진가의 임무는 그 둘 모두를 담아내는 것일지도 모른다.

천왕봉의 해는 이미 높이 솟아 있었다. 눈부신 빛은 운해 위로 쏟아져 내리며 계곡마다 가득 차 있었다. 나는 천천히 하산길에 몸을 맡겼다. 비에 젖었던 돌계단은 아침 햇살을 받아 반짝였고, 풀잎 사이에서는 밤새 머금은 빗방울이 구슬처럼 흘러내렸다.

내려오는 동안, 밤의 기억이 하나씩 떠올랐다.

좁은 공간 안에서 부딪혔던 불편한 눈빛들, 자리를 두고 오갔던 짧은 신경전, 젖은 옷에서 풍기던 냄새와 눅눅한 공기. 그리고 멧돼지 떼가 휩쓸고 간 자리에서 마주한 절망. 그것들은 모두 산이 내어 준 혼란이자, 우리가 피할 수 없는 갈등의 한 조각이었다.

그러나 동시에 나는 잊을 수 없었다.

한 조각의 빵을 나누던 순간, 보리차 물통을 돌려 가며 함께 마시던 작은 연대, 누군가 상처 난 팔에 약을 발라 주던 따뜻한 손길. 산은 그렇게 혼란 속에서도 우리를 묶어 주었고, 가장 원초적인 방식으로 사람과 사람을 연결했다.

멀리 시야가 트이자 장터목 대피소가 눈에 들어왔다. 흰 햇살에 반짝이며 서 있는 그 건물은 마치 거대한 산의 품속에 놓인 한 점의 쉼표 같았다. 밤에는 피난처였고, 새벽에는 분주한 출발점이었으며, 이제 멀리서 바라보니 하나의 상징으로 다가왔다.

나는 발걸음을 멈추고 잠시 대피소를 바라보았다.

그곳은 단순히 머무는 장소가 아니었다. 인간이 자연 앞에서 얼마나 작은 존재인지를 깨닫게 하는 무대였고, 동시에 작은 나눔과 연대가 얼마나 큰 힘을 발휘할 수 있는지를 보여 주는 증거였다.

빛나는 대피소의 지붕 위로 햇살이 번져 갔다. 그것은 마치 산이 사람들에게 건네는 하나의 메시지 같았다.

혼란 속에서도 서로에게 기대어야 한다는 것, 갈등 속에서도 결국 함께 살아가야 한다는 것, 그리고 모든 것이 무너져도 다시 빛을 향해 나아가야 한다는 것.

나는 깊은 숨을 내쉬었다.

밤새 겪었던 갈등과 절망, 그리고 그 속에서 움튼 작은 희망까지, 모든 것이 장터목이라는 이름 아래 하나로 묶여 있었다.

발걸음을 옮기며 나는 생각했다.

'장터목 대피소란 결국 우리가 살아가는 세상의 축소판이 아닐까. 각자의 사연과 욕망, 불안과 기대가 한 공간에 모여 서로 부딪히고, 때로는 갈라지지만, 결국은 함께 한밤을 버티고, 아침 햇살을 맞이하는 곳.'

멀리서 바라본 대피소는 찬란한 햇빛 속에 서 있었다.

그 빛나는 모습은 내 마음속에 오래 남을 하나의 풍경이 되었다. 그리고 나는 알았다.

이 산행의 진짜 기록은 사진이 아니라, 장터목 대피소가 남긴 이 상징적 울림이라는 것을.

무릎의 방

산불

고속도로 전광판에는 주황색 문구가 번쩍거렸다.

'산불 주의 — 안동·의성 방면 진입 통제 구간 있음.'

중앙고속도로 안동 IC로 접어들기 전부터 공기가 달랐다. 차창을 조금만 열어도 매캐한 냄새가 훅 들어왔다. 연기 냄새에는 종류가 있다. 마른 장작이 타는 밝은 냄새, 젖은 나무를 지지는 축축한 냄새, 그리고 도무지 말로 서술하기 어려운, 삶의 흔적이 함께 타면서 나는 불쾌하고 복잡한 냄새. 지금은 세 번째였다.

안동 IC를 빠져나오자, 왼편 능선 위로 불길이 고삐 풀린 말처럼 달리고 있었다. 소방 헬기가 두 대, 어깨를 나란히 한 철새처럼 천천히 원을 그리며 떴다. 몸통 옆에 '산림청' 흰 글자가 선명했다. KA-32 특유의 둥근 동체가 바람을 만들었다. 아래에서 누군가 손을 흔들었다. 헬기에서 물이 떨어지는 순간에만 잠깐 바람이 상쾌하게 느껴지고, 바로 다시 재 냄새가 돌아왔다.

강변 쪽으로 난 길을 택했다. 와룡면 방향으로, 강을 사이에 둔 바람은 그나마 조금 차가웠다. 안동댐 수면 위에는 흰 재가 빙 둘러 떠다녔다. 물은 물인데, 표면만 얇게 종이처럼 덮여 있는 느낌. 차를 세워 사진을 찍어야 하나 잠깐 생각했다. 셔터를 누르면 증거가 남는다. 하지만 나는 지금 증거를 원하는지, 아니면 증언을 원하는지 알 수 없었다. 셔터가 내려가는 소리가 문득, 너무 개인적인 일처럼 느껴졌다. 마치 누군가의 상처를 허락 없이 만지는 일처럼.

마을 어귀 임시 검문소에는 안전모를 쓴 이들이 삼삼오오 서 있었다. 자원봉사자와 면사무소 직원, 의용소방대, 그리고 얼굴이 그을린 마을 사람들이 뒤섞여 있었다. 트럭 위에는 생수와 컵라면 박스가 묶여 있었고, 바람이 불 때마다 비닐끈이 얇게 떨렸다.

"어디 가십니까?"

노란 조끼의 남자가 물었다.

"와룡 쪽, 송현 마을입니다. 어머니가 혼자 계셔서요."

그는 내 주민등록증을 한번 보고, 나보다 더 오래된 듯한 지도의 구겨진 모서리를 펴 보였다.

"저희가 여기까지는 동행해 드릴게요. 그 위로는 방화선 만들어 놔서 차량 진입은 어렵습니다. 오늘은 바람이 서쪽에서 계속 불어서, 능선 타고 내려올 수도 있어요."

그가 '오늘은'이라고 말했을 때, 나는 '오늘'이 어째서 이토록 길어진 것처럼 느껴지는지 알고 싶었다.

　　　　　　　　　　　　　　　　　　무릎의 방

마을로 내려가는 길 양옆으로, 소나무 숲이 검은 연필로 긁어낸 듯 얼룩덜룩 타 있었다. 낮인데도 어둑했다. 비닐하우스 비닐은 여기저기 녹아내려 고드름처럼 굳어 있었다. 닭장 철망은 모서리마다 하얗게 들떠 있었고, 밭두렁에 세워 둔 파란 물탱크는 한쪽이 푹 꺼져 있었다. 마치 더운 입김에 눌린 풍선처럼.

우리 집은 마을 길 끝, 감나무 두 그루를 경계처럼 세워 둔 기와집이었다. 예전엔 그랬다. 지금은 한쪽 처마가 통째로 꺾여 내려앉으면서 반쯤만 집이었다. 마당에 들어서자 발밑이 자꾸 바스락거렸다. 낙엽이 아니라, 얇게 눌린 재가 부서지는 소리였다. 발자국을 남길 때마다 어색한 죄책감이 들었다. 남의 집 거실을 신발 신고 들어가는 느낌. 그런데 그 남의 집이 내 집이라니.

문을 밀자, 안쪽에서 얇은 기침 소리가 났다.

"왔구나."

어머니가 방 한쪽에 앉아 있었다. 검은 니트 모자의 챙에 재가 잔설처럼 얹혀 있었다. 어머니의 얼굴엔 얼룩이 묻어 있었는데, 나는 그게 그을음인지 눈물인지 구분할 수 없었다.

"연락이 잘 안 돼서." 내가 말했다.

"전화도, 전기처럼 타 버렸지."

어머니는 몸을 일으키며 마루 끝까지 걸어 나왔다. 천장 서까래는 반쯤 시커멓고, 반쯤은 아직 나무의 결이 살아 있었다. 불길이

한 번 물러난 자리 같았다. 정면 유리장은 일부만 터졌고, 그 안에 들어 있던 유리그릇은 기묘하게 원래 위치를 지키고 있었다. 어떤 것들은 의외로 잘 버틴다. 이유 없이.

싱크대 쪽 창틀에 검게 그을린 성경이 누워 있었다. 표지가 바삭하게 말라서 만지면 부서질 것 같은 질감. 어머니는 그걸 조심스럽게 들고 나에게 내밀었다.

"네 아버지 손때 묻은 거라."

내가 표지를 펼치자, 첫 장 안쪽 여백에 푸른 볼펜으로 쓴 글씨가 나왔다.

'식목일. 감나무 두 그루, 소영이네 집 담장 너머.'

아버지의 삐뚤빼뚤한 글씨. 감나무는 벌써 오래전에 커다란 나무가 되었고, 그 감나무 아래에서 우리는 몇 번이나 가을을 보냈다. 씨를 뱉고, 햇살을 올려다보고, 그늘의 기온을 손등으로 재곤 했다. 그해 봄, 아버지는 나무를 심고 아주 오래 서 있었다. 마치 누군가와 약속을 확인하는 사람처럼.

나는 그 감나무가 지금 마당 끝에서 검은 팔을 하늘로 뻗고 있는 모습을 알고 있었다. 살았는지 죽었는지, 나무는 당분간 말하지 않을 것이다. 나무는 말을 아낀다. 대체로, 인간보다 오래 살기 때문이다.

"대피소로 가서야겠어요." 내가 말했다.

"낮에는 괜찮아. 밤바람이 무섭지."

어머니는 서랍에서 가장 얇은 누런 봉투 하나를 꺼냈다. 안에는 낡은 사진들이 들어 있었다. 또박또박 테두리에 톱니가 있는, 오래된 인화지. 한 장을 꺼내 보니 내가 초등학교 4학년 때 운동장에서 달리기를 하던 사진이었다. 배경에 흐릿하게 보이는 건 학교 담장 너머의 산. 지금 타고 있는 산.

"대피소에 가서도, 이건 가져가자."

내가 말하자 어머니는 봉투를 가볍게 흔들었다.

"사진은 불보다 오래가더라. 불도 못 없애는 게 있다."

해 질 녘, 와룡초등학교 체육관이 대피소로 쓰이고 있다는 소식을 들었다. 마을 사람 대여섯과 함께 이동했다. 트럭 적재함에 앉아 가는 동안, 얼굴 모르는 사람들이 서로 이름을 물었다. 이름을 묻는 행위는 의외로 많은 것을 바꿔 놓는다. 타인의 얼굴이 사라지고, 사람이 남는다.

체육관 안은 텐트 대신 파란 돗자리와 담요가 차곡차곡 깔려 있었다. 구석에서는 시민단체 사람들이 휴대용 충전기를 나눠 주었고, 스피커에서는 면사무소 직원의 안내 방송이 계속 나왔다.

"내일 오전부터 재난 심리상담도 진행됩니다. 필요하신 분들은 이름 적어 주세요."

라면 냄새가 났다. 뜨거운 물을 부을 때 올라오는 김은 잠깐 모든 냄새를 덮어 버렸다. 그건 라면만이 가진 독특한 친절이었다. 누구에게나 같은 방식으로 따뜻하게 굴어 주는 친절.

구석 자리에서 권씨 아저씨를 봤다. 감자 농사를 짓던 한동네 어르신. 그는 내 손을 꼭 잡았다.

"아침에 불이 산등성이를 넘어오더니, 바람이 바뀌었어. 그 바람이 제일 무서운 거 알지?"

나는 고개를 끄덕였다. 산불은 바람이 짓는다. 사람은 그저 뒤따라 땀을 흘릴 뿐이다.

"소방에서 방화선 만들었다는데, 밤 되면 또…."

그의 말끝이 흐려졌다. 체육관 천장 형광등은 불필요하게 환했다. 사람들은 유난히 조용했다. "괜찮아요?" 같은 말은 거의 나오지 않았다. 그 말이 유효하려면, 누군가의 눈을 똑바로 오래 바라봐야 했다. 우리는 오래 보지 못했다. 서로의 얼굴에 묻은 그을음이, 각자 집의 그을음 같아서.

그날 밤, 나는 잠을 잘 수 없었다. 담요에서 나는 세제 냄새가 익숙하면서도 낯설었다. 어머니의 숨소리를 몇 번이고 확인했다. 바깥에서는 가끔 사이렌 소리가 났다. 멀리서 헬기 로터의 잔향이 공기 속을 긁고 지나가듯 느껴졌다. 심장은 그 소리에 맞춰 조용히 박자를 바꾸었다.

나는 눈을 감고 어린 시절의 길을 생각했다. 하회마을로 넘어가

.

는 버스에서 졸던 어느 봄날, 버스 창밖으로 연둣빛 물결이 넘실거렸다. 풍천면의 강변 버드나무들, 그리고 언덕배기의 흙냄새. 그 냄새는 시간이 지나도 사라지지 않았다. 사라지지 않는 냄새가 있고, 쉽게 사라지는 사람이 있다. 그 사실이 늘 같은 비율로 불공평했다.

새벽녘, 체육관 문이 살짝 열렸다. 바람이 한 번, 길게 안으로 들어왔다가 나갔다. 그 짧은 사이에 먼지와 재와, 설명할 수 없는 무언가가 함께 들어왔다. 나는 카메라를 꺼냈다가 다시 집어넣었다. 촬영 버튼의 빨간 점이 새삼스럽게 낯설었다. 찍는 일과 사는 일 사이에 투명한 얇은 벽이 하나 있는 것 같았다. 나는 그 벽을 넘어가야 할지, 안쪽에 남아 있어야 할지 결정할 수 없었다.

아침에 마을로 다시 올라갔다. 밤새 불길은 다른 능선으로 건너가고, 우리 마을은 기이할 만큼 조용했다. 화재는 늘 어떤 집을 남겨 두고, 어떤 집을 골라 데려간다. 이유를 묻는 사람에게 불은 대답하지 않는다. 불은 대답 대신 흔적을 남긴다.

우리 집 마루 끝에 앉아, 나는 천천히 찻주전자 뚜껑을 열었다. 주전자 안쪽에 묻은 얇은 재가 휘청거렸다. 어머니가 말없이 부엌에서 컵 두 개를 가져왔다. 컵의 유백색 표면에 잔금이 살짝 가 있었다. 그 금이 어째서 아름답게 보이는지 모르겠다. 망가졌는데도 불구하고, 아니 망가졌기 때문에 아름다운 것들이 있다. 나는 그것을 이해할 듯 말 듯했다.

점심 무렵, 소방서 차량 한 대가 마을 입구까지 들어왔다가 되돌아갔다. 방화선이 잘 먹힌 모양이라고 누군가 말했고, 누군가는 아직 모른다고 말했다. 감나무 아래에서 작은 새 한 마리가 연기 속을 헤엄치듯 날았다. 날개는 제대로 펴지지 않았지만, 새는 떨어지지 않았다. 그걸 보며 나는 조금, 근거 없는 안도감을 느꼈다. 인간은 근거 없는 안도감을 필요로 한다. 그래야 오후를 견딘다.

해가 기울면 바람이 바뀐다. 저녁 바람은 낮의 잔열을 챙겨서, 이 골목에서 저 골목으로 옮겨 간다. 소방서 사람은 저녁이 위험하다고 했다. 저녁은 원래 그렇다. 하루와 다음 하루의 문턱은 대부분, 안전하지 않다.

어머니는 다시 누런 봉투를 내게 건넸다.

"이건 네가 가져라. 나는 이제 다 외웠다."

봉투 안에는 우리 가족의 표정이 겹겹이 들어 있었다. 처음 학교 가던 날, 아버지의 왼쪽 어깨에 내려앉은 봄빛, 여름 소나기 직후 마당 흙에 남은 작은 물그릇들. 한 장씩 넘길 때마다 종이와 종이 사이에서 묘하게 달큰한 화학약품 냄새가 났다. 그 냄새가 또다시 아궁이 불기운과 섞였다. 내 과거가 한 장씩 불타지 않고 남아 있었다. 누군가 일부러 구해 준 듯이. 그런데 구해 준 사람이 누구인지 나는 짐작할 수 없었다. 때로는 불이, 기적처럼 경계선을 만들어 준다. 살릴 자리와, 지울 자리를.

나는 다시 카메라를 꺼냈다. 이번에는 셔터를 눌렀다. 불탄 마루 끝, 금 간 컵, 감나무의 검은 실루엣, 어머니의 눈가 주름, 천장에 남은 그을음의 형태. 사진 속엔 냄새가 들지 않는다. 소리도 들어가지 않는다. 그렇다면 무엇이 들어가는가. 빛이 들어간다. 불길과는 다른, 묵묵한 빛.

셔터가 닫힐 때, 아주 잠깐, 세계가 정지했다. 그 정지 속에서 나는 이상한 확신을 느꼈다. 불은 모든 것을 태우지 못한다. 불은 늘 무엇인가를 남기고, 그 남은 것들은 우리를 다음 날로 데려간다. 때로는 무책임하게, 때로는 다정하게.

해 질 녘, 어머니와 나는 감나무 근처에 서 있었다. 그을음이 걷히면 이 나무가 다시 잎을 낼지, 아니면 내년 봄까지 침묵할지 알 수 없었다.

바람이 한번 크게 불었다. 재가 가볍게 떠올랐다가, 바로 가라앉았다. 가벼운 것들은 오래 날지 못한다. 무거운 것들은 쉽게 타지 않는다. 삶은 그 둘 사이에서 간신히 균형을 맞춘다. 균형을 맞춘다고 믿는 동안에만, 우리는 걸을 수 있다.

밤이 오는 소리가 났다. 산의 테두리가 더 진하게 눌러졌다. 멀리서 사이렌이 아주 작게, 세 번 울리고 멈췄다. 나는 봉투를 가슴에 안고, 마루 끝에 다시 앉았다. 어머니는 안쪽 방으로 들어가 얇은 모자를 벗고, 빗을 찾는 모양이었다. 집은 반쯤만 집이었다. 그러나 반쯤의 집도, 집이었다.

나는 그 사실에, 처음으로 조금 안도했다. 설명할 수 없는 종류의 안도였다. 설명할 수 없으니까 진짜인, 그런 종류의.

그때 문득, 아버지의 글씨가 떠올랐다.

식목일. 감나무 두 그루.

나는 앞으로 무엇을 심을지 생각했다. 감나무 말고, 불에 덜 타는 수종. 하지만 사실은 무엇을 심든 상관없었다. 중요한 건 심는 행위 자체였다. 불은 나무를 태우지만, 심는 사람을 태우지는 못한다. 아직은.

불은 마치 살아 있는 짐승 같았다. 낮 동안 잠잠하던 잔불들이 해가 넘어가는 순간 일제히 숨을 내쉬듯 치솟았다. 풀밭은 불꽃에 닿자마자 푸른 빛을 잠깐 뿜더니 이내 붉은 혀로 삼켜졌다. 바람은 불의 손아귀였다. 한 줄기 바람이 스치면, 불길은 그 방향으로 고개를 돌려 달려갔다. 산비탈을 타고 내려오는 불길은 어둠 속에서 괴물의 발자국처럼 빠르고 집요했다.

헬기들이 나타났다. 윙윙거리는 회전날개 소리가 산 전체를 흔들었다. 하늘에서 떨어지는 물은 잠시 불을 누그러뜨렸다. 그러나 곧 증기가 솟구치며 주변을 가렸다. 수증기 속에 섞인 타는 냄새가 피부에 들러붙었다. 마치 몸 자체가 천천히 숯으로 변하는 것 같았다.

사람들은 얼굴을 가린 채 서로의 눈빛만 주고받았다. 말을 아끼는 이유는 간단했다. 목을 열면 연기가 들어왔고, 그 연기는 폐 속을 뜨겁게 긁었다. 기침이 이어졌고, 눈물이 절로 흘렀다.

나는 카메라를 꺼내 들었다. 렌즈 안에서 불길은 장엄했다. 색채는 눈부셨고, 움직임은 압도적이었다. 나는 연속으로 셔터를 눌렀다. '찰칵, 찰칵, 찰칵' 소리는 내 귀에 부끄러운 고백처럼 들렸다. 재앙을 기록하는 행위가 아니라, 재앙을 훔쳐 보는 듯한 죄책감이 스며들었다.

"집 다 타 버렸는데, 사진이 무슨 소용이요?"

낮게 갈라진 목소리가 귓가를 때렸다. 돌아보니 마을 사람 중 한 명이 나를 똑바로 노려보고 있었다. 그 눈빛에는 분노보다 더 깊은 체념이 묻어 있었다.

"찍어서 뭐에 쓸 겁니까? 불 꺼지나요? 우리 집이 다시 서나요?"

나는 입술을 열었으나 아무 대답도 할 수 없었다. '역사를 기록한다', '누군가는 알아야 한다' 같은 말들이 목 끝까지 차올랐지만, 모두 공허하게 흩어졌다. 내 카메라는 이 순간에 무력했다.

불길은 마을 가장자리에 닿았다. 오래된 창고 지붕이 불붙는 순간, 금속이 비명을 질렀다. '쾅쾅' 터지는 소리가 연달아 울렸다. 창고 안의 비료 자루가 폭발하면서 하얀 가루가 하늘로 흩날렸다. 그것은 눈처럼 보였으나, 곧 불꽃에 섞여 검은 재로 떨어졌다.

아이 울음소리가 뒤에서 터져 나왔다. 노인의 거친 기침이 그 울음을 뒤덮었다. 한 여자는 양동이로 물을 길어다 붓다가 손에서 미끄러뜨려 발을 데었다. 그녀는 소리를 지르지 않았다. 단지 얼굴을 굳힌 채 다시 양동이를 잡았다. 사람들의 움직임은 절박했고, 동시에 무의미해 보였다.

나는 렌즈를 닦았다. 그러나 곧 다시 연기로 가려졌다. 사진은 불길의 뜨거움도, 코를 찌르는 냄새도 담지 못했다. 셔터는 빛을 기록할 뿐, 이 재앙의 실체에는 손끝조차 닿지 못했다.

어머니가 다가왔다. 그을음으로 얼룩진 얼굴, 손에는 오래된 삽이 들려 있었다.

"너도 해야지. 불은 사진으로 꺼지지 않는다."

나는 잠시 망설였다. 하지만 곧 카메라를 내려놓았다. 땅에 내려놓는 순간, 내 어깨에서 무언가가 떨어져 나가는 듯했다. 대신 가슴은 납덩이처럼 무거워졌다.

삽을 움켜쥐자 손바닥이 금세 화끈거렸다. 이미 수많은 손길이 거쳐 간 나무 손잡이는 거칠고 축축했다. 흙을 퍼 올려 불길 앞에 던졌다. 흙은 불 위에서 흩날리며 금세 삼켜졌다. 불과 흙이 맞부딪히는 순간, 세상이 잠깐 멈춘 듯했으나 곧 다시 불이 밀려왔다. 허무한 동작의 반복. 그러나 아무것도 하지 않고 지켜보는 것보다 낫다고, 몸은 스스로 판단했다.

옆에 서 있던 청년은 양동이에 물을 가득 담아 불 위에 쏟았다.

무릎의 방

물은 휘발유처럼 순간 증발해 버렸다. 그의 팔뚝엔 검은 그을음이 묻어 있었고, 어깨는 떨리고 있었다. 그러나 그는 소리 내어 불평하지 않았다. 이 순간, 모두의 표정은 같았다. 두려움, 분노, 체념, 그리고 희미한 단결이 뒤섞인 얼굴.

불길은 사람마다 다른 표정을 드러내게 했다. 어떤 이는 욕을 내뱉었고, 어떤 이는 울부짖었다. 그러나 불은 그 어떤 반응에도 무심했다. 바람이 불면 불은 달렸고, 바람이 멈추면 잠시 숨을 고를 뿐이었다. 인간의 감정은 불길 앞에서 무력했다.

나는 생각했다. 내가 지금까지 찍어 온 수많은 사진 — 해돋이, 바다 위의 빛, 눈 덮인 소나무 — 모두 이 불길 앞에선 무의미했다. 불은 한순간에 모든 아름다움을 삼켜 버렸다. 빛을 잡던 내 카메라는 지금, 그 어떤 의미도 갖지 못했다.

비닐하우스가 불붙었다. 녹아내린 비닐이 끈적한 방울처럼 떨어졌다. 안에서 쏟아져 나온 불길은 폭죽처럼 터졌다. 사람들은 위험하다며 물러섰다. 나도 뒤로 물러나며 본능적으로 셔터를 눌렀다. 화면 속 불꽃은 눈부셨다. 그러나 나는 구토가 치밀었다. 내가 찍은 건 사람들의 삶이 아니라, 파괴의 쇼였다.

손에 쥔 삽을 다시 들었다. 흙을 퍼 올리는 동작은 무력했지만, 그 무력함이 오히려 진실했다. 셔터의 공허함보다는 훨씬 더 인간적이었다.

새벽녘, 불길은 겨우 멈췄다. 마을의 반이 사라지고, 숲은 숯덩이로 변했다. 그러나 곳곳의 불씨들이 여전히 '지지직' 소리를 내며 살아 있었다. 재와 연기가 하늘에 떠올라 은색의 새벽빛에 겹쳐졌다.

나는 카메라를 다시 꺼냈다. 이번에는 불길이 아니라, 사람들을 향해 렌즈를 돌렸다. 그을음으로 뒤덮인 얼굴, 터진 손마디, 서로에게 물을 건네는 눈빛. 그것들은 불이 빼앗을 수 없는 것들이었다.

셔터 소리가 공기 속에서 작게 울렸다. 이번에는 부끄럽지 않았다. 불은 삶을 지워 버렸지만, 사람의 손길은 남았다. 나는 알았다. 내가 찍어야 할 것은 불이 아니라, 불 이후에도 꺼지지 않는 것들이라는 것을.

아침 햇살이 잿더미 위로 내려앉았다. 불길은 물러갔지만, 산은 여전히 검고 뜨거웠다. 숯으로 변한 나무들이 마치 전쟁터의 병사들처럼 우두커니 서 있었다. 가지는 모두 사라지고, 몸통만 검게 타버린 채 하늘을 향해 손을 뻗고 있었다. 그것은 절망의 모습이자, 기묘하게 기도의 모습 같기도 했다.

나는 무너진 집터를 천천히 걸었다. 발밑에서 바스락거리는 것은 낙엽이 아니라, 얇게 눌린 재였다. 걸음을 옮길 때마다 작은 먼지가 피어올랐다. 그것은 마치 내가 과거의 기억 위를 짓밟고 있는 듯한 기분을 주었다. 한때는 웃음소리와 밥 냄새가 가득했던 집이었으나, 지금은 불에 그을린 벽돌 몇 장과 금속 파이프만 남아 있었다.

재 속에서 부서진 밥그릇 하나를 발견했다. 반쯤 녹아내려 원래의 형태를 잃어버린 도자기 조각. 나는 그것을 손에 들어 올렸다. 뜨겁지도 않았고, 차갑지도 않았다. 그러나 묘하게 무게가 느껴졌다. 그것은 단순한 물건이 아니었다. 가족의 시간이, 수십 년의 식사와 대화와 다툼이 함께 타들어 가 남긴 흔적이었다. 나는 그것을 내려놓지 못했다.

어디선가 새소리가 들려왔다. 불길이 숲을 모두 집어삼켰는데도, 새는 여전히 노래하고 있었다. 그것은 공허한 소리였다. 숲이 없는 새소리는 울릴 데가 없어, 허공에 흩날렸다. 그럼에도 새는 노래했다. 그것이 존재의 본능이자, 삶의 완강한 증거였다.

나는 카메라를 들었다. 그러나 렌즈를 통해 본 풍경은 공허했다. 사진은 잿더미의 냄새를 담을 수 없었다. 불길이 남긴 열기를 전하지 못했다. 셔터 소리는 차갑게 울렸고, 결과물은 지나치게 평온했다. 현실은 아프고 거칠었는데, 사진은 매끈했다. 그 간극이 나를 괴롭혔다.

사람들은 서로를 바라보았다. 위로나 격려의 말은 거의 없었다. 대신 묵묵히 잿더미 속에서 조각을 찾았다. 누군가는 앨범을, 누군가는 반쯤 녹은 숟가락을. 그것은 더 이상 쓸모 있는 물건이 아니었다. 그러나 손끝에 닿는 순간, 그것은 단순한 파편이 아니라 '다시 살아야 할 이유'로 변했다.

그 순간 나는 알았다. 불은 모든 것을 태우지만, 사람들은 끝내 붙잡을 무언가를 찾아낸다는 것을. 불길이 삼키지 못하는 것은 다름 아닌 인간의 집착과 애착이었다. 그것이 삶을 이어 가게 하는 힘이었다.

나는 불길을 다시 떠올렸다. 그것은 단순한 파괴가 아니었다. 불은 하나의 시간, 운명이었다. 한순간 모든 것을 지우고, 동시에 새로운 가능성을 열어젖혔다. 숲은 사라졌지만, 언젠가는 그 자리에 다시 풀이 돋을 것이다. 인간은 잿더미 위에서도 다시 벽돌을 쌓을 것이다.

내가 찍은 수많은 사진 — 해돋이, 바다, 설산, 안개 낀 산봉우리 — 모두 빛의 기록이었다. 그러나 불은 빛보다 강했다. 불은 빛을 태워 버렸고, 그림자조차 삼켜 버렸다. 나는 그 앞에서 카메라가 무력하다는 것을 인정할 수밖에 없었다. 그러나 동시에, 그 무력함이야말로 인간을 겸허하게 만든다는 것도 깨달았다.

어머니가 감나무 앞에 서 있었다. 가지는 모두 타 버렸으나, 줄기는 여전히 서 있었다. 그녀는 줄기를 쓰다듬으며 말했다.

"살아 있을까."

나는 대답 대신 카메라를 들었다. 이번에는 불길이나 잿더미가 아니라, 어머니의 손을 찍었다. 주름지고 그을린 손, 그러나 여전히 나무를 어루만지는 손. 그것이야말로 불이 태우지 못한 진실이었다.

무릎의 방

해가 다시 기울었다. 붉은빛이 숯더미 위로 내려앉았다. 그 순간 나는 셔터를 눌렀다. 불길은 사라졌지만, 빛은 여전히 남아 있었다. 빛은 불처럼 모든 것을 삼키지 않았고, 조용히 사물 위에 내려앉았다. 사진은 그 빛을 기록했다.

나는 생각했다.

불은 삶을 지우지만, 인간은 끝내 기억과 손길을 남긴다.

사진은 빛을 담지만, 삶은 흙을 붙잡는 행위로 남는다.

멀리서 다시 새소리가 들렸다. 이번에는 조금 더 단단하게 울렸다. 불길이 지나간 숲 위에, 작고 가느다란 새의 울음이 파문처럼 번졌다. 그것은 시작의 소리 같았다.

훈자 가는 길

비행기가 이슬라마바드 공항의 축축한 아침 공기를 밀어내고 천천히 하늘로 기어오를 때, 나는 창문에 얼굴을 가까이 대고 있었다.

작은 프로펠러 항공기는 마치 오래된 극장 의자처럼 삐걱거리며 진동을 흘렸다.

안전벨트는 느슨했고, 좌석은 낯선 사람의 어깨와 팔이 닿을 만큼 좁았다.

엔진 소리는 대화를 불가능하게 만들었고, 그 소리는 귀 안쪽에서 금속성 진동처럼 맴돌았다.

구름은 느리게 풀린 솜사탕처럼 산등성이를 덮고 있었고, 그 틈새마다 설산의 이빨 같은 흰 윤곽이 드러났다.

그 모습은 마치 어떤 초월적인 손이 세상을 긋다 만 흔적 같았다.

나는 무릎 위에 올려 둔 카메라 가방을 무심코 쓸었다.

렌즈와 바디, 삼각대 일부가 들어 있는 가방.

십 킬로그램 남짓한 금속과 유리의 집합체는 단순한 장비가 아니

무릎의 방

라, 지난 수십 년 동안 나를 이끌어 온 집착의 증거였다.

나는 그 무게가 단순히 어깨를 짓누른다고 생각하지 않았다.

그것은 나 자신이 짊어진 어떤 결핍과도 같은 것이었다.

스카루드 활주로에 비행기가 내려앉는 순간, 바퀴가 지면을 치며 몸이 흔들렸다.

그 충격은 짧았지만, 뼛속까지 스며드는 울림이 있었다.

활주로 옆에는 바위가 산처럼 쌓여 있었고, 그 사이로 가느다란 강줄기가 은빛으로 반짝였다.

내가 내딛은 첫 발자국의 감촉은 이상하게 현실감이 없었다.

공기는 맑았으나, 너무 건조해서 폐 깊숙이 들어오자마자 거칠게 긁는 듯했다.

햇빛은 피할 수 없는 칼날처럼 직선으로 내리꽂혔다.

바람에는 오래된 돌과 흙의 냄새가 섞여 있었고, 나는 낯선 냄새가 내 옷깃 안쪽까지 스며드는 것을 느꼈다.

그 순간, 문득 한국에서의 지난 시간을 떠올리지 않을 수 없었다.

한국에서의 생활은 너무 단조롭고 동시에 무거웠다.

아침마다 눈을 뜨면, 책상 위에는 정리하지 않은 메모리카드와 렌즈가 흩어져 있었다.

나는 컴퓨터를 켜고, 지난날 찍은 사진들을 불러와 하나하나 들여다보았다.

사진 속 풍경은 언제나 아름다웠다.

설악산의 첫눈, 지리산의 운해, 대둔산의 철쭉.

그러나 그 아름다움은 더 이상 내 가슴을 두근거리게 하지 못했다.

내 안에서 어떤 불꽃은 이미 오래전에 꺼져 있었다.

무릎은 여전히 수술 이후 완전히 낫지 않았다.

줄기세포 치료를 받았고, 재활도 몇 년째 이어 갔지만, 계단을 오르내릴 때마다 날카로운 통증이 파도처럼 치고 들어왔다.

그 통증은 단순히 관절의 문제가 아니었다.

삶 전체를 옭아매는 보이지 않는 족쇄처럼 느껴졌다.

한때는 산을 오르며 사진을 찍는 일이 내 호흡이자 존재의 이유였는데, 이제는 그 일이 일상의 굴레가 되어 나를 지치게 했다.

충북 근교의 산을 오르내리며 카메라를 들이대면, 숲과 돌, 안개와 하늘은 언제나 같은 자리에서 같은 얼굴을 하고 있었다.

나는 셔터를 누르면서도 마음속으로 중얼거렸다.

"이건 이미 수십 번 찍은 장면이다."

그 허무감은 내 가슴을 서서히 잠식했다.

나는 사진가로서의 나 자신을 의심하기 시작했다.

밤이면 작업실에 홀로 앉아 오래된 사진을 꺼내 보았다.

거기에는 내가 걸어온 시간들이 차곡차곡 쌓여 있었다.

그러나 아무리 들여다봐도 그 속에서 나는 내가 찾던 '무언가'를

무릎의 방

발견하지 못했다.

사진은 있었지만, 이상향은 없었다.

내 마음은 텅 빈 방처럼 울렸다.

그 무렵, 사진가들 사이에서 전해 듣던 한 단어가 내 안에 뿌리내렸다.

'훈자'

히말라야와 카라코람이 만나는 곳, 봄이면 살구꽃이 만개하는 계곡.

그곳은 단순한 지명이 아니라, 내가 잃어버린 내적 풍경의 다른 이름처럼 다가왔다.

나는 그것을 '낙원'이라고 불러도 좋다고 생각했다.

그러나 동시에 알았다.

낙원은 언제나 쉽게 닿을 수 없는 곳이라는 것을.

나의 이상향.

스카루드는 흔히 훈자로 가는 길의 출발점이라고 했다.

그러나 내게 그것은 단순한 출발이 아니라 일종의 경계 같았다.

이곳을 넘어서면, 나는 더 이상 일상의 피로에 잠긴 사진가가 아니라, 무언가를 증명하려는 방랑자가 되어야 했다.

내가 찾는 것은 지도 위의 훈자가 아니라, 마음속에 오래전부터 희미하게 빛나던 이상향의 그림자였다.

낡은 지프에 몸을 싣고, 나는 카라코람 하이웨이를 따라 북쪽으로 향했다.

창밖으로 펼쳐진 풍경은 압도적이었다.

절벽은 칼날처럼 하늘로 치솟았고, 인더스강은 그 사이를 포말을
일으키며 흘렀다.

도로는 그 강과 절벽 사이를 몸을 비틀며 이어졌다.

낙석에 길이 막히기도 했고, 터널 속으로 파고들기도 했다.

차창에 부딪히는 바람 소리는 비행기의 엔진 소리보다도 더 거칠
게 느껴졌다.

나는 차 안에서 스스로에게 물었다.

"왜 나는 여기까지 와야만 했을까."

서울의 골목에서도, 한국의 산길에서도 나는 충분히 사진을 찍을
수 있었다.

그러나 그것은 언제나 현실의 기록이었다.

내가 찾는 것은 기록이 아니라, 현실 너머의 현상 같은 것이었다.

살구꽃이 만개한 훈자 계곡, 설산을 배경으로 꽃잎이 흩날리는
순간.

그것은 단순한 장면이 아니라, 내가 이상향이라 불러온 어떤 마
음의 원형이었다.

옆 좌석의 사내가 내 얼굴을 힐끗 보았다.

검게 그을린 얼굴, 깊게 팬 주름, 그러나 맑은 눈빛.

그는 서툰 영어로 물었다.

"First time Hunza?"

나는 짧게 고개를 끄덕였다.

그는 의미심장하게 웃으며 창밖을 가리켰다.

"Hunza… paradise. But… paradise is heavy."

그 말은 내 지난 시간을 꿰뚫는 듯했다.

낙원은 가볍게 도달할 수 있는 곳이 아니었다.

그 무게를 견뎌 낸 자만이 닿을 수 있는 곳이었다.

지프는 계속해서 북쪽으로 달렸다.

멀리서 이름 모를 봉우리들이 하나둘 모습을 드러냈다.

해가 기울며 바위들이 붉게 물들었고, 그 빛은 잠시 차창에 비친 내 얼굴을 스쳤다.

나는 카메라를 꺼내 셔터를 누르려다 멈췄다.

아직은 아니다.

이 길 위의 풍경은 사진으로 가둘 수 없었다.

그것은 내 마음속에 천천히 스며들어야 했다.

그리고 나는 알았다.

훈자는 아직 도착하지 않았지만, 이미 내 안에서 시작되고 있다는 것을.

스카루드를 떠난 지 겨우 한 시간쯤 지났을까. 지프는 곡예사처럼 도로를 휘감아 돌았다.

도로는 바위와 흙더미 위에 겨우 얹힌 가느다란 리본 같았다.

한쪽은 수직의 절벽, 다른 한쪽은 끝없이 내려다보이는 인더스강.

물빛은 짙은 황토색이었고, 강물은 무언가 오래된 분노처럼 사납게 부딪치며 흘러내렸다.

나는 창문을 열었다. 바람이 얼굴을 할퀴듯 스쳐 갔다. 건조한 흙냄새, 바위에 갇혔다가 풀려난 듯한 냉기, 거기에 오래된 철 냄새 같은 것이 섞여 있었다.

차가 갑자기 멈췄다.

운전기사는 담배를 입에 문 채, 손가락으로 앞을 가리켰다.

길이 끊겨 있었다. 산사태가 도로를 삼켜 버린 것이다. 바윗덩이들은 강물 쪽으로 반쯤 기울어져 있었고, 그 위에는 아직도 흙먼지가 희미하게 일렁였다.

"Maybe two hours. Maybe five." 그는 짧게 말했다.

나는 차에서 내려 길가에 섰다.

발밑으로 굴러 내린 돌멩이가 강으로 떨어져 '툭' 하고 소리를 냈다.

그 소리가, 한국에서의 지난 몇 년을 쓸어버린 듯했다.

병원 침대 위에서, 혹은 재활실의 하얀 형광등 아래에서 느꼈던 무력감.

카메라 삼각대를 세울 힘조차 없었던 무릎의 통증.

그 기억들이 강물에 부딪혀 산산이 흩어졌다.

나는 셔터를 눌러 보려 했지만, 손가락은 움직이지 않았다.

풍경은 완벽했으나, 그 안에 들어설 자리가 나에겐 아직 없었다.

해가 기울고, 우리는 길가의 민가에서 밤을 보내게 되었다.

벽은 낡고, 창은 바람을 막지 못했다.

낯선 마을의 공기 속에서 나는 이불을 뒤집어썼다.

벽 너머에서는 기도 소리가 흘러나왔다.

알라의 이름이 리듬처럼 이어졌다. 처음 듣는 언어였지만, 그 낯선 울림은 묘하게 가슴 깊은 곳을 두드렸다.

'길이 끊겼다'는 단순한 사실이, 마치 내 인생의 오래된 단절을 은유하는 듯했다.

다음 날 아침, 도로는 임시로 뚫렸고, 지프는 다시 북쪽으로 몸을 밀어 넣었다.

바위 절벽은 햇살에 붉게 빛났고, 강은 여전히 쉼 없이 흘렀다.

그러나 정오 무렵, 운전기사가 지프를 멈췄다.

"Village. Need fuel."

우리는 작은 마을로 들어갔다.

마을의 골목은 좁고, 흙먼지가 발목을 감쌌다.

아이들이 'Hello!'를 외치며 다가왔지만, 그 뒤의 어른들은 묵묵히 나를 바라보았다.

그들의 눈빛에는 호기심과 경계가 동시에 섞여 있었다.

나는 카메라 가방을 메고 있었지만, 그것은 보호막이 아니라 표적처럼 느껴졌다.

머리에 히잡을 두른 여인들이 빠른 걸음으로 지나갔고, 가게 앞 노인들은 낮은 목소리로 무언가를 주고받았다.

그 속삭임이 내 뒤에서 꼬리를 물고 따라오는 것 같았다.

작은 찻집에 들어가 의자에 앉았다.

찻잔 속에는 옅은 갈색의 액체가 있었다. 향은 은근했지만, 혀끝에 닿자 낯선 쓴맛이 퍼졌다.

나는 순간적으로 몸을 움찔했다.

그때 옆 테이블에 있던 사내가 내 카메라를 가리키며 무언가 말했다. 알아듣지 못했지만, 손짓은 분명했다.

찍지 말라는 뜻.

나는 조용히 고개를 끄덕이고, 카메라를 다시 가방 속 깊이 밀어넣었다.

순간, 가슴이 서늘해졌다.

사진가라는 나의 정체성, 그것이 이곳에서는 금지된 행위로 바뀌는 순간이었다.

'사진은 세상을 담는 게 아니라, 누군가의 세계를 빼앗는 건지도 모른다.'

그 깨달음이 내 목구멍에 걸려 오래 내려가지 않았다.

밤, 마을은 금세 어둠에 잠겼다.

전기도 희미했고, 하늘에는 별이 가득했다.

그러나 나는 고개를 들어 그 별들을 오래 바라보지 못했다.

'나는 어디까지 이방인으로 머물 수 있을까. 훈자라는 곳도 결국 나를 환영하지 않는다면?'

그 질문이 머릿속에서 끝없이 맴돌았다.

셋째 날 아침, 지프는 한적한 길에서 갑자기 멈췄다.

엔진은 두어 번 헛기침을 하듯 소리를 내더니, 완전히 침묵해 버렸다.

운전기사는 보닛을 열고 한참 들여다보다, 고개를 저었다.

"Tomorrow. Mechanic tomorrow."

말인즉, 오늘은 아무것도 할 수 없다는 뜻이었다.

우리는 작은 마을에 머물게 되었다.

낯선 사람들의 시선이 여전히 나를 따라다녔다.

나는 홀로 좁은 골목을 걸었다.

아이들이 웃으며 달려왔지만, 몇 발짝 뒤에서 흩어졌다.

그들의 눈빛에는 장난기와 동시에, 알 수 없는 경계가 묻어 있었다.

골목 끝에서 오래된 모스크를 보았다.

안에서는 기도 소리가 울리고 있었다.

낯선 언어였지만, 반복되는 리듬과 억양이 묘하게 귓속에 파고들었다.

그 울림은 마을 전체가 하나의 커다란 숨결을 내쉬는 것 같았다.

나는 모스크 문턱에 서서 그 소리를 듣고만 있었다.

문 안으로 들어갈 수도, 돌아설 수도 없는 어정쩡한 자리에 발이 붙었다.

내 무릎이 욱신거렸다.

스스로 잊으려 했던 통증이 다시 찾아왔다.

한국에서 수술 후 재활실을 오가던 기억이 번쩍 떠올랐다.

하얀 벽, 형광등, 땀 냄새, 그리고 끝없이 반복되는 운동.

그 끝에 기다리던 것은 무릎의 회복이 아니라, 다시는 예전처럼 산을 오를 수 없다는 불안이었다.

나는 스스로에게 물었다.

"이 아픔을 안고 내가 왜 여기까지 와야만 했을까?"

그러나 대답은 나오지 않았다.

다만, 훈자라는 이름만이 내 안에서 희미하게 빛나고 있었다.

그 빛은 지금 당장은 닿을 수 없지만, 내 발걸음을 멈추게 하지 않는 어떤 힘이었다.

밤, 작은 창문 너머로 달빛이 흘러들었다.

나는 그 빛을 바라보다 문득 깨달았다.

무릎의 방

이 발 묶인 시간조차 훈자로 가는 여정의 일부라는 것을.

길은 아직 멀었지만, 나는 이미 길 위에 있었다.

지프는 좁은 산길을 기어가듯 달리고 있었다.

절벽 아래로는 인더스강이 검푸른 속살을 드러낸 채 흘렀다.

차창 밖 바람은 메마른 흙냄새와 낯선 풀잎의 향을 뒤섞어 실어 날랐다.

나는 그 바람 속에서 오래전 한국에서 맡았던, 지하철 환풍구의 쇠 냄새와 비슷한 냄새를 떠올렸다.

이곳의 바람과 한국의 바람은 전혀 다르지만, 내 무릎은 두 냄새를 이상하게도 하나의 기억으로 엮어 냈다.

한국에서의 나날은 언제나 통증으로 시작해 통증으로 끝났다.

겨울의 서울, 얼어붙은 보도를 걸을 때, 무릎은 돌덩이처럼 굳어 있었다.

신호등이 바뀌자 사람들은 일제히 움직였지만, 나는 한 걸음 늦었다.

"빨리 좀 가요."

뒤에서 날아온 목소리에, 나는 순간적으로 공기 속에 얼어붙은 것처럼 멈췄다.

고개를 들면 얼굴이 마주칠까 두려워, 나는 발끝만 바라보며 건넜다.

그때, 나는 투명한 유리벽 안에 혼자 갇혀 있는 듯한 기분을 느꼈다.

세상은 흐르는데, 나만이 정지된 것 같았다.

병원 대기실은 더욱 무겁게 나를 눌렀다.

하얀 벽은 지나치게 깨끗했고, 의자들은 마치 오래된 영화관 좌석처럼 삐걱거렸다.

번호표를 쥔 손바닥은 늘 축축하게 젖어 있었다.

앞자리에 앉은 사람들은 각자의 무릎을 두드리거나, 팔짱을 낀 채 허공을 노려보았다.

그들 모두의 표정은 내 얼굴과 닮아 있었다.

의사는 언제나 같은 말로 나를 돌려보냈다.

"시간이 필요합니다. 인내하세요."

나는 속으로 중얼거렸다.

'시간이라니… 시간은 내게 선물이 아니라 산성비다. 내 안을 갉아먹는 느린 부식이다.'

의사의 말은 설명이 아니라 명령처럼 들렸고, 그 순간 나는 내 무릎보다 내 존재가 더 부서져 가는 것을 느꼈다.

재활실은 철제 운동기구의 삐걱거림으로 가득했다.

기계는 마치 끝없이 돌아가는 시계태엽 같았고, 그 위에서 나는 하루하루 반복되는 쳇바퀴 속에 갇혀 있었다.

알코올 소독약 냄새와 땀 냄새가 섞여 공기를 무겁게 만들었다.

무릎의 방

노인은 무릎을 접으며 이를 악물었고, 젊은 남자는 욕설을 뱉으며 발을 구부렸다.

그들 옆에서 나도 무릎을 억지로 굽혔다.

고통은 줄어들지 않았고, 오히려 내 안의 질문만 더 커졌다.

"나는 다시 산을 오를 수 있을까? 다시 셔터를 누를 수 있을까?"

그 질문은 대답을 주지 않았다. 대신 공허한 메아리처럼 내 속을 울리며, 점점 더 깊은 틈을 만들었다.

집에서는 카메라와 필름이 방치된 채 침묵했다.

삼각대는 거실 구석에서 먼지와 함께 굳어 있었고, 현상하지 않은 필름은 서랍 속에서 변색되며 곰팡내를 풍겼다.

나는 서랍을 열 때마다 그 냄새를 맡았다.

기묘하게도 그 곰팡내는 위안 같았다.

아직 내가 사진가였던 시절의 잔향.

그러나 동시에, 그것은 내가 무력하다는 증거였다.

나는 사진을 찍지 않는 사진가였다.

존재를 부정하는 아이러니가 매일같이 내 목을 조여 왔다.

어떤 여름밤, 술에 취해 책상 위의 카메라를 들여다본 적이 있다.

렌즈 안쪽에는 왜곡된 내 얼굴이 비쳤다.

나는 오래 바라보지 못하고 눈을 돌렸다.

"나는 이제 나 자신조차 찍을 수 없는 사진가구나."

그 문장은 허무였지만, 동시에 낯익은 진실 같았다.

그곳의 아파트 복도는 늘 눅눅했다.

형광등은 깜박였고, 곰팡이 냄새가 벽을 따라 스며 나왔다.

비 오는 날, 복도는 더 어두워졌고, 나는 휴대폰 불빛으로 겨우 문을 찾았다.

그때, 나는 스스로에게 물었다.

"내 인생이 이 복도와 뭐가 다르지?"

길은 있지만 끝은 보이지 않는다.

통증처럼 반복되는 하루, 답 없는 질문처럼 이어지는 삶.

나는 그 복도에서 길을 잃은 사람처럼 한참을 서 있었다.

그러나 그 어둠 속에서도, 내 안 어딘가에는 작은 단어 하나가 희미하게 빛나고 있었다.

혼자.

그 이름은 단순한 지명이 아니라, 오래전부터 내 안에 스며 있던 암호 같았다.

병원 침대에서도, 재활실의 소음 속에서도, 아파트 복도의 어둠 속에서도, 나는 그 이름을 붙들었다.

혼자는 내가 잃어버린 언어, 사라진 빛, 잊고 있던 나 자신을 되찾을 수 있을지도 모른다는 약속이었다.

지프는 절벽을 따라 천천히 움직였다.

무릎의 방

창밖으로 보이는 설산은 저녁 햇살에 붉게 물들었고, 붉음은 내 안의 상처를 닮아 있었다.

나는 이마를 창문에 댄 채 속삭였다.

"나는 여전히 사진가다. 사진을 찍지 않아도, 사진을 잃어버려도, 나는 사진가일 수밖에 없다."

그 순간, 산의 그림자가 한층 더 선명해졌다.

내 안의 침묵이 외부 풍경과 맞닿으며 하나로 겹쳐졌다.

밤이 되자, 작은 숙소의 방은 달빛으로 채워졌다.

나는 눈을 감지 못한 채 오래 누워 있었다.

달빛은 벽 위에 긴 그림자를 그렸고, 그 그림자는 내가 한국에서 보냈던 시간들과 겹쳐졌다.

퇴근길 미호천 다리 위에서 바라본 잿빛 물결, 전시조차 열리지 못한 작업실, 술잔을 기울이던 낡은 주점의 노란 조명.

그 모든 장면들이 내 앞에서 떠올랐다.

그러나 이번에는 다르게 보였다.

그 장면들이 더 이상 나를 짓누르지 않았다.

오히려 그 장면들이 하나의 흐름이 되어, 나를 혼자로 밀어 올리고 있었다.

나는 스스로에게 말했다.

"이제 그만 도망치자. 내가 잃어버린 것들로부터, 그러나 동시에 그 잃어버림 덕분에 여기까지 온 나 자신으로부터."

그 순간, 창밖의 설산은 또렷한 실루엣으로 떠올랐다.

나는 알았다.

훈자로 가는 길은 단순한 이동이 아니라, 내 안의 가장 깊은 어둠을 통과하는 여정이라는 것을.

차는 여전히 산을 따라 기어올랐다.

도로라 부르기 민망할 만큼 좁은 길 위에서 지프는 덜컹거리며 비틀렸다.

바퀴가 바위에 부딪칠 때마다 차체는 한쪽으로 기울었고, 그때마다 내 무릎은 안쪽에서부터 서서히 항의하듯 아팠다.

마치 오래된 부품이 삐걱거리며 저항하는 것 같았다.

나는 창문에 팔꿈치를 걸고 몸을 고정시켰다.

그러나 진동은 온몸을 타고 흘러내렸고, 마침내 가슴속 깊은 곳까지 도달했다.

멀리 강물이 보였다.

비췻빛을 띠고 흐르는 강은 한눈에도 무서운 속도를 가지고 있었다.

절벽 아래로 고개를 내리면 어지럼증이 몰려왔고, 나는 본능적으로 창문을 닫았다.

그러나 닫힌 창은 곧 나를 숨 막히게 만들었다.

열면 두려움, 닫으면 답답함 — 어느 쪽을 택해도 평안은 오지 않았다.

　나는 그 사이에서 몸을 움찔거리며 스스로에게 속삭였다.

　"내 인생도 늘 이랬지. 어느 쪽을 택해도 불안은 사라지지 않았다."

　무릎은 묵직하게 뻐근했다.

　한국에서 수술대 위에 누워 있던 기억이 되살아났다.

　찬 기구의 냄새, 수술용 장갑이 스칠 때 들리던 바스락거림, 그리고 눈을 감기 전 들었던 의사의 목소리.

　"다시 산에 오르려면 오래 걸릴 겁니다."

　그 말은 마치 판결문 같았다.

　나는 고개를 끄덕였지만 속으로는 부정했다.

　'나는 곧 나을 것이다. 사진은 기다려 주지 않는다.'

　그러나 시간은 언제나 내 편이 아니었다.

　재활실에서 반복했던 단조로운 동작들, 땀 냄새와 소독약 냄새가 섞인 공기, 그리고 하루하루 쌓여만 가던 무력감.

　그 모든 것이 이 덜컹이는 차 안에서 되살아났다.

　나는 불현듯 창밖의 산을 올려다보았다.

　멀리서 바라보면 산들은 완전한 형체였다.

　칼날처럼 선명한 능선, 하늘을 찢는 흰 봉우리.

　그러나 가까이 다가갈수록 길은 무너지고, 돌은 불안하게 흔들렸다.

　단단해 보였던 세계가 사실은 허약하고 불안정했다.

그 모습은 나 자신의 삶과 겹쳐졌다.

겉으로는 단단해 보였지만, 안쪽은 언제든 붕괴할 수 있는 모래성에 불과했다.

나는 속으로 중얼거렸다.

"내가 한국에서 이곳까지 온 건, 고난으로부터 도망치기 위해서였다.

무릎의 통증, 사진 없는 나날, 회사와 집을 오가던 공허한 시간들.

그러나 고난은 그림자다.

빛이 있는 한, 그림자는 반드시 따라온다."

지프는 잠시 멈췄다.

운전기사가 마을로 들어가 물을 길어 오겠다고 했다.

나는 차에서 내려 바위에 앉았다.

바위는 햇빛에 달궈져 있었다.

손바닥을 대니 뜨거움이 전해졌지만, 곧 그 온기가 묘한 위안처럼 느껴졌다.

바람은 건조했고, 먼지는 공기 속에서 미세하게 일렁였다.

나는 무릎을 두 손으로 감싼 채, 천천히 숨을 골랐다.

숨이 들어올 때마다 폐는 건조한 공기로 가득 찼고, 내 안의 빈틈들이 하나씩 드러나는 것 같았다.

나는 고개를 숙여 손바닥을 바라보았다.

굳은살, 흉터, 오래된 상처들이 겹겹이 얹혀 있었다.

그 손으로 나는 수많은 풍경을 찍었다.

그러나 정작 내 안의 불안을 찍어 낸 적은 단 한 번도 없었다.

언제나 산과 하늘, 꽃과 강을 찍으면서, 내 안의 그림자는 의도적으로 비켜 갔다.

마치 그 불안이 존재하지 않는 것처럼.

그러나 이곳에서는 더 이상 회피할 수 없었다.

풍경은 내 안의 결핍을 거울처럼 드러냈다.

나는 생각했다.

'훈자에 닿는다고 해도, 모든 게 해결되지는 않겠지.

그러나 그곳에서 나는, 내 그림자를 정면으로 찍어 내야 한다.

이번에는 도망치지 않고.'

그때, 바람이 불었다.

멀리서 살구꽃 향기가 스쳤다.

눈앞에는 아직 보이지 않았지만, 향기는 이미 내 곁에 와 있었다.

그 향기는 달콤했지만 동시에 쓸쓸했다.

고난과 불안이 녹아든 향기.

나는 눈을 감고 깊이 들이마셨다.

그 순간, 한국의 아파트 방 안이 떠올랐다.

텅 빈 방, 먼지가 쌓인 삼각대, 아무것도 걸어 보지 못한 사진 액자.

나는 그 속에서 늘 고립되어 있었다.

그러나 지금, 낯선 땅의 향기 속에서 그 기억은 다른 빛으로 물들어 갔다.

마치 내 과거와 현재가 겹쳐져 하나의 풍경을 이루는 듯했다.

눈을 떴을 때, 하늘은 너무 맑았다.

맑다는 사실이 오히려 두려웠다.

맑음은 언제나 그림자를 선명하게 드러내기 때문이다.

나는 하늘을 올려다보며 중얼거렸다.

"고난은 사라지지 않는다. 나는 다만, 그것을 품고 살아가야 한다."

길은 마지막 고개를 돌며 천천히 열렸다.

절벽 아래로는 강물이 비췻빛 몸을 뒤집으며 흐르고 있었다.

그 강물은 햇빛을 받아 은빛으로 번쩍였고, 그 반짝임이 눈부셔 나는 잠시 눈을 감아야 했다.

차는 마지막 곡선을 지나, 갑자기 탁 트인 계곡 앞에 멈췄다.

눈앞에 펼쳐진 풍경은 설명할 수 없을 만큼 압도적이었다.

산맥의 능선은 하늘을 찢듯 솟아 있었고, 그 봉우리들은 흰 눈을 두른 채 장엄한 침묵을 지키고 있었다.

그 아래, 계곡에는 끝없이 이어진 살구꽃이 구름처럼 피어 있었다.

바람이 불 때마다 꽃잎은 흩날려 허공을 가득 메우며 부유했다.

그 움직임은 단순한 꽃의 흔들림이 아니라, 마치 시간 그 자체가

무릎의 방

눈앞에서 흩어지고 다시 모여드는 듯한 환영이었다.

나는 차에서 내려 무릎을 굽혔다.

무릎이 순간적으로 저릿하게 반발했지만, 그 아픔은 이제 풍경 속에 녹아 있었다.

통증은 존재했지만, 더 이상 나를 지배하지 않았다.

오히려 "여기까지 잘 왔다"는 표시처럼 느껴졌다.

나는 천천히 숨을 들이마셨다.

공기 속에는 살구꽃 향기가 은근하게 섞여 있었고, 그 향기는 내 폐 속 깊은 곳까지 파고들었다.

달콤하면서도 쓸쓸한 향기였다.

마치 기쁨과 상실이 동시에 담긴 오래된 편지 같았다.

나는 카메라를 꺼냈다.

손에 쥔 카메라는 묘하게 낯설고 무거웠다.

그 무게 속에는 지난 몇 년간의 공백이 고스란히 들어 있었다.

수술 후 사진기를 내려놓고, 먼지가 쌓여만 가던 삼각대, 열지 않은 메모리 상자, 전시회를 미루던 수많은 밤들.

그 모든 무력감이 이 카메라의 무게와 함께 손바닥 위에 얹혀 있었다.

그러나 동시에, 그것은 나의 생존이자, 내가 여전히 사진가임을 증명하는 유일한 증거였다.

나는 렌즈를 들어 설산을 겨눴다.

서터를 누르기 전, 갑자기 한국에서의 풍경들이 머릿속을 스쳐 갔다.

병원 대기실의 하얀 벽, 번호표를 쥔 손, 재활실에서의 땀방울, 공장 불빛 아래의 회색 저녁.

그 모든 장면이 살구꽃의 바람과 겹쳐졌다.

그리고 나는 이해했다.

'내가 이곳에 도착한 건, 도망친 것이 아니라 결국 나 자신과 다시 만나기 위해서였구나.'

찰칵.

서터 소리가 공기 속에서 울렸다.

그 소리는 단순한 기계음이 아니었다.

내 안에 오랫동안 갇혀 있던 문이 천천히 열리는 소리, 혹은 오래된 상처에서 처음으로 피어오르는 숨결 같았다.

한 번, 두 번, 세 번.

연속된 서터 소리가 내 귀에 심장 박동처럼 울렸다.

그 리듬 속에서 나는 처음으로 고난과 환희가 동시에 존재할 수 있다는 사실을 받아들였다.

계곡 아래, 아이들이 놀고 있었다.

작은 발걸음으로 꽃잎을 밟으며 달리는 모습, 웃음소리가 공기

중에 튀어올라 메아리쳤다.

나는 그 소리를 들으며 오래된 기억을 떠올렸다.

한국에서 무릎을 붙잡고 산 입구에서 돌아섰던 날, 공허한 작업실에서 홀로 벽을 바라보던 밤, 셔터를 잡은 손이 무력하게 떨어지던 순간.

그 모든 과거가 아이들의 웃음과 섞이며 다시 빛으로 변해 갔다.

나는 카메라를 천천히 내려놓았다.

빈손으로 풍경을 바라보았다.

그때 비로소 깨달았다.

사진은 카메라로만 찍는 게 아니었다.

눈으로, 마음으로, 고통과 환희가 뒤섞인 이 순간 전체로 찍는 것이었다.

꽃잎은 여전히 바람에 흔들리고 있었고, 설산은 묵묵히 그 자리를 지키고 있었다.

나는 그 풍경과 함께 숨을 쉬고 있었다.

훈자는 더 이상 지리적 목적지가 아니었다.

그것은 내 안의 고난과 그림자를 함께 품고도 살아갈 수 있다는, 조용한 깨달음의 이름이었다.

나는 속으로 중얼거렸다.

'고난은 그림자처럼 따라오지만, 그것이야말로 풍경을 더 깊고 선

명하게 만드는 빛의 반대편이다.'

바람이 불어왔다.

살구꽃 잎사귀가 어깨에 내려앉았다가 금세 흘러내렸다.

나는 그 순간, 사라짐이 곧 존재라는 사실을 알았다.

꽃잎이 흘러내리는 것처럼, 내 불안과 고통도 흘러내려 가고 있었다.

그러나 그 자취는 분명히 남아, 풍경을 더욱 깊게 물들이고 있었다.

며칠 동안 혼자에 머무르며 나는 매일 아침 같은 자리에 앉았다.

낡은 숙소 창가, 삐걱거리는 나무 의자에 몸을 기댄 채, 유리창 너머로 펼쳐지는 설산을 바라보았다.

해는 언제나 같은 방향에서 떠올랐지만, 풍경은 매번 달랐다.

어떤 날은 빛이 유리처럼 차갑게 흘렀고, 어떤 날은 꽃잎처럼 부드럽게 흩어졌다.

나는 그 변화 속에서, 인간의 삶이란 사실 반복과 차이의 끝없는 교차라는 생각을 했다.

그리고 그 속에서 고난은 결코 사라지지 않고, 다만 형태를 바꾸어 우리를 따라온다는 것을 느꼈다.

아침 공기는 차가웠다.

폐 속으로 들어온 공기는 설산의 얼음을 녹여 만든 물처럼 맑았지만, 동시에 날카롭게 가슴을 찔렀다.

무릎의 방

나는 손을 호호 불며 무릎을 감싸 쥐었다.

무릎은 여전히 무겁고 불완전했다.

그러나 이제 그 불완전함은 원망스럽지 않았다.

그것은 마치 사진 속 그림자의 역할 같았다.

빛이 강할수록 그림자는 더 짙어지고, 그 짙음이야말로 빛을 선명하게 만들었다.

나는 속으로 중얼거렸다.

'내 고통도, 내 불안도, 결국은 나의 풍경을 더 깊게 만드는 그림자다.'

낮이 되면 나는 계곡으로 내려가 살구꽃 사이를 걸었다.

바람이 불면 꽃잎들이 허공에 흩날려 내 어깨와 머리카락에 내려앉았다.

손끝으로 그것을 집어 올리면, 꽃잎은 금세 바람에 휘말려 사라졌다.

나는 그 사라짐을 오래 바라보았다.

'존재는 사라짐 속에 있다. 꽃잎이 흘러내리기에 향기는 남는다. 인생도 마찬가지다. 고난이 흘러가기에, 그 자리에 깨달음이 남는다.'

저녁이면 마을 아이들이 좁은 길을 달리며 웃었다.

그 웃음소리는 바람을 타고 산에 부딪혀 메아리처럼 되돌아왔다.

나는 카메라를 들었다가, 다시 내려놓았다.

훈자 가는 길

그 소리는 사진으로 가둘 수 없을 만큼 자유로웠다.

내 귀에 맴도는 웃음, 공기 속에 흩어지는 숨결, 땅을 치고 달려가는 작은 발걸음들.

그 순간, 나는 알았다.

내가 붙잡으려 했던 건 사실 사진이 아니라, 삶이 흘러가는 리듬이었다는 것을.

밤에는 등불 하나 켜 놓고 일기를 썼다.

글씨는 서툴고 줄은 비뚤었지만, 그 불완전함 속에 오히려 진실이 숨어 있었다.

나는 그날의 통증을 적고, 풍경의 빛깔을 적고, 마음속의 공허를 적었다.

쓰고 또 쓰다 보니, 한국에서의 긴 어둠들이 서서히 정리되는 것 같았다.

병원의 냄새, 재활실의 땀, 삼각대에 덮인 먼지, 불 꺼진 아파트 복도.

그 모든 기억이 한 장 한 장 페이지 위에 자리를 잡았다.

글을 쓰는 동안, 나는 내 과거와 현재를 다시 이어 붙이고 있었다.

마지막 날 아침, 나는 일찍 일어나 강가에 앉았다.

해는 천천히 설산 위로 솟아올랐고, 그 빛이 계곡 전체로 흘러내렸다.

무릎의 방

순간, 계곡은 거대한 호흡을 하는 생명체처럼 살아 움직였다.

꽃잎이 빛을 머금고, 강물이 그 빛을 받아 은빛 파도처럼 일렁였다.

나는 카메라를 들고 셔터를 눌렀다.

찰칵.

찰칵.

찰칵.

연속된 셔터 소리가 내 안에서 심장처럼 울렸다.

그 소리는 단순히 풍경을 찍는 소리가 아니라, 내 삶 전체를 기록하는 울림 같았다.

나는 카메라를 내려놓고 빈손으로 풍경을 바라보았다.

그때 알았다.

혼자는 장소가 아니라, 내 안에서 발견되는 풍경이었다.

현대인이 잃어버린 이상향은 멀리 있는 낙원이 아니라, 고난과 불완전함을 껴안는 순간에 잠시 드러나는 빛이었다.

고난은 사라지지 않는다.

그러나 그 고난을 품고 살아갈 때, 비로소 우리는 이상향의 그림자를 스칠 수 있다.

돌아오는 길, 바람에 꽃잎 몇 장이 날아와 내 어깨 위에 앉았다.

잠시 머물다 금세 흘러내렸지만, 그 감촉은 오래 남았다.

나는 그 순간, 사라짐이 곧 존재라는 사실을 다시금 깨달았다.

그리고 마음속으로 중얼거렸다.

'혼자 가는 길은 끝나지 않았다.

나는 앞으로도 그 길 위에서 살아갈 것이다.

고난과 함께, 그림자와 함께, 그러나 빛을 향해.'

무릎의 방

상우의 여름

B국의 공기는 도착 순간부터 상우의 몸을 낯설게 만들었다. 공항 문을 나서자마자 얼굴에 달라붙은 것은 바람이 아니라 얇고 보이지 않는 막이었다. 그것은 촉촉한 것과 끈적한 것의 경계에서 미세하게 떨리고 있었고, 호흡을 들이쉬는 순간 폐 속에 가늘게 가라앉아 쉽게 빠져나오려 하지 않았다. 한국에서의 공기는 주로 투명했고, 투명한 것은 대개 가벼웠다. 이곳의 공기는 불투명했고, 불투명한 것은 대체로 무거웠다. 상우는 그 무게를 기록하고 싶었다. 사진가로서, 공기의 질감과 빛의 방향, 색의 두께 같은 것들을. 그러나 조금 더 솔직해지면, 상우는 단지 현실로부터 도망치고 싶었다. 카메라는 그 도망을 합리화하는 증명서, 혹은 적어도 핑계였다.

택시는 덜컹거리며 고속도로를 벗어나 중심지 시내로 스며들었다. 운전석 위에는 성모 마리아의 사진이 비닐로 코팅되어 붙어 있었고, 백미러에는 낡은 묵주가 매달려 있었다. 라디오에서는 발라드가 흘러나왔다. 상우는 가사를 알아듣지 못했지만 목소리의 떨림만으로도 곡이 말하려는 바를 짐작할 수 있었다. 차창 밖으로는 미니버스가 알록달록한 몸을 뽐내며 출렁거렸다. 차마다 성인들의 이름이나 만화 캐릭터의 스티커가 덕지덕지 붙어 있었고, 어떤 차는 마치 이동하는 제단 같았다. 사람들은 땀에 젖은 팔과 팔이 맞닿아도 대수롭지 않게 웃었고, 교차로에서는 규칙을 무시한 것들이 신기할 만큼 잘 합의되는 모양새로 서로를 비켜 갔다. 소란은 혼잡이 아니었다. 소란은 이곳의 질서였다.

숙소는 오래된 호텔이었다. 로비의 천장은 낮았고, 선풍기는 느릿하게 돌았다. 방 창문을 열자 새의 소리와 먼지의 냄새가 한꺼번에 들어왔다. 샤워기에서 나온 물은 미지근했고, 수건은 눅눅했다. 상우는 침대에 앉아 카메라를 꺼내 센서를 청소했다. 렌즈 표면을 극세사 천으로 천천히 문지르면, 촘촘한 생활의 입자가 사라지는 대신 다른 종류의 입자가 스며들었다. 촬영지에 대한 막연한 기대, 내일의 빛에 대한 불확실한 확신, 그리고 이름 붙일 수 없는 조용한 불안 같은 것들. 상우는 그런 것들과 함께 밤을 맞았다.

아침이 오자, 도시의 음은 이미 깨어 있었다. 개 짖는 소리, 오토바이의 클러치, 미니버스의 경적, 라디오에서 쏟아져 나온 광고의 빠른 영어와 현지어, 빙글빙글 도는 선풍기의 축 소리. 상우는 카메라를 목에 걸고 거리로 나갔다. 노점상들은 바나나튀김과 닭꼬치를 굽고 있었고, 기름 냄새는 달콤함과 피곤함을 동시에 불러왔다. 아이들은 맨발로 골목을 뛰어다니며 낡은 공을 찼다. 상우는 셔터를 눌렀다. 그리고 곧, 무엇인가 계속 빠져나가고 있다는 느낌을 받았다. 사진은 인물의 표정을 담았지만 공기의 무게를 담지 못했고, 빛의 방향을 기록했지만 냄새의 방향을 기록하지 못했다. 결핍은 프레임을 둘러싸고 있었다. 상우는 계속 찍었고, 계속 부족했다.

길을 잃은 것은 아주 당연한 수순처럼 이루어졌다. 지도는 도움이 되지 않았다. 표지판은 오래전부터 존재하지 않는 것처럼 보였고, 존재하는 것마저 반쯤 부서져 있었다. 좁고 구불구불한 골목으로 들어섰을 때, 한 아이가 상우의 어깨를 스치고 달렸다. 카메라가 손에서 미끄러졌다. 심장이 즉시 바닥으로 떨어졌다. 그 순간 누군가 내 팔을 붙잡았다.

"Careful!"

낯선 호흡, 낯선 억양. 고개를 돌리자 그녀가 있었다. 햇볕에 그을린 피부, 대충 묶은 검은 머리카락, 땀에 젖어 몸에 붙은 얇은 원피스. 그러나 무엇보다 눈빛이었다. 놀람과 여유가 동시에 깃든, 현실을 조금 비켜서 보는 사람들의 눈. 상우는 "Thank you"라고 말했고, 그 말은 이곳의 공기로 바뀌어 그의 입에서 익숙하지 않은 각도로 흘러나왔다. 그녀가 들고 있던 종이봉투가 옆으로 기울며 노란 망고가 바닥을 구르다 멈췄다. 둘은 동시에 몸을 숙여 망고를 주웠다. 손끝이 닿았다. 잠깐의 정적, 소란의 사잇길.

"나는 리셀." 그녀가 먼저 말했다.

이름은 단호하면서도 부드럽게 떨어졌다. 상우는 한국에서 온 사진가라고 소개했다. 그녀는 "Photo?" 하고 되물었고, 상우가 카메라를 들어 보이자 가볍게 고개를 끄덕였다. 그 고개 끄덕임이 '그래요, 그럼 가 봅시다' 같은 의미로 들렸다. 그것은 안내자의 제스처이면서 목격자의 동의였다.

근처의 작은 카페로 들어가자 청록색 페인트가 벗겨진 벽이 눈에 들어왔다. 오래된 선풍기는 느릿하게 돌아가고 있었고, 라디오에서는 또 다른 발라드가 나오고 있었다. 냄새는 커피와 설탕, 그리고 약간의 젖은 나무 냄새였다. 그녀가 먼저 자리를 권했고, 상우는 자리에 앉았다.

"한국?" 그녀가 물었다. 상우는 고개를 끄덕였다. "여행?" 상우는 고개를 천천히 좌우로 흔들었다. "일?" 그녀의 눈이 조금 커졌다. "사진." 상우는 말했다. 그녀는 웃었다. 그 웃음은 가볍게 시작되어 조금 더 오래 남았다.

그녀는 시장에서 일한다고 했다. 방과 후에는 작은 가게를 도우며 망고와 파인애플을 판다고 했다. 고향은 남부 섬, 관광 사진 속의 반짝이는 리조트가 아니라, 파도와 숲이 만나는 마을이라고 했다. 그녀의 말과 말 사이에는 바람이 드나들었고, 그 바람은 단어를 흔들지 않았다. 상우는 그녀의 억양을 이해하기 위해 더 천천히 들었다. 이해하지 못한 것은 표정으로 채웠고, 이해한 것은 침묵으로 붙들었다.

그날 저녁 그녀는 상우를 시장 골목으로 데려갔다. 주황빛 전구가 낡은 차양과 젖은 도로를 물들이고, 사람들의 목소리가 서로 얽혀 진동처럼 떠돌았다. 생선의 비린내와 튀김 기름의 달큰한 냄새가 공기를 양분처럼 가득 채웠다. 아이들은 렌즈를 향해 장난을 치며 뛰어다녔다. 상우는 찍었다. 리셀은 아이들에게 손짓을 했다. 아이들의 웃음은 사진보다 빨랐다. 그 순간 상우는 깨달았다. 사진은 기록이 아니라 붙잡기라는 사실을. 그리고 지금 상우가 붙잡고 싶은 것은 거리의 풍경이 아니라 리셀의 얼굴과 그녀가 웃을 때 생기는 미세한 주름들이라는 것을.

밤은 가벼운 경고 없이 비를 내렸다. 남국의 비는 예고와 사과 사이의 모든 것을 생략한다. 둘은 처마 밑으로 몸을 피했다. 공기는 비 냄새와 흙냄새로 채워졌다. 상우는 젖은 카메라를 닦으며 그녀를 보았다. 젖은 머리카락이 그녀의 볼에 붙어 있었다.

"B국의 비는 금방 그쳐요." 그녀가 말했다.

상우는 대답 대신 셔터를 눌렀다. 플래시는 터지지 않았다. 어둠 속 작은 불빛들이 그녀의 실루엣을 얇게 감쌌다. 화면은 흐릿했지만, 모호함이 때로는 더 정확할 수 있다는 사실을 상우는 알고 있었다. 정확함이란 때로 사라지려는 것을 오래 붙잡는 기술이다.

비가 그치자 골목은 유리 파편처럼 반짝였다. 물웅덩이가 네온사인을 담았다가 흔들렸다. 상우는 또 사진을 찍었다. 리셸이 카메라 화면을 들여다보고 고개를 약간 갸웃했다.

"Too dark." 그녀는 말했다. 비판의 억양이라기보다 친절한 안내의 억양이었다. 그녀가 가리킨 방향에는, 상우가 미처 보지 못한 개 한 마리가 있었다. 개는 물을 튀기며 뛰어갔다. 상우는 그 순간을 붙잡았다. 사진은 살아났다. 살아난 사진은 대체로 누군가의 눈을 빌려 찍은 사진이었다.

다음 날, 그녀는 시장이 아닌 곳을 보여 주겠다고 했다. 둘은 강가로 향했다. 나무로 엮은 다리가 삐걱거렸고, 아이들이 다리 난간에서 뛰어내리며 환호했다. 물방울은 햇빛에 반사되어 짧은 무지개를 흩뿌렸다. 강둑의 노파들은 빨래를 두드리며 서로에게 무언가를 이야기했다. 말은 물처럼 흐르고, 물은 말처럼 흘렀다. 리셸은 맨발로 다리 끝에 앉아 발을 담갔다. 상우는 카메라를 들었다가 내렸다. 내리는 편이 맞는 순간들이 있다. 그 순간은 대체로 정확했다.

"당신은 왜 사진을 찍어요?" 그녀가 강물을 보며 물었다.

상우는 즉시 대답하지 않았다. 질문이 좋은 것은 때로 시간을 요구하기 때문이다. "아마도… 내가 놓치고 있는 걸 찾기 위해. 사진 속에는 늘 내가 놓친 것이 남아 있는 것 같아서." 상우는 말했다.

"나는 살아야 해서 살아요." 그녀가 조용히 말했다. 말은 간단했

무릎의 방

고, 간단함은 대체로 무거웠다. 상우는 그 무게를 바로 이해하지 못했다. 다만 그것이 진짜 무게라는 사실만 알았다. 두 사람은 한동안 아무 말도 하지 않았다. 침묵은 대화의 일부였다. 바람이 나뭇잎을 움직였고, 나뭇잎 사이로 빛이 흔들렸다. 흔들리는 빛은 대체로 좋은 징조였다.

해가 기울 무렵, 도시는 갑자기 정전이 되었다. 불빛이 사라지고 소리가 느려졌다. 사람들은 스마트폰의 플래시를 켰다. 그 작은 빛들이 점점이 떠다니는 것을 보니, 우주를 작은 방에 가두어 둔 것 같았다. 상우는 무의식적으로 리셀의 손을 잡았다. 그녀는 놀라지 않았고, 오히려 상우의 손을 조금 더 단단히 쥐었다.

"괜찮아요. 금방 불이 돌아올 거예요." 그녀가 말했다.

어둠은 사라졌고, 손의 온기는 남았다. 남은 것은 대체로 오래갔다. 불빛이 돌아왔을 때 두 사람은 동시에 손을 놓았지만, 놓는 제스처가 잡는 제스처만큼 또렷이 기억되는 경우는 많지 않다. 그 밤, 상우는 호텔로 돌아가 사진을 훑었다. 흐릿한 사진, 너무 밝은 사진, 적당히 실패한 사진, 적당히 성공한 사진. 그리고 손바닥에 남아 있는 작은 온기. 온기에는 흔히 제목이 없다.

며칠이 지나자, 리셀은 고향 이야기를 꺼냈다. 남부 섬. 파도와 숲, 집 앞의 오래된 코코넛 나무, 장난기 많은 사촌들, 새벽마다 울리는 닭 울음, 그리고 오래된 작은 예배당. 그녀의 말 속에 낡은 목재의 냄새와 젖은 모래의 촉감이 스며 있었다. "언젠가… 같이 가볼래요?" 그녀가 물었다. '언젠가'라는 말은 대체로 위험했고, 위험한 것들은 대체로 아름다웠다. 상우는 고개를 끄덕였다.

항구로 가는 버스는 느렸다. 버스의 느림은 풍경을 살렸다. 창밖에서는 시장의 천막들이 반짝였고, 아이들이 캔 음료의 빨대를 서로 나눠 빨았다. 할머니가 손수건으로 손자의 이마를 닦아 주었고, 남자는 새로 산 팬을 상자에서 꺼내 바람을 확인했다. 상우의 세계와 상관없이 그들의 세계는 흔들리지 않았다. 상우는 그 사실이 마음에 들었다. 항구는 사람들로 붐볐다. 물고기 비늘이 빛났고, 얼음은 느리게 녹았다. 두 사람은 낡은 배에 올랐다. 배가 출항할 때 종소리가 짧게 울렸다. 리셀은 바다를 곧장 바라보았다. 바람이 그녀의 머리카락을 바다 쪽으로 가져갔다. 상우는 카메라를 들었다. 바다 그리고 그녀. 두 개의 움직임과 한 개의 방향.

남부 섬의 바닷가는 단순했다. 단순함은 종종 충만함을 뜻했다. 파도가 일정한 호흡으로 모래를 쓰다듬고, 소금기 어린 바람이 피부를 얇게 코팅했다. 아이들은 코코넛 껍질을 끈으로 묶어 작은 썰매처럼 끌고 다녔다. 어부들은 그물을 넓게 펼쳤다가 다시 모았다. 리셀은 누구에게나 인사를 했다. 그녀가 인사하면 상대도 웃었고, 웃음은 대체로 전염력이 높았다. 그녀는 상우를 집 앞 코코넛 나무로 데려갔다. "열 살 때도 이만했어요." 그녀가 나무껍질을 천천히

무릎의 방

쓰다듬으며 말했다. 손가락의 움직임은 조심스러웠고, 조심스러움은 사랑의 한 형태였다. 상우는 일렁이는 손과 거친 껍질을 함께 프레임에 넣었다. 셔터가 울렸다. 사진은 조용했다.

밤이면 두 사람은 해변에 앉았다. 별이 많았다. 한국에서 상우는 별을 자주 잊었다. 잊은 것들 중에는 기억해야 할 것들이 많았다. 리셀은 별자리를 가리켰다. 이름들은 생소했고, 생소함은 대체로 매력적이었다. "당신은 별을 믿어요?" 그녀가 물었다. "나는 사진을 믿어요. 하지만 가끔은 사진을 믿지 않으려고 해요. 그럴 때는 별을 믿고 싶어져요." 상우의 대답은 정확하지 않았지만, 정확하지 않은 답이 더 정확해 보이는 날씨가 있다. 그날 밤이 그랬다. 파도는 계속 왔다가 갔고, 갔다가 왔다. 변하지 않는 것은 리듬뿐이었다.

남부 섬에서의 며칠은 한 장씩 넘기는 오래된 사진첩 같았다. 작은 예배당에서는 노인이 낡은 기타로 찬송가를 불렀다. 리듬은 느렸고, 느림은 대체로 불안정한 사람을 안정시켰다. 리셀은 노인의 아내에게 상우를 소개했다. 아내는 상우 손을 잡고 "환영해요"라고 말했다. 그 손은 따뜻했고, 어둠 속에서 조심스럽게 불을 붙이는 성냥 같았다. 두 사람은 장터에서 구운 생선을 먹었고, 상우는 괜히 젓가락과 포크에 대해 생각했다. 한 나라의 도구를 다른 나라의 도구로 바꾸었을 때 생기는 미세한 어색함에 대해서. 그러면서도 상우는 잘 먹었다. 배부름은 대체로 언어의 문제를 해결한다.

하루는 아이가 바닷가 바위에서 미끄러졌다. 울음이 짧게 터졌다. 리셸이 가장 먼저 뛰어갔다. 그녀는 아이의 발목을 감싸고 흙을 털어 냈다. 아이는 곧 울음을 멈추고 엉겁결에 웃었다. 상우는 카메라를 들었다가 다시 내렸다. 찍지 않아야 하는 것과 찍어야 하는 것 사이의 경계가 분명해지는 때가 있다. 그때였다. 상우는 찍지 않았다. 찍지 않은 장면은 종종 오래 남는다.

돌아오는 날, 항구 근처의 좁은 골목에서 소년 무리가 두 사람 앞을 가로막았다. 눈빛은 빠르고 손놀림은 익숙했다. 그들은 상우의 가방을 보았다. 카메라와 렌즈, 사소하고 거대한 것들. 상우는 본능적으로 가방을 끌어안았다. 리셸이 한 걸음 앞으로 나섰다.

"안 돼." 그녀의 목소리는 낮고 분명했다.

아이가 다가왔다. 가까이에서 보니 아직 아이였다. 뺨에 얇은 상처가 있었다. 그 상처의 색은, 익지 않은 망고의 색과 닮아 있었다. 리셸은 아이의 눈을 똑바로 보았다. 몇 초의 정적. 아이는 욕설 하나를 남기고 돌아섰다. 그들은 사라졌다. 상우는 가방을 들여다봤다. 모든 것이 그대로였다. 몸은 무사했고, 사물은 무사했다. 무사함은 늘 같은 질감이 아니었다. 그날의 무사함은 묵직했다.

"여기서는 늘 조심해야 해요." 그녀가 말했다. 상우는 그 말이 조심하라는 경고이자 잘 지내자는 인사처럼 들렸다. 두 사람은 배를 탔다. 돌아가는 배에서 바람은 처음보다 차갑게 느껴졌다. 혹은 내가 조금 달라져 있었을지도 모른다. 달라진 것은 흔히 바람의 탓으로 돌리기 쉽다.

중심지로 돌아온 며칠은 정리의 시간이었다. 상우는 사진을 분류했고, 버릴 사진과 남길 사진을 나눴다. 버리는 것은 남기는 것만큼 어렵지 않았다. 상우는 한 장의 사진 앞에서 오래 멈췄다. 비 내리던 밤, 처마 밑 리셀의 옆모습. 초점은 미세하게 흔들렸고, 빛은 불충분했고, 구도는 불완전했다. 이상하게도 그 사진이 가장 정확했다. 정확함은 종종 결함의 위치에서 발생한다. 결함이 없는 것들은 대개 무뚝뚝했다.

떠나는 날은 보통 갑자기 도착한다. 상우는 공항으로 가는 차에 올랐다. 시장 앞에서 리셀이 기다리고 있었다. 손에는 망고 바구니. 손목에는 고무줄로 고정한 얇은 실팔찌. 그녀는 웃었다. "다시 올 거예요?" 그녀의 질문은 가볍게 던져졌고, 가볍지 않게 머물렀다. 상우는 대답하지 못했다. 대답은 약속이고, 약속은 현실보다 무거웠다. 상우는 카메라를 들어 마지막 사진을 찍었다. 셔터 소리 후의 짧은 침묵. 그 침묵 안에 망고의 노란 빛, 그녀의 웃음, 이곳 공기의 무게가 함께 들어갔다. 사진은 완성되었고, 상우는 완성되지 않았다.

비행기 창문 너머로 두꺼운 구름이 흘렀다. 구름의 질감은 솜과 벽 사이의 어디쯤이었다. 상우는 눈을 감았다. 사진은 남지만, 가장 중요한 것은 남지 않는다는 생각. 리셀의 눈빛, 손끝의 온기, 정전의 어둠, 파도의 리듬, 시장의 냄새. 그것들은 어떤 해상도에도 완전히 담기지 않는다. 그 사실이 슬프거나 위로가 되거나, 둘 다였다.

한국으로 돌아와 상우는 다시 사진을 찍었다. 산의 안개, 도시의 빛, 익숙한 얼굴들. 셔터는 여전히 규칙적으로 움직였고, 이미지는 여전히 저장되었다. 그러나 가끔 상우는 카메라를 들었다가 내려놓았다. 내려놓는 동안 상우는 그는 왜 여기에 있는지, 왜 그곳에 있었는지 생각했다. 질문은 변하지 않았고, 대답은 조금씩 바뀌었다. 어떤 기억들은 질문의 형태로 오래 지속된다. 그런 기억들이 대체로 더 오래 빛난다.

어느 저녁, 모니터 앞에서 상우는 그날의 사진들을 다시 펼쳤다. 시장의 주황빛 전구, 강가의 무지개, 남부 섬의 밤하늘, 코코넛 나무의 거친 껍질, 그리고 그녀의 옆모습. 한 장면에서 상우는 아주 미세한 것을 보았다. 처마 밑에서 비가 얇게 흘러내리는 사진, 프레임의 가장자리에서 거의 사라져 가는 빛의 선. 그 빛은 아무도 주목하지 않았고, 본인조차 놓쳤었다. 상우는 확대했다. 빛의 선은 조금 더 길어졌다. 여름은 대체로 그런 방식으로 길어졌다. 크게 오지도, 크게 가지도 않고, 가장자리에서 오래 머물렀다.

상우는 프린트를 몇 장 뽑아 책상 위에 늘어놓았다. 종이의 표면을 손끝으로 더듬다 보면, 종이마다 온도가 다르다는 것을 알게 된다. 사진마다 다른 공기가 붙어 있는 것처럼. 어떤 사진에서는 바닷

무릎의 방

바람이 손끝을 지나갔다. 어떤 사진에서는 시장의 기름 냄새가 미세하게 떠올랐다. 리셸의 사진에서는 비 냄새가 났다. 비가 그치기 직전의 냄새, 곧 그칠 비의 냄새. 끝나는 것에는 대체로 그 나름의 향이 있다.

상우는 리셸을 생각하면 더 많이 말하고 싶어졌다. 말하는 대신 상우는 걷기로 했다. 걷는 것은 대체로 말보다 정확했다. 강변을 따라 걷다가, 불쑥 그녀의 질문이 떠올랐다. "당신은 별을 믿어요?" 상우는 잠시 멈춰 하늘을 보았다. 도시의 하늘은 별이 드물었고, 드문 것은 대체로 소중했다. 몇 개의 점이 있었다. 점들은 조용했고, 조용한 것들은 대체로 오래갔다.

상우는 다시 집으로 돌아와 문을 닫았다. 커피포트를 올리고 물이 끓는 소리를 들었다. 소리는 물의 시간이었다. 상우는 머그컵에 커피를 붓고 창가에 앉아 사진 한 장을 오래 바라보았다. 그 사진은 비 내리던 밤의 리셸, 초점이 미세하게 벗어난. 상우는 그 사진을 책장 안쪽 깊숙이 넣었다. 누군가에게 보여 주기 위한 것이기보다, 본인이 잊지 않기 위한 것이었다. 잊지 않으려는 노력은 대체로 조용했다.

그 후로도 몇 번 여름이 왔다. 여름은 늘 조금씩 같고 조금씩 달랐다. 상우 자신 안의 여름은 대체로 B국의 공기로 시작했고, 정전의 어둠으로 잠시 멈췄다가, 바닷바람으로 끝났다. 때로는 반대로 흐르기도 했다. 순서는 중요하지 않았다. 중요한 것은 리듬이었다. 상우는 그 리듬을 사진으로, 걷기로, 침묵으로 붙들었다.

가끔, 아주 가끔, 메시지를 쓸까 생각했다. 안부 같은 것. 당신의 시장은 여전히 주황빛인가요, 남부 섬의 별은 여전히 많나요, 그 코코넛 나무는 여전히 그 자리에 서 있나요. 그러나 상우는 쓰지 않았다. 쓰지 않는 쪽이 더 정확한 말들이 있다. 아무것도 보내지 않는 안부가 있고, 아무 말도 하지 않는 인사가 있다. 그것들은 이상하게도 더 잘 도착한다.

상우는 지금도 종종 그 마지막 질문을 떠올린다. "다시 올 거예요?" 그 질문은 상우에게서 멀어지지 않았다. 상우는 그 질문을 열어젖히지 않았다. 대신 상우는 그 문 앞에서 조용히 서 있었다. 문은 닫혀 있었고, 닫힌 문이 다 알려 주는 것들이 있었다. 언젠가라는 말의 무게, 약속이라는 말의 무게, 그리고 여름이라는 말의 가벼움. 상우는 그 사이에서 오래 머물렀다. 머무는 동안 상우는 조금 변했고, 변한 만큼 다시 사진을 찍었다.

사진을 정리하다가, 망고가 굴러가던 첫날의 장면을 다시 보았다. 노란 과일의 어색한 원형, 반짝이는 바닥, 근육처럼 긴장한 상우의 손등, 그리고 화면 바깥의 리셀. 상우는 그 장면이 시작이었다기보다, 시작과 끝의 중간 어디쯤이었다는 사실을 이제야 이해했다. 어떤 이야기들은 처음부터 중간으로 시작한다. 끝은 대체로 나중에 알게 된다. 때로는 영영 모른다. 모르는 상태가 꼭 나쁘지는 않다. 모르는 동안 서로가 오래 붙들고 있는 것들이 있기 때문이다.

상우는 커튼을 젖혔다. 바깥의 공기는 맑았고, 맑음은 대체로 가벼웠다. 상우는 그 가벼움 속에서 B국의 무거운 공기를 떠올렸다. 서로 다른 공기들이 상우의 마음 안에서 섞였다. 섞이는 동안 상우는 조금 더 조용해졌다. 조용해지는 것은 대체로 좋은 방향이었다.

잠들기 전, 상우는 마지막으로 그 사진을 떠올렸다. 처마 밑, 비, 리셀, 흐릿한 초점, 어둠 속 작은 불빛들. 사진은 그 순간을 붙들었고, 상우는 그 사진을 붙들었다. 붙드는 일은 늘 두 겹이다. 그리고 어쩌면 세 겹이었다. 상우가 붙들고, 사진이 붙들고, 여름이 붙들었다. 여름은 흔들리면서 붙드는 법을 알고 있었다.

상우는 조명을 끄고 침대에 누웠다. 귀에 라디오의 발라드가 다시 떠올랐다. 가사는 여전히 듣지 못했지만, 멜로디는 충분했다. 눈을 감으면 바다가 가까워졌다. 파도는 왔다가 가고, 가다가 왔다. 리듬은 변하지 않았다. 상우는 그 리듬을 따라 숨을 쉬었다. 숨은 조금 길어졌다. 길어진 숨의 끝에서, 상우는 아주 조용하게 대답했다. 누구에게도 들리지 않게.

'그래요. 언젠가. 내 안의 여름이 다시 무거워질 때, 그때도 나는 카메라를 들고 있을 거예요. 하지만 이번에는 조금 다르게 찍을 거예요. 비가 오면 비부터, 어둠이 오면 어둠부터, 그리고 당신의 옆얼굴이 빛을 훔쳐 가는 그 순간부터. 그게 내가 믿는 방식이에요. 믿을 수 있는 만큼만 믿고, 믿을 수 없는 것들은 별에게 맡기는 방식.'

그 대답은 어디에도 전송되지 않았다. 보내지 않은 말들이 밤공기 속에서 얇게 떠다녔다. 창문 틈으로 스며든 바람이 그 말들을 조용히 밀어냈다. 멀어지는 동안, 여름은 한 번 더 길어졌다. 그리고 사라지지 않았다. 상우 마음 안의 여름은 여전히 거기 있었고, 상우는 그 여름을 사진처럼 조용히 세워 두었다. 어느 날 다시 꺼내 볼 수 있도록. 어느 날 다시, 정확하게 흐릿해질 수 있도록.

작가의 말

소설집의 제목을『무릎의 방』이라고 정했습니다.

이 제목은 단순히 한 편의 소설을 지칭하는 것이 아닙니다. 수술대 위에서 마취가 몸을 타고 내려갈 때, 문득 제 무릎이 '갑작스럽게 문을 닫아 버린 방'처럼 느껴졌던 그 순간의 깨달음에서 시작되었습니다. '무릎의 방'은 창문이 없고 젖어 있으며 금속 냄새가 배어 있는 어둠의 공간이지만, 아이러니하게도 그곳은 제가 고립된 일상에서 벗어나 가장 깊은 내면의 질문과 대면하게 된 암실(暗室)이었습니다. 이 방에서 저는 빛과 통증을 합쳐 비로소 제가 살아 있음을 증명하는 리듬을 배웠습니다.

이 소설집에 실린 열네 편의 이야기는, 결국 '무릎의 방'에서 현상(現像)된 기록들입니다.

카메라를 든 채 삶의 모순을 응시하는 인물들은 낡은 지프에 몸을 싣고 미지의 땅 훈자로 향하거나, 폭설 속 설악산에서 고립됩니다. 이 물리적인 여정들은 단지 배경을 바꾸는 행위가 아니라, 독자들에게 '내가 왜 여기에 있는지'라는 근원적인 질문을 던지고, 그 대답이 끊임없이 바뀌는 삶의 유동성을 보여 줍니다.

또한, 저는 한 생명체를 통해 자유와 책임의 경계를 탐색한 '열공이', 극한의 상황에서 인간 본성을 드러내는 '장터목 대피소'의 풍경, 그리고 메마른 땅에서 기어이 결실을 맺는 '호박 구덩이'의 끈질긴 생명력 등, 주변의 모든 존재와 사건을 상실과 회복의 교차점에서 바라봅니다. 농학박사이자 산악 사진가로서 제가 오랫동안 관찰해 온 자연의 리듬과 생명력이, 이 이야기들 속에 섬세하고 끈질기게 녹아들어 있습니다.

고통은 사라지지 않습니다. 그러나 저는 고통을 이름 붙이고, 색을 입히고, 그것을 기록하여 관리할 수 있는 존재로 만들어 냄으로써, 삶을 하나의 사진으로 완성할 수 있다고 믿습니다.

이 책을 읽는 동안 독자분들도 잠시 자신의 일상에서 벗어나, 가장 낯설면서도 익숙한 '마음속의 암실'로 깊숙이 걸어 들어가시기를 바랍니다. 그리고 그곳에서 각자의 삶이 현상되어 빛나는 순간을 발견하시기를 소망합니다.

2025년 가을
정현석

무릎의 방

© 정현석, 2025

초판 1쇄 발행 2025년 11월 20일

지은이   정현석
펴낸이   이기봉
편집   좋은땅 편집팀
펴낸곳   도서출판 좋은땅
주소   서울특별시 마포구 양화로12길 26 지월드빌딩 (서교동 395-7)
전화   02)374-8616~7
팩스   02)374-8614
이메일   gworldbook@naver.com
홈페이지   www.g-world.co.kr

ISBN   979-11-388-4952-4 (03810)